O TEMPO EM MARTE

PHILIP K. DICK

O TEMPO EM MARTE

TRADUÇÃO

Daniel Lühmann

— E depois que você vê uma pessoa *surtando* assim,

mais
consegue
esquecer.

da
realidade

em volta deles...

o colapso da PERCEPÇÃO que têm de

tempo e
espaço,

causa e efeito

e não é isso que está acontecendo com você?

Para Mark e Jodie

1

Das profundezas de sua sonolência de fenobarbital, Silvia Bohlen ouviu algo que a chamava. O som agudo rompeu as camadas nas quais ela tinha se afundado, atrapalhando seu estado de perfeita ausência de si.

– Mãe – seu filho chamou mais uma vez, do lado de fora.

Sentando-se, ela tomou um gole de água do copo que estava ao lado da cama, apoiou os pés descalços no chão e levantou-se com um pouco de dificuldade. O relógio apontava nove e meia. Ela encontrou seu roupão e foi andando até a janela.

Não posso mais tomar esse negócio, pensou ela. É melhor sucumbir ao processo esquizofrênico e me juntar ao resto do mundo. Ela ergueu a persiana e a luz do sol, com aquele familiar tom avermelhado e empoeirado, encheu sua vista, impossibilitando-a de enxergar.

– O que foi, David?

– Mãe, o operador do sistema de águas está aqui!

Então devia ser quarta-feira. Ela acenou com a cabeça, virou-se e foi andando meio cambaleante do quarto até a cozinha, onde tentou fazer funcionar sua bela e robusta cafeteira terráquea.

O que eu preciso fazer?, ela perguntou a si mesma. Está tudo pronto para ele; David vai acabar percebendo isso, de qualquer forma. Ela abriu a torneira e molhou o próprio rosto. Aquela água desagradável e apodrecida a fez tossir. A gente tinha que esvaziar o reservatório, pensou. Limpar, ajustar o fluxo de cloro e ver quantos filtros estão entupidos – talvez todos eles. Será que o operador do sistema de águas não poderia fazer isso? Não, isso não é da alçada da ONU.

– Você precisa de mim? – perguntou ela, abrindo a porta de trás.

O ar a atingiu, frio e sufocante com aquela areia fina. Ela afastou a cabeça e ouviu a resposta de David. Ele era treinado para dizer não.

– Acho que não – resmungou o garoto.

Mais tarde, enquanto estava sentada de roupão à mesa da cozinha tomando café, com uma travessa de torradas e compota de maçã diante de si, Silvia ficou reparando na chegada do operador do lado de fora, que subia pelo leito do canal com sua canoa, o motor roncando com aquele caráter oficial, sem nunca se apressar e sempre no horário previsto. O ano era 1994, a segunda semana de agosto. Eles tinham esperado por onze dias, e agora receberiam sua cota de água do grande canal que percorria aquela fileira de casas de um quilômetro e meio até o norte de Marte.

O operador do sistema de águas atracara seu barco na comporta da eclusa e estava saltando para a terra firme, desajeitado e levando nas mãos o fichário no qual fazia suas anotações, além das ferramentas para mudar a chave da eclusa. Usava um uniforme cinza respingado de barro e botas de cano alto quase marrons por causa do lodo seco. Alemão? Parecia, mas não era. Quando o homem se virou, ela viu que ele tinha um rosto achatado e eslavo, e que no meio da aba de seu boné havia uma estrela vermelha. Agora era a vez dos russos; ela já tinha parado de acompanhar.

E obviamente não era a única que desistira de acompanhar a sequência do rodízio estabelecido pelas autoridades da ONU. Porque agora ela estava vendo que a família da casa ao lado, os Steiner, tinha aparecido na varanda da frente e se preparava para falar com o operador do sistema de águas. Todos os seis: o pai, a mãe rechonchuda e as quatro garotas Steiner, barulhentas, loiras e gordinhas.

Era a água dos Steiner que o operador estava desligando.

– *Bitte, mein Herr* – começou Norbert Steiner, até que ele também viu a estrela vermelha e ficou em silêncio.

Silvia sorriu para si mesma. *É uma pena*, pensou ela.

Abrindo a porta dos fundos, David entrou apressado em casa:

– Mãe, você ficou sabendo? O reservatório dos Steiner teve um vazamento ontem à noite e quase metade da água que eles tinham foi embora! Agora eles não têm água guardada para cuidar do jardim, que vai morrer, pelo que disse o sr. Steiner.

Ela acenou com a cabeça e comeu seu último pedaço de torrada. Em seguida, acendeu um cigarro.

– Isso não é horrível, mãe? – perguntou David.

– Então os Steiner querem que o operador deixe só mais um pouco de água para eles – emendou Silvia.

– A gente não pode deixar o jardim deles morrer. Você se lembra dos problemas que tivemos com as nossas beterrabas? E que o sr. Steiner deu aquele produto químico terráqueo que matou as pragas, daí a gente ia dar um pouco das nossas beterrabas para ele, mas isso nunca aconteceu, porque a gente acabou se esquecendo?

Isso era verdade. Ela se recordou com uma pontada de culpa; de fato, tínhamos prometido para eles... que nunca disseram nada, por mais que devam se lembrar do episódio. E o David sempre vai brincar na casa deles.

– Por favor, vá lá fora e fale com o operador – insistiu David.

– Acho que a gente podia dar um pouco da nossa água para eles mais para o fim do mês – disse ela. – Dá para passar uma mangueira até o jardim deles. Mas não acredito muito nessa história de vazamento... eles sempre querem mais do que a cota de água a que têm direito.

– Eu sei – completou David, dando um meneio com a cabeça.

– Eles não merecem mais, David. Ninguém merece mais.

– Eles só não sabem direito como cuidar do próprio terreno – disse David. – O sr. Steiner não sabe nada sobre ferramentas.

– Então isso é responsabilidade deles.

Silvia estava irritada, e lhe passou pela mente a ideia de que não estava de todo desperta. Precisava tomar um Dexamil, senão seus olhos nunca ficariam abertos, pelo menos não antes que anoitecesse de novo e fosse hora de tomar mais um fenobarbital. Dirigindo-se ao armarinho de remédios do banheiro, ela sacou o frasco com aqueles pequenos comprimidos verdes em forma de coração, abriu-o e começou a contar: restavam-lhe apenas 23 unidades. Logo ela teria que embarcar no ônibus-trator e atravessar o deserto até a cidade para ir à farmácia e conseguir um refil.

Por cima de sua cabeça, um gorgolejo barulhento começou a ecoar. O reservatório no telhado, aquele negócio imenso de lata para armazenar água, começara a encher. O operador do sistema de águas acabara de virar a chave da comporta da eclusa; os apelos dos Steiner tinham sido em vão.

Sentindo-se mais e mais culpada, ela encheu um copo com água para tomar seu comprimido da manhã. Se pelo menos o Jack ficasse mais em casa, ela pensou; é tão vazio aqui. É uma espécie de barbarismo essa mesquinharia a que somos reduzidos. Qual o sentido de toda essa tensão e essas intrigas, essa preocupação terrível com cada gota de água que domina nossas vidas? Deve haver algo mais... Tanta coisa nos foi prometida no começo.

De uma casa dos arredores, a algazarra de um rádio se fez ouvir em alto e bom som, repentinamente. Era *dance music*, que foi interrompida por um anunciante fazendo propaganda de algum tipo de maquinário agrícola.

"... A profundidade e o ângulo do sulco", dizia a voz, ecoando naquele ar frio e claro da manhã, "são predefinidos e autoajustáveis para que até o mais leigo proprietário consiga, mesmo que da primeira vez..."

E a *dance music* recomeçou. Alguém estava trocando de estação.

As briguinhas entre as crianças foram retomadas. Será que vai ser assim o dia inteiro?, perguntou-se ela, imaginando se conseguiria aguentar isso. E o Jack ficaria fora até o fim de semana por causa do trabalho... Era quase como não estar casada e não ter um marido. Foi por isso que emigrei da Terra? E levou as mãos em concha até as orelhas, tentando deixar de ouvir o barulho dos rádios e das crianças.

Eu deveria era voltar para a cama. Lá é o meu lugar, pensou, enquanto terminava de se vestir para encarar o resto do dia que se anunciava diante dela.

No escritório em que trabalhava, no centro de Bunchewood Park, Jack Bohlen estava no radiotransmissor falando com seu pai em Nova York. Como sempre, a qualidade do contato, feito por meio de um sistema de satélites que percorria milhões de quilômetros no espaço, não era das melhores, mas era Leo Bohlen quem estava pagando pela ligação.

– O que você está querendo dizer? As Montanhas Franklin D. Roosevelt? – perguntou Jack em voz alta. – Você deve estar enganado, pai, não tem nada lá. É uma área completamente abandonada. Qualquer um no mercado imobiliário poderia te dizer isso.

– Não, Jack – pronunciou a voz combalida de seu pai. – Acredito que seja uma boa dica. Quero visitar, dar uma olhada e discutir o assunto com você. Como estão Silvia e o garoto?

– Tudo bem – disse Jack. – Mas preste atenção, não vá se comprometer, porque todo mundo sabe que pode muito bem ser pura farsa uma oferta de qualquer propriedade em Marte afastada da parte onde a rede de canais funciona... e é bom lembrar que isso corresponde só a uns 10% do território.

Ele não conseguia entender como o pai, com anos de experiência nas costas, especialmente em investimentos em terras abandonadas, podia ter acreditado nessa bobagem toda. Isso o assustava. Talvez, durante aqueles anos em que não tinham mais se visto, seu pai tivesse envelhecido. As cartas recebidas contavam muito pouco; seu pai ditava o conteúdo para algum dos taquígrafos de sua empresa.

Ou talvez o tempo corresse diferente na Terra e em Marte. Ele tinha lido um artigo em um periódico de psicologia que dava indícios disso. Seu pai se tornaria uma relíquia decrépita de cabelos brancos. Será que havia algum jeito de se livrar dessa visita? David ficaria feliz em ver o avô, e Silvia gostava dele também. No ouvido de Jack Bohlen, aquela voz enfraquecida e distante dava notícias da cidade de Nova York que não eram nem um pouco interessantes. Tudo parecia irreal para Jack. Uma década atrás ele fizera um esforço hercúleo para se desvincular de seus laços na Terra, e conseguiu; não queria saber mais nada a respeito deles.

Ainda assim, o vínculo com seu pai permanecia e seria fortalecido um pouco mais com a primeira viagem dele para outro planeta. Ele sempre quisera visitar outro planeta antes que fosse tarde demais – antes de morrer, por assim dizer. Leo era uma pessoa determinada. Apesar das melhorias feitas nos grandes transportes interplanetários, fazer essas viagens ainda era arriscado. No entanto, isso não o incomodava, nada seria capaz de impedi-lo. Na verdade, ele até já tinha feito as reservas.

– Meu Deus, pai... é maravilhoso que você ache possível fazer essa viagem tão sofrida. Espero que esteja preparado para isso – disse Jack, com certa resignação.

Diante dele, seu chefe, o sr. Yee, o observava e segurava um pedaço de papel amarelo que continha uma solicitação de assistência. O magro e afilado sr. Yee, de gravata-borboleta e paletó de abotoamento simples... aquele rigoroso estilo chinês de se vestir em território alienígena, como se estivesse fazendo negócios no centro de Cantão.

O sr. Yee apontou para o papel e, em seguida, gesticulou indicando o que aquilo significava; então estremeceu, passou o papel da mão esquerda para a direita, enxugou a testa e puxou o próprio colarinho. Depois averiguou o relógio em seu pulso ossudo. Jack Bohlen entendeu que uma unidade de refrigeração tinha pifado em alguma fazenda de laticínios e que era um caso urgente. Todo o leite estragaria à medida que o calor do dia fosse aumentando.

– Está bem, pai, vamos ficar esperando sua ligação – disse ele, então se despediu e encerrou a chamada. – Desculpe por ficar tanto tempo ao telefone – completou, dirigindo-se ao sr. Yee e indo pegar o pedaço de papel.

– Uma pessoa de idade não deveria viajar para cá – disse o sr. Yee, com seu tom plácido e tétrico.

– Ele enfiou na cabeça que precisa vir para ver como a gente está – disse Jack.

– Se você não estiver se saindo tão bem quanto ele gostaria, ele teria como te ajudar? – O sr. Yee sorriu com desdém. – Você deveria ter enriquecido de uma hora para outra? Diga para ele que não tem diamantes aqui. A ONU ficou com todos eles. E quanto à solicitação que te passei: de acordo com os registros, essa unidade de refrigeração recebeu nossa assistência dois meses atrás por causa do mesmo problema. Ou é algo no fornecimento de energia ou no conduíte. O motor reduz a velocidade em intervalos imprevisíveis até que o interruptor de segurança inibe a atividade para impedir que a unidade queime.

– Vou ver o que mais está consumindo a energia do gerador deles – disse Jack.

Era difícil trabalhar com o sr. Yee, pensou ele enquanto subia até a cobertura, onde ficavam estacionados os helicópteros da empresa. Tudo era conduzido de maneira racional. O sr. Yee parecia ser, e agia como se fosse, alguma coisa feita para calcular. Seis anos atrás, aos 22 anos, ele calculara que seria capaz de operar um negócio mais rentável em Marte do que na Terra. Havia uma necessidade gritante em solo marciano por serviços de manutenção de todo tipo de maquinário, qualquer coisa que tivesse peças soltas, considerando que o custo para trazer remessas da Terra era muito elevado. Mesmo uma velha torradeira, descartada irrefletidamente em solo terrestre, teria que ser mantida funcionando em território marciano. E o sr. Yee gostava da ideia de recuperar objetos. Ele não gostava de desperdício, já que fora criado na atmosfera frugal e puritana da República Popular da China. E como era engenheiro elétrico na província de Honan, tinha treinamento adequado. Assim, de maneira bastante calma e metódica, tomou essa decisão que, para muitos, seria um desastre emocional catastrófico: deu um jeito de emigrar da Terra do mesmo modo que teria ido ao dentista para trocar sua prótese por uma de aço inoxidável. Uma vez estabelecida sua oficina em Marte, ele sabia como enxugar as despesas até o último centavo da ONU. Era uma operação com margem de lucro bastante reduzida, mas extremamente profissional. Nos seis anos que se passaram desde 1988, seus negócios foram se expandindo até que agora seus técnicos tinham prioridade em casos emergenciais – e o que não era considerado emergência em uma colônia que ainda tinha dificuldades para cultivar seus rabanetes e refrigerar sua minúscula produção de leite?

Fechando a porta do helicóptero, Jack Bohlen deu partida no motor e logo estava sobrevoando os prédios de Bunchewood Park rumo ao céu nublado e enfadonho do meio da manhã, em sua primeira ocorrência daquele dia.

Bem distante, à sua direita, havia uma nave que acabara de chegar da Terra e ia se acomodando no círculo de basalto que era o campo de recepção de cargas vivas. Outras cargas precisavam ser entregues 150 quilômetros a leste dali. Tratava-se de uma transportadora de primeira classe que logo seria visitada por dispositivos controlados remotamente, os quais livrariam seus passageiros de todos e quaisquer vírus, bactérias, insetos e pragas que eles portassem. Os viajantes emergiriam tão desnudos quanto no dia em que nasceram, passariam por banhos químicos, urrariam ressentidos durante as oito horas de testes até que, finalmente, seriam postos em liberdade para cuidar da própria sobrevivência, depois de assegurada a sobrevivência da colônia. Alguns deles poderiam até ser devolvidos para a Terra, aqueles cujas doenças implicassem defeitos genéticos que viessem à tona com o estresse da viagem. Jack pensou em seu pai enfrentando pacientemente o procedimento de imigração. É algo que tem de ser feito, meu garoto, seu pai diria. Necessário. Aquele velho homem fumando seu charuto e pensando na vida... um filósofo que teve como educação formal apenas sete anos na época mais selvagem da rede pública de ensino de Nova York. *É estranho como o caráter fala por si só*, pensou ele. Seu velho tinha contato com algum nível de conhecimento que lhe dizia como se comportar, e não do ponto de vista social, mas de uma maneira mais profunda, permanente. Ele vai conseguir se ajustar a este mundo aqui, decidiu Jack. Aposto que, mesmo em uma viagem curta, vai conseguir se entender com este lugar melhor do que Silvia e eu. Mais ou menos como foi com David...

Seu filho e seu pai se dariam bem. Os dois eram sagazes e práticos, e também indiscriminadamente românticos, como comprovava o impulso do pai de comprar terrenos em algum lugar nas Montanhas Franklin Roosevelt. Era um último fôlego de esperança que brotava e se eternizava naquele homem de idade. Havia terras aqui sendo vendidas por quase nada e que não encontravam compradores, prova autêntica de que estavam fora da fronteira das partes habitáveis de Marte. Abaixo de si, Jack observou o Canal Senador Taft e alinhou seu voo ao traçado dele; o canal o levaria até a fazenda de laticínios McAuliff, com seus milhares de hectares de pastagem seca e seu rebanho de gado Jersey que um dia fora premiado, mas que agora mais se parecia com seus ancestrais por causa daquele ambiente perverso. Essa era a parte habitável de Marte, uma teia quase fértil de vias aquáticas que se difundiam e se cruzavam, mas que mal e mal conseguiam suportar a vida. O Canal Senador Taft, que estava logo abaixo, tinha um tom de verde macilento que causava repulsa. Em suas etapas finais, a água era represada e filtrada, mas aqui se viam os acúmulos do tempo, o lodo subjacente, além da areia e dos contaminantes que a tornavam tudo, menos potável. Só Deus sabia que tipos de materiais alcalinos a população tinha absorvido e concentrado em seus ossos a esta altura do campeonato. No entanto, estavam todos vivos. A água não os matara, por mais que tivesse aquele tom marrom amarelado e fosse cheia de sedimentos. Enquanto isso, seus braços a oeste ainda aguardavam a ciência humana se digladiar e operar seu milagre.

As equipes arqueológicas que tinham chegado a Marte no início dos anos 1970 foram rápidas em maquinar as etapas de retirada da antiga civilização que os humanos agora começavam a substituir. Em momento algum esse povo se instalara no deserto propriamente dito. Evidentemente, assim como aconteceu com a civilização dos rios Tigre e Eufrates na Terra, eles se agarravam aos terrenos até onde dava para irrigar. Em seu auge, a antiga cultura marciana ocupara um quinto da superfície do planeta, deixando o restante da maneira como o havia encontrado. A casa de Jack Bohlen, por exemplo, perto do encontro dos canais William Butler Yeats e Heródoto, ficava quase na extremidade da rede por meio da qual tinham conseguido sustentar a fertilidade nos últimos 5 mil anos. Os Bohlen tardaram a chegar, embora ninguém soubesse, onze anos antes, que a emigração cairia de forma tão assustadora assim.

O rádio do helicóptero emitia ruídos de estática até que uma versão metálica da voz do sr. Yee disse:

– Jack, tenho mais uma solicitação de assistência para a sua lista. A autoridade da ONU acaba de informar que a Escola Pública está com problemas técnicos e que o responsável pelos consertos encontra-se indisponível.

Pegando o microfone, Jack respondeu:

– Sinto muito, sr. Yee. Acho que lhe informei que não tenho treinamento para cuidar dessas unidades escolares. É melhor que o Bob ou o Pete tomem conta disso. – E eu sei que já lhe informei isso, ele disse a si próprio.

Ao que o sr. Yee, com seu jeito sempre lógico, retrucou:

– Esse conserto é essencial e, por isso, não podemos recusá-lo, Jack. Nunca recusamos nenhum serviço desse tipo. Seu comportamento não é positivo. Vou ter de insistir para que assuma esse desafio. Assim que possível, vou mandar outro funcionário para se juntar a você na escola. Obrigado, Jack. – E desligou o rádio.

Obrigado para você também, pensou Jack Bohlen, sozinho e com um tom meio ácido.

Agora, abaixo dele estavam os princípios de uma segunda colonização. Tratava-se de Lewistown, principal núcleo populacional da colônia do sindicato dos encanadores, uma das primeiras a serem organizadas naquele planeta, que contava com seus próprios homens para fazer os consertos necessários; não tinham de recorrer ao sr. Yee. Se o trabalho ficasse muito desagradável, Jack Bohlen sempre podia fazer as malas e se mudar para Lewistown, entrar para o sindicato e talvez até arrumar um emprego com salário melhor. Mas os acontecimentos políticos recentes no povoado do sindicato dos encanadores não o agradavam em nada. Arnie Kott, presidente da Companhia Regional de Funcionários das Águas, fora eleito depois de uma campanha bastante peculiar, com irregularidades acima da média no processo de votação. Seu governo não convencia Jack, não era o tipo de situação na qual ele gostaria de viver. Pelo que pudera acompanhar, as regras daquele homem traziam consigo todos os elementos tirânicos do início do Renascimento, com direito a uma boa dose de nepotismo. Ainda assim, o povoado parecia prosperar economicamente. Lá havia um programa avançado de obras públicas e suas políticas fiscais tinham gerado uma reserva de caixa imensa. O povoado não só era eficiente e próspero como também capaz de oferecer empregos decentes para todos os seus moradores. Exceto pela comunidade israelense estabelecida a norte, o povoado do sindicato era o mais viável do planeta. E a comunidade israelense tinha a vantagem de contar com unidades de choque sionistas implacáveis acampadas no meio do deserto e envolvidas em projetos de recuperação de todo tipo, desde cultivo de laranjas até refinamento de fertilizantes químicos. Sozinha, Nova Israel recuperara um terço de toda a área desértica que agora estava sendo cultivada. Na verdade, era a única comunidade em Marte que exportava seus produtos de volta para a Terra, independentemente da quantidade.

Lewistown, a capital do Sindicato dos Funcionários das Águas, tinha ficado para trás; agora vinha o monumento a Alger Hiss, primeiro mártir da ONU, e depois era puro deserto. Jack se encostou e acendeu um cigarro. Por causa da marcação insistente do sr. Yee, Jack saíra sem pegar sua garrafa térmica de café, e agora começava a sentir falta dela. Ele estava sonolento. Não vão me deixar trabalhar na Escola Pública, falou para si mesmo, mais tomado por raiva do que por convicção. Vou pedir as contas. Mas ele sabia que não faria isso; iria até a escola, faria uns remendos aqui e ali por cerca de uma hora, dando a impressão de estar ocupado trabalhando, até que Bob ou Pete chegassem e fizessem o trabalho de fato. A reputação da empresa seria preservada e eles poderiam voltar ao escritório. Todo mundo ficaria satisfeito, inclusive o sr. Yee.

Ele tinha visitado a Escola Pública várias vezes com seu filho. Mas era outra coisa. David era o primeiro da classe, passou pelas máquinas de aprendizado mais avançadas ao longo de seu percurso. Ele ficava até tarde, aproveitando ao máximo o sistema de tutores de que a ONU tanto se orgulhava. Olhando para o relógio, Jack viu que eram dez horas. Naquele momento, enquanto se lembrava das visitas feitas com seu filho e dos relatos deste, David estava com a Máquina de Aprendizado Aristóteles, aprendendo as bases de ciência, da filosofia, da lógica, da gramática, da poética e da física arcaica. De todas as máquinas, David parecia tirar maior proveito da Aristóteles, o que era um alívio. Muitas das crianças preferiam os professores mais arrojados da Escola: sir Francis Drake (história inglesa, fundamentos da educação masculina) ou Abraham Lincoln (história dos Estados Unidos, introdução à guerra moderna e ao Estado contemporâneo), ou ainda personagens sombrios como Júlio César e Winston Churchill. Ele próprio tinha nascido cedo demais para poder valer-se do sistema escolar de tutores – quando garoto, passara por classes com sessenta crianças e, depois, no ensino médio, viu-se ouvindo e assistindo a um instrutor falando em uma TV de circuito fechado para uma sala de mais de mil alunos. No entanto, se tivesse passado por esse novo sistema de ensino, não teria dificuldades em encontrar seu favorito: em uma das visitas com David, na primeira reunião de pais e mestres, ele deparou com a Máquina de Aprendizado Thomas Edison, e aquilo lhe bastou. David demorou quase uma hora para conseguir arrastar seu pai de lá.

Abaixo do helicóptero, a terra desértica abriu espaço para uma pastagem esparsa que parecia uma pradaria. Uma cerca de arame farpado marcava o início da fazenda McAuliff e, junto com ela, também a área administrada pelo estado do Texas. O pai de McAuliff fora um milionário do petróleo no Texas e financiara suas próprias naves para emigrar para Marte. Ele tinha derrubado até mesmo o pessoal do sindicato dos encanadores. Jack apagou seu cigarro e começou a descer com o helicóptero, procurando as construções da fazenda em meio ao brilho intenso do sol.

Um pequeno rebanho de vacas entrou em pânico e saiu galopando ao ouvir o barulho do helicóptero. Ele ficou observando enquanto elas se espalhavam e esperou que McAuliff, um irlandês baixinho com uma cara inflexível e uma atitude obsessiva com a vida, não tivesse notado nada daquilo. McAuliff tinha lá seus motivos para nutrir a visão hipocondríaca que tinha de suas vacas – ele suspeitava que todo tipo de *coisas* marcianas queria pegá-las para que ficassem magrelas e adoentadas, com uma produção irregular de leite.

Ligando seu radiotransmissor, Jack disse ao microfone:

– Este é um veículo de consertos da Companhia Yee. Jack Bohlen pede permissão para pousar em território McAuliff, em resposta a sua solicitação.

Ele esperou até receber a resposta do pessoal daquela fazenda imensa:

– Tudo bem, Bohlen, está liberado. Inútil perguntar por que você demorou tanto – foi o que disse a voz resignada e indisposta de McAuliff.

– Estarei aí dentro de instantes – respondeu Jack, fazendo uma careta.

Agora ele distinguia os prédios diante de si, todos de cor branca, contrastando com a areia.

– Temos 70 mil litros de leite aqui – dizia a voz de McAuliff pelo radiotransmissor. – E vai tudo pras cucuias se você não consertar logo essa porcaria de unidade de refrigeração.

– Em dois tempos – respondeu Jack. Ele colocou os polegares nas orelhas e forjou uma expressão grotesca de desgosto na direção do alto-falante do rádio.

2

O ex-encanador Arnie Kott, benfeitor supremo da Companhia Regional de Funcionários das Águas, Seção do Quarto Planeta, levantou da cama às dez da manhã e, como de costume, foi direto fazer sua sauna.

– Olá, Gus.

– E aí, Arnie.

Todo mundo o chamava pelo primeiro nome, e isso era uma coisa boa. Arnie Kott acenou com a cabeça na direção de Bill e Eddy e Tom, e todos eles o cumprimentaram. O ar, repleto de vapor, se condensava em torno de seus pés e era drenado pelos ladrilhos para escoamento. Esse era um detalhe que lhe dava prazer: as saunas tinham sido construídas de modo a não reaproveitar a água escoada, que era drenada até a areia quente e desaparecia para sempre. Quem mais poderia fazer isso? Quero só ver se aqueles judeus ricos lá de Nova Israel têm uma sauna a vapor que desperdiça água, pensou ele.

Colocando-se debaixo de um chuveiro, Arnie Kott disse às pessoas ao redor:

– Ouvi uns boatos e quero que sejam checados o quanto antes. Sabem aquele grupo californiano, aqueles portugueses que originalmente detinham os títulos sobre a Cadeia de Montanhas Franklin

Roosevelt, que tinham um custo muito fora da realidade? Ouvi dizer que eles venderam suas propriedades.

– Sim, também ouvi falar isso. – Todos os rapazes acenaram com a cabeça. – Fico pensando quanto eles perderam nessa transação. Devem ter tomado uma bela surra.

– Não – emendou Arnie. – Ouvi dizer que eles encontraram um comprador disposto a pagar mais do que eles pagaram. Conseguiram lucrar alguma coisa, depois de todos esses anos. Isso acabou compensando a espera deles. Fico pensando quem seria louco o suficiente para querer essas terras. Vocês sabem que eu tenho alguns direitos de exploração de minerais lá. Quero que chequem quem comprou essas terras e que tipo de operação eles representam. Quero saber o que estão fazendo nas bandas de lá.

– É bom saber dessas coisas. – Mais uma vez, todos eles acenaram com a cabeça, e um dos homens, que parecia ser o Fred, saiu do chuveiro e tomou distância para se vestir. – Vou checar isso, Arnie. Vou cuidar desse assunto agora mesmo – disse Fred por cima do ombro.

Dirigindo-se aos outros homens, Arnie se ensaboou e disse:

– Vocês sabem que tenho de proteger meus direitos de exploração de minerais. Não posso deixar que um terráqueo de prosa ruim venha aqui e transforme essas montanhas em, sei lá, um parque nacional para as pessoas fazerem piquenique. Vou contar para vocês o que fiquei sabendo. Sei que um bando de oficiais comunistas da Rússia e da Hungria, gente importante, esteve por aqui uma semana atrás, com certeza para dar uma olhada nisso. Ou vocês acham que depois que aquele coletivo deles deu errado no ano passado eles iam desistir? Nada disso. Eles são tão inteligentes quanto um inseto e, também como um inseto, sempre acabam voltando. Esses comunas estão se coçando para conseguir estabelecer um coletivo bem-sucedido aqui em Marte. É quase o sonho dourado deles lá na Terra. Eu não ficaria nada surpreso se a gente descobrisse que esses portugueses da Califórnia venderam as terras para os comunistas e que, em breve, as Montanhas

Franklin Roosevelt, com esse nome correto e adequado, vão ser rebatizadas de Joe Stalin ou alguma coisa do tipo.

Todos os outros riram da piada.

– Bom, tenho muito trabalho pela frente hoje – disse Arnie Kott, lavando a espuma do corpo com jatos potentes de água quente. – Por isso, não posso mais pensar nesse assunto. Confio em vocês para descobrir isso. Eu, por exemplo, tenho viajado para o leste, onde estamos fazendo aquele experimento com os melões, e estamos quase conseguindo induzir com sucesso o cultivo de melão da Nova Inglaterra no ambiente daqui. Sei que todos vocês andam pensando nisso, porque todo mundo gosta de uma boa fatia de melão no café da manhã, se for possível.

– Isso é bem verdade – concordaram os rapazes.

– Mas tenho muitas outras coisas na cabeça além dos melões – completou Arnie. – Outro dia recebemos a visita de um daqueles caras da ONU para protestar contra as nossas regulamentações em relação aos pretos. Talvez eu não devesse falar desse jeito, e sim como os caras da ONU, que os chamam de "remanescentes da população indígena", ou então de bleeks. Esse cara fez referência às licenças de exploração das minas de propriedade do nosso assentamento dizendo que usamos a mão de obra dos bleeks abaixo da média, quer dizer, abaixo do salário mínimo, porque, afinal, nem essas fadinhas benfeitoras da ONU são capazes de propor que a gente pague um salário normal para esses crioulos. Apesar disso, estamos com esse problema: não podemos pagar um salário mínimo porque eles trabalham muito mal, iríamos à falência, e temos que usá-los nas operações de mineração porque são os únicos que conseguem respirar lá embaixo; trazer aqueles equipamentos de oxigênio até aqui em grande quantidade só é possível a um preço absurdo. Alguém lá na Terra está ganhando uma grana preta com esses tanques e compressores de oxigênio e essa parafernália toda. Isso é extorsão, e nós não vamos ser passados para trás, eu garanto.

Todos eles concordaram com um ar sombrio.

– Agora, a gente não pode permitir que os burocratas da ONU digam como a nossa colonização tem que ser feita – continuou Arnie. – Fomos nós que estabelecemos nossas operações aqui bem antes, quando a ONU era só uma bandeira pintada na areia. Nossas casas foram construídas antes mesmo de eles terem sequer uma privada para mijar em qualquer canto de Marte, incluindo aquela área no sul que era disputada pelos Estados Unidos e pela França.

– Certo, Arnie – concordaram todos os rapazes.

– No entanto – retomou Arnie –, existe este problema: são os filhotes da ONU que controlam os canais, e nós precisamos de água. Precisamos deles para transportá-la para dentro e para fora do nosso povoado, e para gerar energia, e para beber, e para tomar banho, como estamos fazendo agora. Quer dizer, esses babacas podem cortar nossa água a qualquer momento; estão segurando a gente com rédeas curtas.

Então ele terminou seu banho e foi pegar uma toalha com o atendente, andando pelo piso quente e molhado. Isso de pensar na ONU fez o estômago dele roncar, e sua velha úlcera intestinal começou a queimar lá embaixo, quase na altura da virilha. Melhor tomar um café da manhã, ele se deu conta.

Depois que o atendente o vestiu com calças e camiseta de flanela cinza, botas de couro macio e um quepe de marinheiro, Arnie saiu da sauna e atravessou o corredor da sede do sindicato para chegar à sala de jantar, onde Helio, seu cozinheiro bleek, o aguardava para o café da manhã. Ele se sentou rapidamente diante de uma pilha de panquecas quentinhas com bacon, uma xícara de café e um copo de suco de laranja, tudo isso acompanhado da edição do *The New York Times* do domingo anterior.

– Bom dia, sr. Kott – foi o que disse a secretária da seção, uma moça que ele nunca vira antes, em resposta ao botão que ele apertou. Ela não é muito bonita, decidiu Arnie após uma rápida olhada, retomando a leitura do jornal. E, além do mais, me chama de "sr. Kott". Ele tomou um gole do suco de laranja e começou a ler sobre uma nave que fora destruída no espaço, causando a morte de todas as trezentas pessoas que estavam a bordo. Era um cargueiro japonês que transportava bicicletas. Esse fato o fez rir. Bicicletas perdidas no espaço e que, a essa altura do campeonato, já tinham desaparecido. Uma pena, porque em um planeta de massa tão reduzida como Marte, onde praticamente não havia fonte de energia – exceto o moroso sistema de canais – e até mesmo o querosene custava uma fortuna, as bicicletas teriam grande valor econômico. Um indivíduo podia pedalar sem custos por centenas de quilômetros, inclusive sobre a areia. As únicas pessoas que usavam transportes com turbinas movidas a querosene eram profissionais indispensáveis, como os das equipes de conserto e manutenção, além, é claro, de funcionários importantes, como ele próprio. Lógico que havia transportes públicos, como era o caso dos ônibus-tratores que conectavam os povoados e as áreas residenciais mais afastadas ao resto do planeta... mas eles operavam de maneira irregular e dependiam de remessas de combustível vindas da Terra. Além disso, do ponto de vista pessoal, esses ônibus lhe causavam certa claustrofobia, porque andavam muito devagar.

Ler o *The New York Times* lhe devolveu a sensação de estar novamente em casa, em South Pasadena. Sua família assinava a edição do *Times* da Costa Oeste, e ele se lembrava de buscá-la na caixa de correio quando era garoto, percorrendo a rua repleta de pés de damasco, aquela ruazinha acolhedora que tinha o ar meio poluído e várias casas térreas arrumadinhas com carros estacionados na frente e gramados que eram infalivelmente aparados todas as semanas. Era desses gramados, com todos os equipamentos e produtos, que ele mais sentia falta – o carrinho de mão contendo fertilizante, as novas sementes de grama, as ferramentas, a cerca das galinhas no começo da primavera... e os aspersores sempre funcionando durante todo o verão, quando a lei ainda permitia isso. Lá a água também estava em falta. Uma vez, seu tio Paul foi preso por lavar o carro em dia de racionamento.

Avançando na leitura do jornal, ele deparou com uma matéria sobre uma recepção na Casa Branca para uma tal de sra. Lizner, que, no papel de oficial da Agência de Controle de Natalidade, fizera 8 mil abortos terapêuticos e, assim, estabelecera um exemplo para as mulheres americanas. Era mais ou menos como uma enfermeira, pensou Arnie Kott; uma ocupação nobre para mulheres. E virou a página.

Então Arnie encontrou o anúncio de quarto de página em letras garrafais que ele mesmo ajudara a bolar, um convite chamativo para que as pessoas emigrassem. O ex-encanador se recostou na cadeira, dobrou o jornal e sentiu um orgulho profundo enquanto o analisava. *Ficou bonito*, pensou ele. Com certeza iria atrair pessoas que tivessem alguma coragem e um desejo sincero de viver aventuras, como dizia o anúncio.

Nele estavam listados todos os ofícios para os quais havia demanda em Marte; a lista era longa, só não tinha criador de canários e proctologista, se muito. O anúncio ainda destacava que estava difícil conseguir um emprego na Terra nos dias atuais quando se tinha apenas um mestrado, ao passo que em Marte se ofereciam empregos bem pagos mesmo para quem tivesse apenas graduação.

Isso deve dar conta de pegar essa gente, pensou Arnie. Ele próprio havia emigrado por ter feito somente a graduação. Todas as portas tinham se fechado para ele, que acabara vindo para Marte sendo nada além de um encanador do sindicato. Mas eis que, em poucos anos, veja só aonde ele chegara. Na Terra, um encanador com diploma de graduação estaria juntando gafanhotos mortos na África como parte de uma missão de auxílio da ONU. Na verdade, seu irmão, Phil, estava fazendo exatamente isso neste momento – ele se formara na Universidade da Califórnia, mas nunca tivera a oportunidade de exercer seu ofício de avaliador de leite. A turma dele havia formado mais de cem avaliadores de leite, mas de que serviam? Não havia oportunidades de trabalho na Terra. Você precisa vir para Marte, Arnie pensou. Você seria útil aqui. Veja só essas vacas magricelas nessas fazendas de laticínios que ficam fora da cidade. Elas, sim, podiam passar por alguns testes.

Mas o gancho do anúncio era só aquele mesmo, porque, estando em Marte, nada mais era garantido ao emigrante, nem mesmo a certeza de poder desistir e voltar para casa; as viagens de volta eram muito mais caras por causa das instalações inadequadas. Com certeza, nada era garantido em termos de emprego. A culpa era das grandes potências terráqueas: China, Estados Unidos, Rússia e Alemanha Ocidental. Em vez de apoiar de maneira adequada o desenvolvimento dos planetas, tinham voltado a atenção para a exploração ainda mais exaustiva. Todo o tempo e inteligência e dinheiro deles eram dedicados a projetos siderais, como aquele maldito voo para Centaurus, que já consumira bilhões de dólares e de horas de trabalho. Arnie Kott não conseguia vislumbrar projetos siderais para humanos. Quem iria querer fazer uma viagem de quatro anos para outro sistema solar que talvez nem existisse de fato?

Ainda assim, ao mesmo tempo, Arnie temia uma mudança de atitude das grandes potências terráqueas. Imagine se eles acordassem numa bela manhã e olhassem de novo para as colônias em Marte e em Vênus? Imagine se batessem os olhos nas construções decrépitas de lá e decidissem que algo precisava ser feito a respeito disso? Em outras palavras, o que seria de Arnie Kott quando as Grandes Potências recobrassem seus sentidos? Era algo a se pensar.

Entretanto, as Grandes Potências não demonstravam nenhum sintoma de racionalidade. A competitividade obsessiva ainda comandava suas ações. Naquele exato momento, elas ainda estavam batendo cabeça e a dois anos-luz de distância, para alívio de Arnie.

Avançando na leitura do jornal, ele deparou com uma matéria curta relacionada a uma associação de mulheres em Berna, na Suíça, que novamente declarava seus receios em relação à colonização.

COMITÊ DE SEGURANÇA COLONIAL SE ALARMA
COM AS CONDIÇÕES DOS CAMPOS DE ATERRISSAGEM EM MARTE

Em uma petição entregue ao Departamento Colonial da ONU, essas moças tinham mais uma vez manifestado suas convicções de que os campos de Marte onde as naves da Terra aterrissavam eram afastados demais da parte habitada e também do sistema de fornecimento de água. Em alguns casos, os passageiros eram obrigados a percorrer centenas de quilômetros caminhando por terras ermas, incluindo mulheres, crianças e idosos. O Comitê de Segurança Colonial queria que a ONU aprovasse uma regulamentação obrigando as naves a aterrissar em campos que ficassem a, no máximo, 40 quilômetros de um grande canal (ou seja, um canal nomeado).

Que boazinhas, pensou Arnie Kott, enquanto lia o artigo. Provavelmente, elas nunca tinham saído da Terra na vida. Sabiam só o que alguém escrevera em uma carta enviada para casa, alguma tia aposentada num asilo em Marte, vivendo de graça em território da ONU e resmungando da vida. E é claro que elas dependiam também de sua integrante residente em Marte, uma certa sra. Anne Esterhazy, que distribuía boletins mimeografados para outras senhoras empolgadas com o trabalho social nos diversos povoados. Arnie recebia e lia o boletim *A Resposta do Ouvinte*, um título que, para ele, parecia piada. Assim como também pareciam piadas as chamadas escandalosas que eram inseridas em longas matérias:

> Orem pela purificação e potabilidade da água! Entrem em contato com os simpáticos conselheiros da colônia e exijam uma filtragem de água da qual possamos nos orgulhar!

Ele mal conseguia entender o significado de algumas das matérias do *A Resposta do Ouvinte*, que eram redigidas usando um jargão todo particular. Mas, obviamente, o boletim atraíra um público de mulheres dedicadas, que eram rigorosas em seguir à risca cada item e encarar as ações que lhes eram solicitadas. Agora elas estavam indubitavelmente reclamando, junto com o Comitê de Segurança Colonial da Terra, dessas distâncias ameaçadoras que separavam a maioria dos campos de aterrissagem em Marte das fontes de água e das habitações humanas. Estavam fazendo a parte delas em uma das muitas grandes disputas e, nesse caso em particular, Arnie Kott conseguira controlar sua náusea. Porque dos vinte e poucos campos de aterrissagem de Marte, apenas um ficava num raio de quarenta quilômetros de um grande canal, o Campo Samuel Gompers, que atendia seu próprio povoado. Se, por algum motivo, a pressão do Comitê de Segurança Colonial fosse eficaz, todas as naves tripuladas vindas da Terra teriam que desembarcar nos campos de Arnie Kott e toda a renda obtida seria revertida para seu povoado.

Estava longe de ser um acidente o fato de a sra. Esterhazy, junto com seu boletim e sua organização parceira na Terra, estar militando por uma causa que teria valor econômico para Arnie. Anne Esterhazy era ex-mulher dele. Eles ainda mantinham boas relações e eram sócios proprietários de uma variedade de empreendimentos econômicos que tinham fundado ou comprado durante o casamento. Em vários níveis, eles ainda trabalhavam juntos, embora, do ponto de vista estritamente pessoal, não tivessem nenhuma base em comum de qualquer natureza que fosse. Ele a considerava agressiva, dominadora, excessivamente masculina, uma mulher alta e ossuda que andava a passos largos com seus sapatos de salto, um casaco de *tweed* e óculos escuros, além de uma enorme bolsa de couro dependurada no ombro... mas ela também era sagaz e inteligente, e tinha um tino natural para os negócios. Desde que não tivesse de vê-la fora do contexto profissional, eles conseguiam se dar bem.

O fato de Anne Esterhazy ter sido sua esposa e de eles ainda manterem alguns vínculos financeiros não era de conhecimento público. Quando Arnie queria entrar em contato com ela, não ditava uma carta para um dos taquígrafos do povoado. Em vez disso, usava uma pequena máquina de codificação por reconhecimento de voz que ficava em cima de sua mesa de trabalho e mandava entregar o rolo de fita para ela por meio de seu mensageiro especial. O mensageiro entregava a fita em uma loja de objetos de arte que era de propriedade de Anne no povoado israelense, e a resposta dela, caso fosse necessária, era tramitada do mesmo modo em um escritório que se ocupava de obras com cimento e cascalho no

Canal Bernard Baruch e que pertencia a Ed Rockingham, cunhado de Arnie, marido de sua irmã.

Um ano antes, Ed Rockingham conseguira o impossível ao construir uma casa para si próprio, Patricia e as três crianças: seu próprio canal. Em clara violação da lei, mandou que fosse construído para seu próprio uso, tirando água da grande rede comum de abastecimento. Até mesmo Arnie ficara furioso com isso. Mas não houve nenhuma acusação e, hoje, o canal modestamente batizado com o nome do primogênito dele levava água até 130 quilômetros deserto adentro, de modo que Pat Rockingham podia viver num local adorável e ter um gramado, uma piscina e um jardim de flores totalmente irrigado. Ela tinha arbustos de camélias especialmente grandes, que foram os únicos a sobreviver ao transplante até Marte. Durante todo o dia, aspersores giravam e borrifavam água em seus arbustos, impedindo-os de secar e morrer.

Aos olhos de Arnie Kott, doze imensos arbustos de camélia pareciam ostentação. Ele não se dava lá muito bem com sua irmã nem com Ed Rockingham. Por que tinham vindo para Marte, afinal?, ele pensava consigo. Para viver, a um custo e esforço hercúleos, da maneira mais próxima possível de como viviam na Terra. Isso lhe parecia absurdo. Então, por que não ficaram lá? Para Arnie, Marte era um novo lugar e significava uma nova vida, vivida com um novo estilo. Desde que estavam em solo marciano, ele e os outros colonos, fossem de maior ou menor porte, tinham feito incontáveis pequenos ajustes em um processo de adaptação que passou por tantas etapas que lhes permitiu, de fato, evoluir com isso. Acabaram se tornando novas criaturas. Seus filhos nascidos em Marte começaram desse jeito, novos e peculiares, até mesmo enigmáticos para seus pais, em alguns aspectos. Dois dos filhos que tivera com Anne agora viviam em um acampamento de colonos nos arredores de Lewistown. Quando os visitava, não conseguia entendê-los muito bem; eles o olhavam com olhos sem vida, como se estivessem só esperando que ele fosse embora. Até onde dava para perceber, os garotos não tinham nenhum senso de humor. Ainda assim, eram bastante sensíveis; podiam ficar falando sem parar sobre animais e plantas, sobre a paisagem em si. Os dois tinham animais de estimação, uns bichos marcianos que, aos olhos de Arnie, pareciam escabrosos: insetos semelhantes a um louva-a-deus, mas do tamanho de um burrico. Essas criaturas eram chamadas de "boxeadores", porque não era raro vê-las em posição ereta e atacando seus semelhantes, em uma espécie de batalha ritual que normalmente acabava com um deles matando e comendo o inimigo. Bert e Ned tinham treinado seus boxeadores de estimação para fazer tarefas manuais de baixa dificuldade e também para não comerem um ao outro. Essas coisas eram seus companheiros. Crianças em Marte eram meio solitárias, em parte porque ainda eram poucas e também porque... Arnie não sabia por quê. As crianças tinham um olhar arregalado e meio assombrado, como se estivessem sedentas por algo que ainda era invisível. Elas costumavam ficar reclusas sempre que podiam, perambulando e explorando aquelas terras improdutivas. Sempre voltavam com coisas que não valiam nada nem para elas nem para seus povoados: alguns ossos ou relíquias da antiga civilização negra, talvez. Quando voava de helicóptero, Arnie sempre visualizava alguma criança isolada, uma cá e outra lá, revirando o deserto e riscando as pedras e a areia, como se estivessem tentando vagamente erguer a superfície de Marte para chegar na parte de baixo...

Destrancando a última gaveta de sua mesa, Arnie tirou a maquininha de codificação por reconhecimento de voz e preparou-a para ser usada. A ela, disse:

– Annie, gostaria de me encontrar com você para conversar. Aquele comitê está repleto de mulheres e tomando a direção errada. O último anúncio no *Times*, por exemplo, me deixa preocupado porque... – e interrompeu sua fala, pois a máquina de codificação soltou um barulho e parou de funcionar. Ele deu uns tapinhas nela, o que fez com que suas bobinas girassem mais um pouco e logo retomassem o silêncio.

Achei que isso tinha sido consertado, pensou Arnie, tomado de raiva. Será que esses babacas não conseguem consertar nada? Talvez fosse o caso de ir ao mercado negro e comprar outra máquina, a um preço estratosférico. Ele estremecia só de pensar nisso.

A secretária não muito bonita que trabalhava ali, e que estava sentada diante dele em silêncio, à espera, agora respondia a seu aceno. Ela sacou bloco e lápis e começou a escrever enquanto ele ditava.

– No geral – dizia Arnie Kott – eu consigo entender como é difícil manter as coisas funcionando quando praticamente não se tem peças disponíveis, além da influência do clima sobre os metais e a fiação. Apesar disso, estou de saco cheio de ter que ficar pedindo para consertarem um item tão importante quanto minha máquina de codificação. Eu simplesmente preciso dela funcionando, só isso. Então, se vocês não conseguirem repará-la, vou dispensá-los e tirar a franquia de consertos que vocês têm aqui no povoado, vou confiar em serviços externos para fazer a nossa manutenção. – Ele acenou mais uma vez e a garota parou de escrever.

– Devo levar o codificador até o departamento de consertos, sr. Kott? – perguntou ela. – Posso fazer isso com todo prazer.

– Nah... – resmungou Arnie. – Pode sair daqui.

Enquanto ela se retirava, Arnie pegou de novo seu *The New York Times* e tornou a lê-lo. Em casa, lá na Terra, dava para comprar um novo codificador por quase nada. Na verdade, em casa dava até para... que merda. Olha só as coisas que estão vendendo nas propagandas... tem desde moedas romanas antigas a casacos de pele, equipamentos para acampar, diamantes, foguetes e até veneno contra ervas daninhas. Meu Deus!

No entanto, seu problema imediato era como fazer contato com a ex-mulher sem usar o codificador. Talvez eu possa simplesmente passar por lá e dar um alô, Arnie pensou. É uma boa desculpa para sair um pouco do escritório.

Então ele pegou o telefone e mandou que lhe preparassem um helicóptero na cobertura da sede do sindicato. Depois terminou seu café da manhã, limpou a boca apressado e tomou o rumo do elevador.

– Oi, Arnie – cumprimentou-o o piloto do helicóptero, um jovem de ar agradável da equipe de pilotos.

– Olá, meu rapaz – disse Arnie, enquanto o piloto o auxiliava a alcançar a poltrona especial de couro que ele mandara fazer na loja de tecidos e tapeçaria do povoado; enquanto o piloto se instalava na poltrona a sua frente, Arnie se encostou confortavelmente, cruzou as pernas e continuou: – Agora decole, vou passando as orientações enquanto estivermos voando. E vá tranquilo porque eu não estou com pressa. O dia parece que vai ser bonito.

– Um dia muito bonito mesmo – concordou o piloto enquanto as hélices do helicóptero começavam a girar. – Tirando aquela neblina em volta da cadeia de montanhas Franklin Roosevelt.

Eles mal tinham começado a voar quando o alto-falante do helicóptero se fez ouvir: "Anúncio de emergência. Há um pequeno grupo de bleeks em pleno deserto, no ponto 4,65003 da bússola giroscópica, e eles estão morrendo por falta de abrigo e água. Veículos aéreos a norte de Lewistown são instruídos a deslocar seus voos até esse ponto o mais rápido possível para prestar assistência. A lei das Nações Unidas exige que todos os veículos aéreos comerciais e privados respondam a esta solicitação". O anúncio era repetido por aquela voz firme de locutor, vinda do transmissor da ONU que pairava em algum ponto acima deles num satélite artificial.

Sentindo o helicóptero alterar sua rota, Arnie disse:

– Ah, por favor, meu rapaz...

– Eu preciso responder, senhor. É a lei – disse o piloto.

Pelo amor de Deus, pensou Arnie, tomado de nojo. Guardou o ocorrido na memória para depois se lembrar de pedir que mandassem aquele rapaz embora ou que, pelo menos, ele fosse suspenso assim que voltassem de viagem.

Agora eles estavam acima do deserto, avançando a uma velocidade considerável até o ponto que o locutor da ONU havia passado. Esses pretos desses bleeks, pensou Arnie. Precisamos largar tudo o que estamos fazendo só para salvar essa gente, esses babacas... será que não conseguem ir galopando pelo próprio deserto deles? Não fazem isso desde sempre, há uns cinco mil anos?

Quando começou a descer com seu helicóptero rumo à fazenda de laticínios McAuliff logo abaixo, Jack Bohlen ouviu o locutor da ONU com sua notificação de emergência, uma daquelas que já tinha ouvido tantas vezes antes e que sempre o aliviavam um pouco.

"Pequeno grupo de bleeks em pleno deserto", dizia a voz pragmática, "morrendo por falta de abrigo e água. Veículos aéreos a norte de Lewistown...".

Entendido, pensou Jack Bohlen, ligando seu microfone e dizendo:

– Veículo de consertos da Companhia Yee próximo do ponto 4,65003 da bússola giroscópica pronto para responder imediatamente. Devo conseguir chegar até eles em dois ou três minutos.

E direcionou o helicóptero para o sul, afastando-se da fazenda e sentindo uma espécie de satisfação por conta da preciosidade daquele momento, só de pensar na indignação de McAuliff vendo o helicóptero se afastar e adivinhar o motivo. Os bleeks eram bem inconvenientes, especialmente para os grandes fazendeiros. Esses nativos nômades e acometidos pela pobreza sempre apareciam nas fazendas em busca de comida, água, apoio médico ou, às vezes, só uma boa e velha esmola, e nada parecia irritar mais os prósperos donos dos laticínios do que ser usados por essas criaturas de cujas terras eles tinham se apropriado.

Agora, outro helicóptero estava respondendo. O piloto dizia: "Estou bem nos limites de Lewistown, no ponto 4,78995 da bússola giroscópica, e vou comparecer o quanto antes. Tenho suprimentos comigo, inclusive uns 200 litros de água". Então passou sua identificação e encerrou o contato.

A fazenda de laticínios e suas vacas iam ficando ao norte enquanto Jack Bohlen mirava o deserto atentamente mais uma vez, tentando visualizar o grupo de bleeks. Claro, ali estavam eles. Eram cinco, abrigados na sombra de uma pequena colina pedregosa. Eles estavam imóveis, provavelmente já tinham até morrido. O satélite da ONU, fazendo sua varredura pelo céu, os descobrira, mas não tinha como ajudá-los. Seus mentores não tinham voz alguma. E nós, que temos como ajudá-los... que diferença isso faz para nós?, pensou Jack. Os bleeks estavam morrendo mesmo; seus remanescentes ficavam mais desesperados e maltrapilhos a cada ano que passava. Eles estavam sob a custódia da ONU, eram protegidos por ela. Pelo menos algum tipo de proteção, pensou ele.

Mas o que poderia ser feito por essa raça em claro declínio? O tempo tinha se esgotado para os nativos de Marte muito antes de a primeira nave soviética aparecer no céu com suas câmeras de televisão esquadrinhando tudo, lá pelos idos de 1960. Nenhum grupo humano tinha conspirado para exterminá-los; nem sequer precisaram fazer isso. E, de todo modo, eles atraíram uma enorme curiosidade, a princípio. Aquela era uma descoberta que valia os bilhões de dólares gastos para chegar a Marte. Aquilo era uma disputa extraterrestre.

Ele pousou o helicóptero na areia plana perto de onde estavam os bleeks, desligou as hélices, abriu a porta e saiu.

O sol quente da manhã o atingiu enquanto ele percorria a areia rumo aos bleeks imóveis. Eles estavam vivos. Mantinham os olhos abertos, observando-o.

– Chuvas emanam de mim sobre vossas pessoas tão preciosas – disse Bohlen, evocando o cumprimento bleek no próprio dialeto deles.

Aproximando-se do grupo, podia ver que havia um casal, velho e bem enrugado, um homem e uma mulher jovens, certamente casados, e o filho deles. Tratava-se, sem dúvida, de uma família que se propusera a cruzar o deserto sozinha e a pé, provavelmente em busca de água ou comida. Talvez o oásis do qual sobreviviam tivesse secado. Isso era típico da situação dos bleeks, acabar uma caminhada desse jeito. Lá estavam eles, incapazes de avançar um passo que fosse. Tinham se esvanecido e agora pareciam pilhas de matéria vegetal morta. Não demorariam a morrer se o satélite da ONU não os tivesse avistado.

Ficando de pé lentamente, o jovem bleek ajoelhou-se e disse com uma voz hesitante e frágil:

– As chuvas que emanam de sua maravilhosa presença nos revigoram e nos restauram, Senhor.

Jack Bohlen esticou seu cantil para o jovem bleek, que se ajoelhou, tirou a tampa e passou-o para o casal de idosos, que observava indiferente. A senhora averiguou o recipiente e tomou o conteúdo.

A mudança nela pôde ser vista de uma só vez. Ela parecia ter sido novamente inflada de vida, mudando aquele tom de cinza morto e lamacento bem diante dos olhos dele.

– Podemos encher nossas cascas de ovo? – o jovem bleek perguntou a Jack.

Apoiados de pé na areia estavam vários ovos de paka com as cascas pálidas e ocas, que Jack percebeu estarem completamente vazios. Eram nessas cascas que os bleeks carregavam água. A habilidade técnica deles era tão reduzida que não tinham sequer potes de argila. *Ainda assim,* refletiu ele, *foram seus ancestrais que construíram o grande sistema de canais.*

– Claro – disse ele –, tem outro veículo chegando com bastante água. – Jack voltou até o helicóptero e pegou sua marmita; então retornou com ela e a ofereceu ao homem bleek. – É comida – explicou ele. Como se eles não soubessem. O casal de idosos já estava de pé e cambaleando com os braços esticados.

Atrás de Jack, os sons de um segundo helicóptero foram ficando mais e mais altos. Ele estava pousando, um grande helicóptero para duas pessoas que agora se inclinava e aterrissava, com as hélices girando lentamente.

O piloto logo estabeleceu contato:

– Você precisa de mim? Senão vou seguir viagem.

– Eu não tenho muita água para eles – respondeu Jack.

– Tudo bem – disse o piloto, desligando as hélices; então saltou do helicóptero arrastando um galão de uns 20 litros de água. – Eles podem ficar com este.

Juntos, Jack e o piloto ficaram observando os bleeks encherem suas cascas de ovo com o galão de água. Os bens deles não eram muitos – uma aljava de setas envenenadas, uma pele de animal para cada um deles; as duas mulheres levavam seus pesos de costura, seus únicos bens de valor: sem eles, eram mulheres inaptas, pois era neles que preparavam carnes ou grãos – o que conseguissem caçar. Tinham também alguns cigarros.

– O meu passageiro – disse o piloto, em voz bem baixa, no ouvido de Jack – não é muito fã da ideia de a ONU ser capaz de forçar a gente a parar desse jeito. Mas o que ele não percebe é que eles têm aquele satélite lá em cima e que, se o virem e você não parar, vai ter que pagar uma porcaria de uma multa bem salgada.

Jack virou-se e olhou para cima na direção do helicóptero estacionado. Viu que lá dentro estava sentado um homem parrudo e careca, alguém bem alimentado e cheio de si que observava o lado de fora com certa amargura, sem dar a menor atenção aos bleeks.

– Você precisa cumprir com a lei – disse o piloto com um tom de voz defensivo. – Do contrário, eu é que levaria essa porrada de multa.

Andando até o helicóptero, Jack chamou o homem careca e grandão sentado lá dentro:

– Você não se sente bem por saber que salvou a vida de cinco pessoas?

– Cinco pretos, você quer dizer – retrucou o homem careca, encarando-o. – Eu não acho que isso signifique salvar cinco pessoas. Você acha?

– Eu acho, sim – disse Jack. – E pretendo continuar fazendo isso.

– Fique à vontade, chame-os como quiser – disse o careca; ruborizando, lançou um olhar para o helicóptero de Jack e viu o que estava escrito nele. – Veja só aonde isso te leva.

– Esse cara com quem você está falando é o Arnie Kott – disse o jovem piloto, apressadamente, para Jack; em seguida, voltou-se para o homem: – Agora podemos ir embora, Arnie.

Então ele subiu de volta no helicóptero e sumiu de vista lá dentro, até que as hélices tornaram a girar.

O helicóptero se ergueu no ar, deixando Jack em pé ali, sozinho, junto com os bleeks. Agora tinham terminado de beber a água e estavam comendo da marmita que ele tinha oferecido. O galão de água vazio estava largado no chão, tombado para um lado. Os ovos de paka tinham sido reabastecidos e tampados. Os bleeks nem olharam para cima quando o helicóptero partiu. Nem sequer prestaram atenção em Jack; só ficaram cochichando entre si em seu dialeto.

– Qual o destino de vocês? – perguntou Jack.

O jovem bleek deu o nome de um oásis bem distante em direção ao sul.

– Você acha que conseguem chegar lá? – perguntou Jack; e completou, apontando para o casal de idosos: – Você acha que eles conseguem?

– Sim, Senhor – respondeu o bleek jovem. – Agora, com a água e a comida que os senhores nos deram, conseguimos chegar, sim.

Fico só imaginando se eles conseguem mesmo, Jack pensou. É lógico que diriam isso, mesmo que soubessem que não é possível. Deve ser algum tipo de orgulho racial.

– Senhor, temos um presente para o Senhor por ter parado – disse o jovem bleek, esticando algo na direção de Jack.

Suas posses eram tão mirradas que Jack não conseguia acreditar que eles tivessem algo para passar adiante assim. No entanto, ficou de mão aberta, esperando, e o jovem bleek colocou algo pequeno e gelado nela – um pedaço de uma substância escura, enrugada e seca que, para Jack, mais parecia parte de uma raiz de árvore.

– É uma feiticeira da água – disse o bleek. – Senhor, ela vai lhe trazer água, a fonte da vida, sempre que precisar.

– Mas ela não ajudou vocês, não é? – disse Jack.

– Ajudou sim, Senhor – disse o jovem bleek com um sorriso astuto. – Ela trouxe o Senhor.

– E o que vocês vão fazer sem ela? – perguntou Jack.

– Nós temos outra. Senhor, nós fazemos essas feiticeiras da água – disse o jovem bleek, apontando para o casal de idosos. – Eles são verdadeiras autoridades.

Avaliando a feiticeira da água com mais cuidado, Jack viu que ela tinha um rosto e membros meio indefinidos. Era algo mumificado, uma criatura que já fora viva de algum jeito. Ele ficou imaginando suas pernas, suas orelhas... até que sentiu um arrepio. O rosto era estranhamente humano, enrugado e sofrido, como se a criatura tivesse sido morta enquanto se esgoelava.

– E como isso funciona? – perguntou ele ao jovem bleek.

– Antigamente, quando alguém queria água, só fazia xixi na feiticeira da água e ela voltava à vida. Agora não fazemos mais isso, Senhor. Porque aprendemos com os Senhores que fazer xixi é errado. Por isso, agora cuspimos nela, e ela também ouve isso, quase tão bem quanto. Desse modo ela acorda, abre os olhos e repara em volta. Em seguida, abre a boca e convoca a água a encontrá-la. Foi assim que ela fez com o Senhor e com o outro Senhor, aquele forte que ficou sentado e não desceu aqui, aquele Senhor sem cabelo na cabeça.

– Aquele é um Senhor muito poderoso – disse Jack. – Ele é o monarca do povoado do sindicato dos encanadores, é o dono de Lewistown inteira.

– Pode ser mesmo – disse o jovem bleek. – Se for assim, não vamos parar em Lewistown, porque vimos que aquele Senhor sem cabelo não gosta da gente. Nós não demos a feiticeira da água em retribuição pela água dele porque ele não queria nos dar a água. Ele não estava colocando o coração nessa troca, era algo que vinha só das mãos dele.

Jack se despediu dos bleeks e voltou para seu helicóptero. Pouco depois, estava levantando voo. Abaixo dele, os bleeks acenavam, solenes.

Vou dar essa feiticeira da água para David, decidiu. Quando eu voltar para casa no fim da semana. Ele pode cuspir ou fazer xixi nela, o que preferir e lhe der mais satisfação.

3

Norbert Steiner tinha certa liberdade para ir e vir como bem entendesse por ser um profissional autônomo. Em um pequeno prédio de estrutura de aço situado fora de Bunchewood Park, ele produzia alimentos saudáveis, feitos inteiramente com plantas e minerais domésticos, sem os sedutores conservantes ou sprays químicos ou fertilizantes não orgânicos. Uma empresa em Bunchewood Park embalava os produtos para ele em caixas, embalagens de papelão, potes e envelopes. Depois disso, Steiner dirigia por Marte para vender os produtos diretamente aos consumidores.

Seu lucro era razoável, mesmo porque ele não tinha concorrentes – seu negócio era o único em Marte a se ocupar de uma alimentação saudável.

Além do mais, ele também tinha uma carta na manga: importava da Terra várias comidas *gourmet*, como trufas, patê de fígado de ganso, caviar, sopa de cauda de canguru, queijo azul dinamarquês, ostras defumadas, ovos de codorna, babá ao rum... tudo o que era ilegal em Marte por causa da tentativa da ONU de forçar as colônias a se tornarem autossuficientes na produção de alimentos. Os especialistas em alimentação da ONU alegavam que não era seguro transportar alimentos pelo espaço, dadas as chances de sofrerem contaminações pela radiação prejudicial, mas Steiner tinha mais informações. O verdadeiro motivo era o medo das consequências para as colônias caso houvesse uma guerra na Terra. As remessas de alimentos seriam interrompidas e, a menos que as colônias fossem autossuficientes, provavelmente morreriam de fome até deixarem de existir num curto intervalo de tempo.

Embora Steiner admirasse esse argumento, não concordava tanto assim com ele. Umas poucas latas de trufas francesas importadas na surdina não fariam com que os fazendeiros de laticínio parassem de tentar produzir leite, tampouco impediriam que os criadores de suínos, bovinos e caprinos continuassem se desdobrando para conseguir lucro com suas atividades. Pés de maçã e pêssego e damasco continuariam sendo plantados e aparados e pulverizados e regados, mesmo que potes de caviar dessem as caras nos vários povoados a um preço de vinte dólares cada.

No momento Steiner estava inspecionando uma remessa de latas de halva, um doce turco, que tinha chegado na véspera a bordo de uma nave autoguiada que fazia o transporte entre Manila e o pequeno campo de aterrissagem nos terrenos baldios das Montanhas Franklin Roosevelt, construído por Steiner com mão de obra dos bleeks. Halva era algo que vendia bem, especialmente em Nova Israel, e Steiner conferia as latas para ver se não estavam danificadas, estimando que conseguiria pelo menos cinco dólares por cada uma. E depois, também aquele Arnie Kott, de Lewistown, sempre ficava com qualquer coisa doce que Steiner conseguisse trazer, além de queijos e peixes enlatados de todo tipo, sem falar no bacon defumado canadense que era vendido em latas de dois quilos, assim como o presunto holandês. Na verdade, Arnie Kott era seu melhor cliente individual.

O galpão de armazenamento, onde Steiner estava sentado agora, ficava no horizonte de seu campo de aterrissagem diminuto, privado e ilegal. De pé no meio do campo estava o foguete que tinha chegado na noite anterior. O técnico de Steiner – ele próprio não tinha nenhuma habilidade manual – estava ocupado preparando-o para seu voo de volta a Manila. O foguete era pequeno, com apenas seis metros de altura, mas fora feito na Suíça e era bastante estável. No alto, o avermelhado sol marciano projetava sombras prolongadas dos picos da cadeia de montanhas que ficava nos arredores, e Steiner ligou o aquecedor de querosene para deixar mais agradável a temperatura do galpão. O técnico, ao ver que Steiner estava observando o lado de fora pela janela, acenou indicando que o foguete estava pronto para levar sua carga de volta, o que fez Steiner deixar as latas de halva de lado por um momento. Pegando seu carrinho de carga, ele começou a empurrar um monte de caixas de papelão pela porta do galpão rumo ao solo pedregoso do lado de fora.

– Isso parece pesar uns 50 quilos – disse o técnico com ar crítico, enquanto Steiner chegava empurrando o carrinho de carga.

– Essas caixas são bem leves – disse Steiner.

Dentro delas havia grama seca que, nas Filipinas, seria processada de modo que o resultado se parecesse bastante com haxixe. Isso se fumava misturado com tabaco burley de má qualidade da Virginia e atingia preços inacreditáveis nos Estados Unidos. Steiner nunca experimentara aquele negócio. Para ele, saúde física e moral eram uma coisa só – ele acreditava em seus alimentos saudáveis e não fumava nem bebia.

Juntos, ele e Otto abasteceram o foguete com a carga, lacraram-no e então Otto foi configurar o relógio do sistema de navegação. Dentro de poucos dias, lá na Terra, mais precisamente em Manila, José Pesquito descarregaria a remessa e conferiria o formulário de solicitação que a acompanhava, e prepararia os pedidos de Steiner para a viagem de volta.

– Você me dá uma carona de volta? – perguntou Otto.

– Antes vou passar em Nova Israel – disse Steiner.

– Tudo bem, estou com bastante tempo livre.

Otto Zitte já tinha operado por conta própria um pequeno negócio no mercado negro. Ele lidava exclusivamente com aparelhos eletrônicos, peças de pequeno porte e bastante frágeis, que eram contrabandeadas por meio das transportadoras comuns que faziam o trecho entre a Terra e Marte. E antigamente ele tinha tentado também importar itens disputados no mercado negro, como máquinas de escrever, câmeras, gravadores, casacos de pele e uísques, mas, nesse caso, a concorrência acabou por tirá-lo dos negócios. Atividades como fazer transações envolvendo essas conveniências da vida e realizar vendas em massa pelos povoados foram assumidas por grandes operadores profissionais do mercado negro que tinham um imenso capital de giro para se garantir, além de um sistema de transporte próprio e em grande escala. De todo jeito, o interesse de Otto não era realmente aquele. Ele queria mesmo era cuidar de consertos. Na verdade, tinha vindo a Marte por esse motivo, sem saber que duas ou três empresas monopolizavam o negócio e operavam como associações exclusivas, como era o caso da Companhia Yee, para a qual Jack Bohlen, vizinho de Steiner, prestava serviços. Otto fizera os testes de aptidão, mas não era bom o suficiente. Portanto, depois de um ano e pouco em Marte, ele tinha começado a trabalhar para Steiner e cuidava de sua pequena operação de importação. Era algo humilhante para ele, mas pelo menos não era trabalho braçal em alguma das brigadas dos povoados, que ficavam debaixo do sol reocupando o deserto.

Enquanto Otto e Steiner caminhavam de volta para o galpão de armazenamento, Steiner disse:

– Pessoalmente, eu não suporto esses israelenses, apesar de ter que lidar com eles o tempo todo. É anormal o jeito que eles vivem, aquelas barracas, e sempre tentando plantar aqueles pomares de laranja e limão, sabe? Eles têm vantagem sobre todas as outras pessoas porque, lá na Terra, já viviam praticamente do jeito que a gente vive aqui: no deserto e com recursos escassos.

– É verdade – disse Otto. – Mas você tem que dar o braço a torcer, porque eles realmente ralam, não têm preguiça.

– E não é só isso – disse Steiner. – Eles são hipócritas quando o assunto é comida. Veja o tanto de latas de carne não kosher que eles compram de mim. Nenhum deles segue as restrições alimentares.

– Bom, se você não aprova o fato de eles comprarem ostras defumadas de você, então não venda para eles – disse Otto.

– Isso é problema deles, não meu – respondeu Steiner.

Mas ele tinha outro motivo para visitar Nova Israel, um motivo que nem mesmo Otto conhecia. Um dos filhos de Steiner vivia lá, em um acampamento especial para crianças ditas "anômalas". O termo se referia a qualquer criança que fugisse à norma, física ou psicologicamente, a ponto de não poder estudar na Escola Pública. O filho de Steiner era autista, e a instrutora do acampamento vinha trabalhando com ele já havia três anos, tentando fazer com que o menino retomasse a comunicação com a cultura humana na qual nascera.

Ter um filho autista era motivo especial de vergonha, porque os psicólogos acreditavam que essa doença era oriunda de um defeito dos pais, normalmente algum temperamento esquizoide. Aos 10 anos de idade, Manfred Steiner nunca tinha dito uma palavra sequer. Ele corria para cá e para lá na ponta dos pés, evitando as pessoas como se fossem coisas pontiagudas e ameaçadoras. Fisicamente, ele era um garoto grande e saudável, de cabelos loiros. Durante seu primeiro ano de vida, mais ou menos, os Steiner ficaram muito contentes com a presença dele. Mas agora, até mesmo a instrutora do Acampamento B-G dava poucas esperanças para o caso. E isso porque ela era sempre otimista, fazia parte do seu trabalho.

– Talvez eu passe o dia todo em Nova Israel – disse Steiner enquanto ele e Otto carregavam o helicóptero com latas de halva. – Preciso visitar todas as porcarias de kibutz daquele lugar, e isso leva horas.

– Por que você não quer que eu vá junto? – perguntou Otto, sentindo a raiva subir.

Embaralhando os pés, Steiner inclinou a cabeça e disse, tomado de culpa:

– Você está me entendendo errado. Eu adoraria ter a sua companhia, mas... – Por um instante, ele pensou em dizer a verdade a Otto. – Vou te levar até o terminal de ônibus-tratores e você segue de lá, tudo bem?

Ele estava cansado. Quando chegasse ao Acampamento B-G, encontraria Manfred exatamente do mesmo jeito, sem nunca olhar as pessoas nos olhos, sempre concentrado nos cantos, mais parecendo um animal tenso e cansado do que uma criança... Mal valia a pena ir até lá, mas ele continuava indo mesmo assim.

Em sua mente, Steiner punha toda a culpa na esposa. Quando Manfred ainda era bebê, ela nunca falava com ele nem demonstrava nenhuma afeição. Por ter formação em química, ela tinha aquele comportamento intelectual e prático inadequado para uma mãe. Ela dava banho e alimentava a criança como se fosse um animal de laboratório, um rato. Mantinha-o sempre limpo e saudável, mas nunca cantava para ele ou ria com ele, nem mesmo lhe dirigia a palavra ou conversava com o menino. Por isso ele se tornara autista, obviamente. O que mais poderia fazer? Steiner, ao pensar nisso, se ressentia. E muito por ter se casado com uma mulher que tinha mestrado. Quando pensava no menino dos Bohlen, que era seu vizinho e estava sempre gritando e brincando por perto... Mas bastava olhar para Silvia Bohlen. Ela, sim, era uma verdadeira mãe e mulher, cheia de energia e vigor, atraente, *viva*. Verdade que era dominadora e egoísta, que tinha uma noção extremamente desenvolvida do que era seu, mas ele a admirava por isso. Ela não era sentimental, mas forte. Como exemplo, bastava pensar na questão da água e em como ela tinha se comportado. Não era possível dobrá-la, nem mesmo alegando que seu reservatório de água estava vazando e tinha desperdiçado o suprimento de duas semanas da família. Ao pensar nisso, Steiner deu um sorriso pesaroso. Silvia Bohlen não caíra naquela história nem por um momento sequer.

– Então pode me deixar no terminal de ônibus mesmo – disse Otto.

– Está bem – respondeu Steiner, aliviado. – E você não vai precisar aturar aqueles israelenses.

– Já te disse, Norbert, eu não me incomodo com eles – retrucou Otto, encarando-o.

Juntos, entraram no helicóptero. Steiner se acomodou na cabine e deu partida no motor, sem dizer mais nada a Otto.

Enquanto descia com seu helicóptero no campo de aterrissagem Weizmann, ao norte de Nova Israel, Steiner se sentiu culpado por ter falado mal dos israelenses. Só tinha feito isso como parte de seu discurso montado para dissuadir Otto de acompanhá-lo, mas não estava certo, ia contra seus verdadeiros sentimentos. Era vergonha, ele se deu conta. Foi por isso que dissera aquelas coisas. Estava envergonhado por causa do filho defeituoso que vivia no Acampamento B-G... E como era poderoso esse impulso, capaz de fazer um homem dizer qualquer coisa.

Se não fossem os israelenses, ninguém cuidaria de seu filho. Não havia nenhuma outra instituição em Marte que cuidasse de crianças anômalas, embora houvesse dezenas delas na Terra, como acontecia com qualquer outro estabelecimento que se imaginasse. E o custo para manter Manfred lá era tão baixo que não passava de mera formalidade. Enquanto estacionava seu helicóptero e saía, Steiner sentiu sua culpa crescendo, a ponto de se perguntar como poderia encarar os israelenses. Para ele, parecia que, Deus o livre, eles eram capazes de ler sua mente, intuir de algum jeito o que ele dissera a respeito deles quando estava em outro lugar.

No entanto, o pessoal do campo israelense o recebeu com todo prazer, o que fez com que a culpa começasse a se dissipar – por fim, ela nem sequer deu as caras. Arrastando malas pesadas, ele cruzou o campo até chegar ao estacionamento, onde o ônibus-trator esperava para levar os passageiros até o distrito comercial central.

Embarcou no ônibus e já estava se acomodando quando lembrou que não trouxera nenhum presente para o filho. A instrutora, srta. Milch, dissera-lhe para sempre trazer algo, algum objeto duradouro pelo qual Manfred pudesse se lembrar de seu pai depois que este fosse embora. *Bom, vou ter que parar em algum lugar no caminho,* Steiner pensou. *Comprar um brinquedo ou, talvez, um jogo.* Até que se lembrou de uma das mães que visitava o filho no Acampamento B-G e tinha uma loja de presentes em Nova Israel, a sra. Esterhazy. Ele poderia parar lá. A sra. Esterhazy já conhecia o Manfred e era entendida em crianças anômalas de modo geral. Ela saberia o que dar a ele e não faria perguntas constrangedoras do tipo "quantos anos tem o garoto?".

Steiner desceu do ônibus, no ponto mais próximo à loja de presentes, e foi seguindo pela calçada, apreciando aquela vista de lojas e escritórios bem cuidados e de pequeno porte. De muitas maneiras, Nova Israel o fazia pensar em casa. Era uma verdadeira cidade, mais do que a própria Bunchewood Park ou Lewistown. Via-se muita gente, a maioria com pressa, como se tivesse que cuidar de um estabelecimento; e ele bebia daquela atmosfera de comércio e movimentação.

Até que chegou à loja de presentes, com seu letreiro moderno e vitrines reclinadas. Não fosse o arbusto marciano crescendo na jardineira da janela, aquela poderia muito bem ser uma loja no centro de Berlim. Então ele entrou e encontrou atrás do balcão a sra. Esterhazy, que deu um sorriso ao reconhecê-lo. Era uma mulher atraente, uma matrona nos seus quarenta e poucos anos, com cabelos escuros, sempre muito bem-vestida, sempre aparentando frescor e inteligência. Como todo mundo sabia, a sra. Esterhazy era extremamente ativa em assuntos civis e políticos. Ela publicava um boletim e participava de todos os comitês possíveis.

Já o fato de ter um filho no Acampamento B-G era segredo, algo que só alguns outros pais sabiam, além, é claro, da equipe que trabalhava lá. Era um menino pequeno, de apenas 3 anos, que sofria de um dos terríveis defeitos físicos associados à exposição aos raios gama durante a fase intrauterina. Steiner o tinha visto só uma vez. Existiam muitas anomalias sérias no Acampamento B-G, e ele aprendeu a aceitá-las, independentemente de como elas se manifestassem. De início, ficara assustado com a criança Esterhazy. Ele era tão pequeno e todo atrofiado, com olhos enormes que pareciam os de um lêmure. Seus dedos tinham uma membrana, como se ele tivesse sido concebido para um mundo aquático. Steiner ficava com a impressão de que o menino tinha percepções assustadoramente agudas e o estudara com profunda intensidade, parecendo tê-lo acessado em uma profundidade normalmente inacessível, talvez até para ele próprio. Aquilo parecia ir se espalhando de alguma forma e esquadrinhando seus segredos. Até que, então, se recolhia e o aceitava, com base naquilo que tinha apurado.

A criança, desconfiava ele, era marciana, isto é, nascida em Marte e filha da sra. Esterhazy com algum homem que não era marido dela, posto que não estava mais casada. Essa informação ele pescara de uma conversa com ela, que falara a respeito com toda a calma, sem fazer alarde. Ela se divorciara havia vários anos. Assim, obviamente, a criança que estava no Acampamento B-G nascera fora do matrimônio, mas a sra. Esterhazy não considerava isso uma desgraça, como muitas mulheres modernas. Steiner partilhava da mesma opinião que ela.

Acomodando suas malas pesadas no chão, Steiner disse:

– Mas que lojinha simpática a sua, sra. Esterhazy.

– Obrigada – respondeu ela, saindo de trás do balcão. – Em que posso ser útil, sr. Steiner? Está aqui para me vender iogurte e gérmen de trigo? – Os olhos grandes e escuros dela brilharam.

– Preciso de um presente para o Manfred – disse ele.

Uma expressão suave e compassiva apareceu no rosto dela.

– Entendi. Bom... – e ela se afastou dele, indo em direção a um dos balcões. – Eu vi seu filho um dia desses, quando estava visitando o B-G. Ele já demonstrou algum interesse por música? Porque crianças autistas costumam gostar de música.

– Ele adora desenhar. Faz desenhos o tempo todo.

– Este instrumento é feito aqui – disse ela, pegando um instrumento de madeira que parecia uma flauta. – E é muito bem-feito – completou, estendendo o objeto na direção dele.

– Sim – disse ele. – Vou levar este.

– A sra. Milch está usando música como método para dialogar com as crianças autistas no B-G – disse a sra. Esterhazy, enquanto ia embrulhar a flauta de madeira. – Especialmente a dança. – E então, hesitou por um instante. – Sr. Steiner, sabe que tenho contato próximo com a cena política lá da Terra e... há um boato de que a ONU está cogitando... – ela diminuiu o tom de voz e seu rosto ficou pálido. – Detesto ser a pessoa a despertar esse tipo de sofrimento no senhor, mas se tem alguma verdade nessa informação, e parece que tem mesmo...

– Vá em frente – disse ele, mas agora estava desejando não ter entrado ali.

Sim, a sra. Esterhazy tinha contato com acontecimentos importantes, e ele ficava desconfortável só por saber disso, sem se inteirar de mais nada.

– Parece que há um projeto sendo discutido na ONU atualmente que tem a ver com crianças anômalas – disse a sra. Esterhazy, e, de repente, sua voz estremeceu. – Isso exigiria o fechamento do Acampamento B-G.

– Mas por quê? – foi o que ele conseguiu dizer depois de um momento, e ficou encarando-a.

– Eles estão temendo... Bom, eles não querem ver isso que chamam de "cota defeituosa" circulando pelos planetas colonizados. Querem manter a raça pura. O senhor consegue entender isso? Eu consigo, mas, ainda assim... bom, eu não consigo concordar. Provavelmente, por causa do meu próprio filho. Não, eu simplesmente não posso concordar com isso. Eles não estão nada preparados para crianças anômalas na Terra, porque não têm para si próprios as aspirações que têm para nós. O senhor precisa entender o idealismo e a inquietação que eles têm em relação a nós. O senhor se lembra de como se sentia antes de emigrar para cá com sua família? Lá na Terra eles veem a existência de crianças anômalas em Marte como indício de que um dos maiores problemas da Terra foi transplantado para o futuro, porque nós *somos* o futuro para eles e...

– Mas a senhora tem certeza desse projeto? – perguntou Steiner, interrompendo-a.

– Tenho a impressão de que sim. – E ela se pôs a encará-lo, de queixo erguido e transmitindo calma em seus olhos inteligentes. – Cautela nunca é demais. Seria terrível se eles fechassem o Acampamento B-G e...

Ela deixou a frase no ar. Em seus olhos era possível ler algo inexprimível. As crianças anômalas, incluindo seu filho e o dela, seriam mortas com alguma desculpa científica, indolor e instantânea. Será que era isso que ela queria dizer?

– Diga com todas as letras – insistiu ele.

– As crianças seriam colocadas para dormir – concluiu a sra. Esterhazy.

– A senhora quer dizer que elas seriam mortas – disse ele, revoltado.

– Nossa, como o senhor pode falar desse jeito, como se não se importasse? – respondeu ela, encarando-o horrorizada.

– Meu Deus – disse ele, com uma amargura violenta. – Se é que algo dessa história é verdade...

Mas ele não acreditava nela. Talvez porque não quisesse? Ou porque fosse pavoroso demais? Não, pensou ele. Porque ele não confiava nos instintos dela, em seu senso de realidade. Ela ouvira algum boato distorcido e histérico. Talvez houvesse, de fato, um projeto direcionado a algum aspecto tangencial desse assunto que poderia, de alguma maneira, atingir o Acampamento B-G e as crianças que nele viviam. Mas eles, pais de crianças anômalas, sempre tinham vivido debaixo dessa nuvem. Haviam lido a respeito da esterilização obrigatória de ambos os pais e de seus descendentes nos casos em que fosse comprovado que as gônadas tinham sofrido alterações permanentes, geralmente em casos de exposição a radiações gama em quantidade massiva e atípica.

– Quem são as pessoas da ONU por trás da autoria desse projeto? – perguntou ele.

– Seis integrantes do Comitê Interplanetário de Saúde e Bem-Estar supostamente redigiram o projeto – ela começou a anotar. – São estes os nomes. Agora, sr. Steiner, gostaríamos que o senhor escrevesse para esses homens e procurasse todos os seus conhecidos que...

Ele mal deu ouvidos. Apenas pagou pela flauta, agradeceu, aceitou o pedaço de papel com os nomes anotados e foi saindo da loja de presentes.

Que merda, ele queria não ter entrado naquele lugar! Será que ela gostava de contar essas histórias? O mundo já não tinha problemas o suficiente do jeito como estava, sem esses contos da carochinha sendo alardeados por mulheres de meia-idade que não deveriam ter nada a ver com questões públicas, para começo de conversa?

Mas uma voz plácida dentro dele dizia que ela talvez estivesse certa. *Você tem que encarar isso.* Agarrando as malas pesadas, ele seguiu andando confuso e assustado, mal e mal se dando conta das novas lojas pelas quais passava enquanto se apressava em direção ao Acampamento B-G e a seu filho, que lá o esperava.

Quando entrou no grande terraço com cúpula de vidro do Acampamento Ben-Gurion, Steiner deparou com a jovem senhorita Milch, de cabelos arenosos, uniforme de trabalho e sandálias, com respingos de massinha e tinta por toda parte, além de uma expressão agitada e as sobrancelhas erguidas. Ela inclinou a cabeça e afastou os cabelos desgrenhados do rosto enquanto ia na direção dele.

– Olá, sr. Steiner. Que dia agitado hoje. Chegaram duas novas crianças, e uma delas é um verdadeiro diabinho.

– Srta. Milch, eu estava conversando com a sra. Esterhazy na loja dela agora mesmo...

– E ela falou sobre o suposto projeto da ONU? – A srta. Milch estava com um ar cansado. – Sim, existe um projeto desses. A Anne consegue todo tipo de informação interna, embora eu não faça a menor ideia de como ela arruma isso. Tente não demonstrar agitação perto de Manfred, se conseguir. Ele anda meio chateado com as novas crianças que chegaram hoje. – E ela começou a conduzir o sr. Steiner descendo o corredor do terraço até a brinquedoteca, onde encontraria seu filho, mas ele se apressou atrás dela, interrompendo-a.

– O que podemos fazer a respeito desse projeto? – perguntou, esbaforido e colocando sua maleta no chão, ficando somente com o saco de papel no qual a sra. Esterhazy tinha colocado a flauta de madeira nas mãos.

– Não sei se há algo que possamos fazer – disse a srta. Milch, avançando lentamente em direção à porta e abrindo-a; alto e estridente, o som das vozes das crianças acertou o ouvido de ambos. – Naturalmente, as autoridades de Nova Israel e as de Israel mesmo, lá na Terra, fizeram protestos furiosos, e vários outros governos também. Mas boa parte disso acontece em segredo. O projeto é sigiloso e tudo tem que ser feito na surdina, para não despertar pânico. É um tema muito delicado. Ninguém sabe, de fato, qual é a percepção pública do assunto, nem mesmo se devem dar ouvidos a isso. – A voz dela, exausta e fragilizada, parecia se arrastar, como se estivesse se esgotando, até que, de repente, ela pareceu recobrar as energias e se apoiou no ombro dele. – Acho que a pior coisa que eles poderiam fazer, se acabassem com o B-G, seria deportar as crianças anômalas de volta para a Terra. Não acho que eles exagerariam a ponto de exterminar todas elas.

– Deportá-las para acampamentos na Terra – disse Steiner, rapidamente.

– Vamos lá encontrar o Manfred, está bem? – disse a srta. Milch. – Acho que ele já sabe que hoje é o dia que o senhor vem. Passou o dia todo perto da janela, mas é lógico que ele faz isso sempre.

De repente, para sua própria surpresa, a voz de Steiner irrompeu meio engasgada:

– Fico imaginando se eles não estão certos. De que serve ter uma criança que não consegue falar ou viver com outras pessoas?

A srta. Milch lançou um olhar na direção dele, mas não disse nada.

– Ele nunca vai conseguir manter um emprego – disse Steiner. – Sempre vai ser um fardo para a sociedade, como é agora. Não é verdade?

– Crianças autistas continuam nos desconcertando por seu jeito, pelo modo como ficaram desse jeito, pela tendência a começar a evoluir mentalmente, de uma só vez e sem motivo aparente, depois de anos demonstrando total falha em reagir a estímulos.

– Acho que, de plena consciência, não posso me opor a esse projeto – disse Steiner. – Não depois de pensar um pouco a respeito. Agora que o choque inicial passou, acho que seria justo. Sinto que é algo justo. – E sua voz oscilou.

– Bom, fico feliz que o senhor não tenha dito isso para Anne Esterhazy, porque ela jamais o teria deixado ir embora. Ela o perseguiria fazendo discursos até que o senhor passasse para o lado dela – disse a srta. Milch, segurando a porta da grande brinquedoteca. – O Manfred está ali no canto.

Olhando para seu filho de longe, Steiner pensou, ninguém suspeitaria de nada. A cabeça grande e bem formada, os cabelos encaracolados, os belos traços... O garoto estava inclinado, absorto em algum objeto que tinha nas mãos. Um menino bonito de verdade, com olhos que às vezes brilhavam de ironia e, noutras, de alegria e excitação... e com uma coordenação motora espantosa. A maneira como ele corria para lá e para cá na ponta dos pés, como se estivesse dançando uma música inaudita, uma melodia de dentro de sua própria cabeça e cuja mistura de ritmos o encantava.

Somos muito comuns se comparados a ele, pensou Steiner. De chumbo. Ficamos rastejando por aí feito caramujos enquanto ele dança e salta como se a gravidade não tivesse sobre ele o mesmo efeito que tem sobre nós. Seria ele feito de algum tipo novo e diferente de átomo?

– Oi, Manny – disse o sr. Steiner para seu filho.

O garoto não levantou a cabeça nem demonstrou qualquer indício de ter tomado consciência da presença do pai; apenas continuou distraído com o objeto nas mãos.

Eu vou escrever para os idealizadores desse projeto, pensou Steiner. *E dizer a eles que tenho um filho no acampamento. E que concordo com eles.*

Seus próprios pensamentos o amedrontavam.

Seria como assassinar Manfred, reconhecia ele. O ódio que sinto por ele aflorando, ganhando vazão por causa dessa notícia. Agora entendo por que estão discutindo isso secretamente. Aposto que muitas outras pessoas sentem esse mesmo ódio sem reconhecê-lo dentro de si próprias.

– Sem flauta para você hoje, Manny – disse Steiner. – Fico pensando: por que eu deveria te dar isso? Você liga para isso? Não. – O garoto nem sequer ergueu o olhar ou deu qualquer sinal de estar ouvindo. – Nada – prosseguiu Steiner. – Vazio.

Enquanto estava lá parado, aproximou-se o dr. Glaub, alto e esguio, usando jaleco branco e empunhando uma prancheta. Repentinamente, Steiner se deu conta da presença dele e se endireitou.

– Há uma nova teoria sobre o autismo – disse o dr. Glaub. – Vem de Berghölzlei, na Suíça. Gostaria de falar disso com o senhor, porque parece ser algo que abre novas possibilidades para o seu filho aqui.

– Duvido muito – respondeu Steiner.

O dr. Glaub pareceu não lhe dar ouvidos e continuou seu discurso:

– Ela parte do princípio de que há um transtorno na percepção do tempo por parte dos indivíduos autistas, de modo que o mundo ao redor deles fica tão acelerado que eles não conseguem lidar com isso. Na verdade, eles não conseguem ter uma percepção adequada... É exatamente a mesma coisa que aconteceria se assistíssemos a um programa de televisão acelerado, com objetos passando zumbindo tão rápido que se tornariam invisíveis; o som viraria uma algazarra, entende? Simplesmente uma bagunça de ruídos com frequência extremamente alta. Mas agora, essa nova teoria coloca a criança autista em uma câmara fechada, de frente para uma tela em que sequências filmadas são projetadas lentamente, percebe? Tanto o som como o vídeo têm a velocidade reduzida a tal ponto que, por fim, eu e você não conseguiríamos perceber o movimento nem entender os sons como sendo um discurso humano.

– Fascinante – disse Steiner, exaurido. – Sempre tem alguma novidade em psicoterapia, não é mesmo?

– Sim – disse o dr. Glaub, acenando com a cabeça. – Especialmente com os suíços. Eles são engenhosos em compreender a visão de mundo de pessoas perturbadas, de sujeitos ensimesmados e isolados, apartados dos meios de comunicação comuns, entende?

– Entendo sim – disse Steiner.

Ainda acenando com a cabeça, o dr. Glaub continuou andando e parou perto de outra pessoa, uma mãe que estava sentada junto com a filhinha, ambas observando um livro de imagens feito de tecido.

Um pouco de esperança antes do cataclismo, pensou Steiner. Será que o dr. Glaub sabe que, a qualquer momento, as autoridades lá da Terra podem fechar o Acampamento B-G? O bom médico continua se dedicando com a mais plena imbecilidade da inocência... feliz com seus planos.

Seguindo o dr. Glaub, Steiner esperou até que ele interrompesse sua conversa e disse:

– Doutor, eu gostaria de discutir essa teoria um pouco mais a fundo.

– Claro, claro – disse o dr. Glaub, desvencilhando-se da mulher e da filha, e conduziu Steiner para um canto onde pudessem conversar a sós. – Esse conceito de distorção do tempo pode abrir uma porta para essas mentes tão exaustas pela tarefa impossível de se comunicar em um mundo onde tudo acontece com tanta rapidez que...

– Suponhamos que a sua teoria esteja certa – interrompeu Steiner. – Como o senhor pode ajudar um sujeito desses a funcionar normalmente? O senhor sugere que ele fique na câmara fechada com essa tela projetando em velocidade reduzida para o resto da vida? Eu acho, doutor, que vocês todos estão de brincadeira aqui. Não estão encarando a realidade. Todos vocês aqui no Acampamento B-G. Vocês são muito virtuosos, muito desprovidos de malícia. Só que o mundo lá fora não é assim. Aqui é um lugar nobre, idealista, mas vocês estão se enganando. Por isso, na minha opinião, vocês também estão enganando os pacientes. Peço desculpas por dizer isso, mas essa história de câmara fechada e velocidade reduzida sintetiza todos vocês daqui, todo esse comportamento.

O dr. Glaub ficou ouvindo e assentindo com a cabeça, tomado por uma expressão resoluta, e retomou a palavra quando Steiner parou de falar:

– Bom, prometeram que receberíamos equipamentos práticos, fornecidos pela Westinghouse, lá da Terra. A relação com outras pessoas em uma sociedade acontece primeiramente por meio do som, e o pessoal da Westinghouse projetou para nós um gravador de áudio que capta a mensagem dirigida ao indivíduo psicótico, como o seu filho Manfred, por exemplo. Em seguida, depois de gravar essa mensagem em uma fita de óxido de ferro, o conteúdo é reproduzido para ele quase instantaneamente em velocidade reduzida, para então se apagar e gravar a próxima mensagem, e assim por diante, resultando na manutenção de um contato permanente com o mundo externo e seguindo sua própria velocidade. Depois também esperamos ter em nossas mãos aqui um gravador de vídeo que apresentará a ele uma gravação constante e também em velocidade reduzida da parte visual da realidade, sincronizado com a parte do áudio. É notório que ele continuará um passo atrás do contato com a realidade, e o problema do tato ainda traz dificuldades. Mas discordo do senhor quando diz que isso é idealista demais para poder ter uma aplicação prática. Pense nas terapias químicas disseminadas, que eram tentadas há não muito tempo. Estimulantes aceleravam a percepção interna de tempo de um psicótico para que pudesse entender os estímulos que chegavam até ele. Mas tão logo os efeitos dos estimulantes se esgotavam, a cognição do psicótico tornava a se reduzir à medida que seu metabolismo falho se restabelecia, entende? Ainda assim, aprendemos muito com isso. Por exemplo, que a psicose tem uma base química, não psicológica. Sessenta anos de noções errôneas frustrados por um único experimento usando amital sódico...

– Sonhos – interrompeu Steiner. – Vocês nunca vão conseguir fazer contato com o meu garoto. – E deu as costas, afastando-se do dr. Glaub.

Saindo do Acampamento B-G, Steiner foi de ônibus até um restaurante pretensioso, o Red Fox, onde sempre compravam uma quantidade considerável de seus itens. Depois de ter feito negócio com o proprietário do local, ele se sentou um pouco no bar para tomar uma cerveja.

O jeito como o dr. Glaub falara... Era justamente aquele tipo de idiotice que os levara até Marte, para começo de conversa. Um planeta onde um copo de cerveja custava o dobro de uma dose de uísque escocês, porque a bebida consumia muito mais água para ser feita.

O proprietário do Red Fox, um homem pequeno, careca e corpulento, de óculos, sentou-se perto de Steiner e disse:

– Por que você está tão carrancudo, Norb?

– Eles vão fechar o Acampamento B-G – respondeu ele.

– Que bom – disse o dono do restaurante. – A gente não precisa desses malucos aqui em Marte. É publicidade ruim.

– Concordo com você – disse Steiner. – Pelo menos, até certo ponto.

– É como aqueles bebês que nasciam com nadadeiras na década de 1960, por terem usado aquela droga alemã. Deviam ter destruído todos eles. Tem um monte de crianças normais e saudáveis nascendo, por que salvar essas outras? Se você tivesse um filho com braços a mais ou sem nenhum braço, que fosse deformado de algum jeito, você não ia querer que ele continuasse vivo, né?

– Não – respondeu Steiner.

Ele não disse que, lá na Terra, seu cunhado tinha focomelia, que nascera sem braços e usava próteses incríveis projetadas sob medida por uma empresa canadense especializada nesse tipo de equipamento.

Na verdade, ele não disse nada para aquele homenzinho corpulento, só bebeu sua cerveja e ficou encarando as garrafas do bar, atrás do balcão. Não gostava nem um pouco daquele homem e nunca lhe falara a respeito de Manfred. Sabia que o sujeito tinha um preconceito muito arraigado. E sabia também que ele não era um caso atípico. No fim das contas, Steiner não conseguia nutrir nenhum ressentimento em relação a ele. Estava apenas se sentindo esgotado, e não queria falar a respeito disso.

– Isso foi o começo – disse o proprietário. – Esses bebês do início dos anos 1960... será que tem algum no Acampamento B-G? Jamais coloquei meus pés nesse lugar, nem nunca vou colocar.

– Como eles poderiam estar no B-G? – indagou Steiner. – Eles dificilmente são anômalos; ter uma anomalia significa ter uma condição única.

– Ah, é verdade – admitiu o homem. – Estou entendendo o que você quer dizer. De todo modo, se tivessem destruído essa gente anos atrás, não teríamos lugares como o B-G, porque, na minha cabeça, tem um vínculo direto entre os monstros nascidos nos anos 1960 e todos os malucos que nasceram com problemas por causa de radiação desde então. Quer dizer, tudo isso se deve a genes inferiores, não é? Agora eu acho que os nazistas estavam certos. Eles enxergaram a necessidade de eliminar essas distorções genéticas lá atrás, nos idos de 1930. Eles enxergaram...

– Meu filho... – Steiner começou a dizer, e então parou, dando-se conta do que havia dito e de que estava sendo encarado pelo homem corpulento. – Meu filho está lá. – Depois de uma pausa, conseguiu continuar. – Ele significa tanto para mim quanto o seu filho significa para você. Eu sei que algum dia ele vai voltar para o mundo.

– Vou te pagar uma bebida, Norbert – disse o homem –, para mostrar quanto me arrependo de ter falado desse jeito.

– Se eles fecharem o B-G – continuou Steiner – vai ser uma calamidade muito grande para a gente enfrentar, a gente que tem filho lá dentro. Eu não consigo encarar isso.

– Entendo o que você está falando – disse o homem. – Entendo seu sentimento.

– Você já está melhor do que eu se entende como me sinto, porque eu mesmo não consigo tirar nenhum sentido disso – disse Steiner, colocando de lado seu copo de cerveja vazio e descendo do banco do balcão. – Eu não quero outra bebida. Desculpe, preciso ir embora. – E foi pegar as malas pesadas.

– Você vem aqui há tanto tempo, nós já falamos desse acampamento várias vezes – disse o proprietário – e você nunca me contou que tem um filho lá. Isso não foi legal. – E agora ele parecia estar irritado.

– Por que isso não foi legal?

– Porra, se eu soubesse, não teria dito tudo o que disse. A culpa é sua, Norbert. Você podia ter me dito, mas não falou nada de propósito. Não gostei nada disso. – Seu rosto estava vermelho de indignação.

Carregando as malas, Steiner saiu do bar.

– Hoje não é mesmo o meu dia... – disse ele, em voz alta. – Briguei com todo mundo; da próxima vez que vier aqui, vou ter que ficar o tempo todo pedindo desculpas... Se é que vou voltar aqui um dia. Mas não tenho escolha, meus negócios dependem disso. E preciso visitar o Acampamento B-G, não tenho outra saída.

De repente, ocorreu a ele a ideia de se matar. O plano lhe veio completo à mente, como se sempre tivesse estado ali, sempre feito parte dele. É fácil, basta derrubar o helicóptero. *Eu já estou com o saco bem cheio de ser Norbert Steiner,* pensou ele. Não pedi para ser Norbert Steiner nem para vender comida no mercado negro nem nada disso. Que motivos eu tenho para continuar vivo? Não sou bom com as mãos, não consigo consertar nada, também não sei usar meu cérebro... sou só um vendedor. Estou cansado do desprezo da minha mulher porque não consigo manter nossos equipamentos de água funcionando... e estou cansado do Otto, a quem tive de contratar porque sou incapaz até de conduzir meus negócios.

Na verdade, pensou ele, por que esperar até chegar de volta ao helicóptero? Vinha pela rua um imenso e barulhento ônibus-trator, com as laterais repletas de areia. Tinha acabado de cruzar o deserto e estava chegando a Nova Israel, vindo de outro povoado. Steiner pôs as malas no chão e foi correndo para o meio da rua, bem na direção do ônibus-trator.

O ônibus buzinou, seus freios guincharam. O trânsito parou enquanto Steiner seguia correndo de cabeça baixa e olhos fechados. Foi só no último momento, quando o som da buzina de ar comprimido chegou aos seus ouvidos com um estrondo tão alto a ponto de ficar insuportavelmente doloroso, que ele tornou a abrir os olhos. Então viu o motorista do ônibus encarando-o boquiaberto, viu o volante e o número que havia no boné do motorista. E aí...

* * *

No solário do Acampamento Ben-Gurion, a srta. Milch ouviu o som de sirenes e fez uma pausa bem no meio da Dança da Fada Açucarada, de *O Quebra-Nozes*, de Tchaikovsky, que ela estava tocando no piano para as crianças dançarem.

– Fogo! – disse um dos garotos, indo até a janela, ao que as outras crianças o seguiram.

– Não, srta. Milch, é uma ambulância indo na direção do centro – disse outro garoto, que também estava na janela.

A srta. Milch continuou tocando, e as crianças, seguindo o som ritmado que saía do piano, voltaram correndo para seus lugares. Eles eram ursos no zoológico, saltitando para ganhar amendoins. Pelo menos era isso o que a música lhes sugeria, e a srta. Milch disse para que seguissem em frente e simulassem essa situação.

Isolado em um canto, Manfred estava de pé, sem dar a mínima para a música, com a cabeça baixa e uma expressão pensativa no rosto. Enquanto as sirenes gemiam alto, por um instante Manfred ergueu a cabeça. Ao perceber esse movimento, a srta. Milch arquejou e sussurrou uma súplica. O garoto estava ouvindo! Ela passou a tocar a música de Tchaikovsky ainda mais alto do que antes, sentindo pura exaltação – ela e os médicos estavam certos, pois o som permitira, de fato, fazer contato com o garoto. Agora Manfred estava indo lentamente até a janela para olhar lá fora. Sozinho, ele mirou os prédios e ruas lá embaixo, procurando a origem do barulho que o havia despertado e atraíra sua atenção.

No fim das contas, as coisas não são tão desanimadoras assim, a srta. Milch pensou. Espere só até o pai dele ficar sabendo. Isso prova que a gente nunca deve nem ao menos pensar em desistir.

E ela continuou tocando bem alto, toda feliz.

4

Enquanto construía uma barragem de terra molhada bem no fundo da horta de sua família, debaixo do sol escaldante de fim de tarde em Marte, David Bohlen viu o helicóptero da ONU descendo e aterrissando diante da casa dos Steiner, e soube na hora que alguma coisa estava acontecendo.

Um policial da ONU, com seu uniforme azul e capacete brilhante, saiu do helicóptero e foi andando pelo caminho que levava até a porta da frente dos Steiner, e quando duas das meninas apareceram, ele as cumprimentou. Em seguida, falou com a sra. Steiner e desapareceu do lado de dentro, fechando a porta logo atrás de si.

David se pôs de pé e saiu correndo do jardim, atravessando a faixa de areia que levava até o canal. Ele saltou o canal e cruzou o trecho plano onde a sra. Steiner tentara cultivar amores-perfeitos sem sucesso, e na esquina de casa deparou, de repente, com uma das meninas Steiner. Ela estava parada, inerte, colocando de lado um talo de erva daninha, com o rosto pálido. Tinha o aspecto de alguém que ia passar mal.

– Ei, o que houve? – ele perguntou a ela. – Por que o policial está falando com a sua mãe?

A garota Steiner lançou um olhar para ele e, então, foi embora num sobressalto, deixando-o ali.

Aposto que sei do que se trata, pensou David. *O senhor Steiner foi preso porque fez alguma coisa ilegal.* Ele sentiu uma excitação e ficou pulando para cima e para baixo. *O que será que ele fez?* Então, se virou e correu de volta pelo caminho por onde tinha vindo, saltou mais uma vez o canal de água e, por fim, escancarou a porta de sua própria casa.

– Mãe! – gritou ele, correndo de um cômodo a outro. – Sabe aquilo que você e o papai sempre falam, que o sr. Steiner é meio fora da lei no trabalho dele? Bom, quer saber o que houve?

Sua mãe não estava em lugar nenhum. Devia ter ido fazer alguma visita, ele se deu conta. Para a sra. Henessy, por exemplo, que vivia perto, seguindo o canal ao norte; dava para ir a pé. Muitas vezes a mãe dele passava o dia fora visitando outras mulheres, com quem tomava café e fofocava. Bom, elas é que estão perdendo, David disse a si mesmo. Ele foi correndo até a janela e olhou para fora, para ter certeza de que não estava perdendo nada.

Agora o policial e a sra. Steiner tinham saído da casa e andavam lentamente rumo ao helicóptero da polícia. A sra. Steiner cobria o rosto com um grande lenço, e o policial a conduzia com a mão sobre seu ombro, como se ela fosse sua parente ou algo assim. David assistiu enquanto os dois entravam no helicóptero. As meninas Steiner ficaram paradas, reunidas num pequeno grupo, com um aspecto peculiar. O policial foi até lá, falou com elas e depois voltou ao helicóptero, quando notou a presença de David. Então acenou para que o garoto viesse para fora, o que David fez, sentindo certo medo. Ele saiu de casa piscando os olhos pelo contato com a luz do sol e, passo a passo, aproximou-se do policial, que vestia um capacete brilhante, uma braçadeira e carregava uma arma na cintura.

– Qual o seu nome, meu filho? – perguntou o policial, com algum sotaque.

– David Bohlen. – E seus joelhos estremeceram.

– Sua mãe ou seu pai estão em casa, David?

– Não – disse ele. – Só eu.

– Quando seus pais voltarem, diga para eles ficarem de olho nas meninas Steiner até que a sra. Steiner esteja de volta. – E o policial deu partida no motor do helicóptero, ao que as hélices começaram a girar. – Você pode fazer isso, David? Você entendeu direitinho?

– Sim, senhor – disse David, notando que o policial usava uma faixa azul, o que significava que ele era sueco.

O garoto conhecia todos os símbolos de identificação usados pelas diferentes unidades da ONU. Agora ele estava pensando que velocidade o helicóptero da polícia conseguia atingir. Aquele parecia ser um trabalho especial e ligeiro, e ele bem que gostaria de poder dar uma volta: o medo que sentira do policial tinha passado, queria que eles pudessem conversar mais. Mas o policial estava indo embora. O helicóptero levantou voo e torrentes de vento e areia foram sopradas ao redor de David, o que o obrigou a dar as costas e proteger o rosto com o braço.

As quatro garotas Steiner ainda estavam paradas de pé, todas juntas e sem dizer palavra. Uma delas, a mais velha, estava chorando; lágrimas corriam por suas bochechas, mas ela não emitia nenhum som. A menor, que tinha apenas 3 anos, sorria timidamente para David.

– Querem me ajudar com a barragem? – David perguntou a elas. – Vocês podem vir, o policial disse que tudo bem.

Depois de um tempo, a garota Steiner mais nova foi na direção dele e as outras a seguiram.

– O que o pai de vocês fez? – ele perguntou à mais velha, que tinha 12 anos, mais até do que ele. – O policial disse que você podia me contar – acrescentou.

Não houve resposta; a garota simplesmente o encarou.

– Se você me contar, eu não conto para ninguém. Prometo guardar segredo – disse David.

* * *

Tomando um sol no pátio cercado e coberto de videiras de June Henessy enquanto bebericava chá gelado e travava uma conversa sonolenta, Silvia Bohlen ouviu as notícias do fim da tarde pelo rádio da casa dos Henessy.

Ao lado dela, June ficou de pé e disse:

– Olha só, não é aquele homem que é seu vizinho?

– Shhh – disse Silvia, ouvindo o locutor atentamente.

Mas não se dizia nada além da rápida menção: Norbert Steiner, comerciante de alimentos saudáveis, tinha cometido suicídio em uma rua no centro de Nova Israel, lançando-se na frente de um ônibus em movimento. Era aquele mesmo Steiner, isso mesmo. Era o vizinho deles, ela soube de imediato.

– Que terrível – disse June, sentando-se e apertando as fivelas de seu colete de algodão com estampa de bolinhas. – Eu só o vi umas duas vezes, mas...

– Ele era um homenzinho bem medonho. Não me surpreende que tenha feito isso – disse Silvia, que ainda assim estava horrorizada, não conseguia acreditar naquilo; então ela ficou de pé e continuou: – Com quatro filhas... ele a deixou tomando conta de quatro filhas! Isso não é horrível? O que vai ser delas? E elas já eram tão desamparadas.

– Fiquei sabendo que ele vendia umas coisas no mercado negro – disse June. – Você já ouviu falar disso? Talvez ele estivesse sendo encurralado.

– É melhor eu ir para casa logo e ver se consigo fazer alguma coisa para ajudar a sra. Steiner. Talvez eu possa ficar com as crianças por um tempo.

Será que é minha culpa?, ela se perguntou. Será que ele se matou porque eu me recusei a dar água para eles hoje de manhã? Pode ser que sim, porque ele estava lá, ainda nem saíra para trabalhar.

Talvez seja nossa culpa, então, pensou ela. A maneira como tratamos eles... Quem de nós os tinha aceitado e sido, de fato, legais com eles alguma vez na vida? Mas também, eles são dessas pessoas horríveis, que vivem choramingando, sempre pedindo ajuda, implorando e pegando emprestado... Quem os respeitaria?

Entrando na casa, ela foi para o quarto e se trocou, vestindo calças de moletom e uma camiseta. June Henessy a acompanhou.

– Sim, você está certa – disse June. – Todos nós temos que entrar em ação e ajudar com o que for possível. Fico pensando se ela vai ficar por aqui ou se vai voltar para a Terra. Eu voltaria... estou praticamente pronta para voltar, seja como for; é tão sem graça aqui.

Pegando a bolsa e seus cigarros, Silvia se despediu de June e tomou o rumo de volta pelo canal até sua própria casa. Sem fôlego, chegou a tempo de ver o helicóptero da polícia desaparecer no céu. *Eles vieram notificar a esposa*, pensou ela. No quintal, deparou com David junto das quatro garotas Steiner; estavam todos ocupados brincando.

– Eles levaram a sra. Steiner? – ela gritou para David.

O garoto se precipitou, ficou de pé de uma só vez e foi até ela, cheio de entusiasmo:

– Mãe, ela foi com eles. Estou tomando conta das meninas.

Era justamente isso que eu temia, pensou Silvia. As quatro garotas continuaram sentadas na barragem, fazendo um jogo lento e apático com água e lama. Nenhuma delas olhou em sua direção nem a cumprimentou; pareciam todas inertes, sem dúvida por causa do choque em saber da morte do pai. Só a caçula pareceu se reanimar, ela que, provavelmente, ainda não entendera a novidade, para começo de conversa. A morte daquele homenzinho já tinha se espalhado e atingido outras pessoas, pensou Silvia, e essa frieza está se alastrando. Ela sentiu um calafrio no coração. E isso porque eu nem gostava dele, pensou.

Ela ficou abalada só de ver as quatro garotas Steiner. Será que vou ter que tomar conta dessas crianças molengas, roliças, sem graça e de baixa renda?, perguntou a si própria. A resposta a esse pensamento veio com tudo, deixando de lado todo e qualquer outro raciocínio: *Mas eu não quero!* Ela foi tomada por pânico, porque era óbvio que não tinha escolha. Agora mesmo elas estavam brincando em seu terreno, no seu jardim; já estavam sob seus cuidados.

– Dona Silvia, a gente pode pegar mais água pra nossa barragem? – perguntou a caçula, com um tom esperançoso.

Água, sempre querendo água, pensou Silvia. *Sempre querendo sugar a gente, era como se isso fizesse parte do caráter delas*. Ela ignorou a menina e, em vez disso, dirigiu-se ao filho:

– Entre em casa, quero falar com você.

Juntos, eles foram para dentro, onde as garotas não podiam ouvi-los.

– David, o pai delas morreu, deu no rádio. É por isso que a polícia veio buscar a mãe. Vamos ter que ajudá-las por um tempo – disse ela tentando sorrir, mas era impossível –, por mais que a gente não goste muito dos Steiner...

– Eu não tenho nada contra eles, mãe – irrompeu David. – Como ele morreu? Ele teve um ataque do coração? Os bleeks armaram alguma para ele, é possível isso?

– Não importa como ele morreu. O que nós temos que pensar agora é no que podemos fazer por essas meninas. – Sua mente estava vazia, ela não conseguia pensar em nada, sabia apenas que não queria ter aquelas garotas por perto. – O que a gente deve fazer? – ela perguntou a David.

– Talvez preparar um almoço. Elas me disseram que não comeram nada, a mãe estava começando a preparar algo.

Silvia saiu de casa e foi descendo pelo caminho.

– Vou preparar o almoço para quem de vocês quiser comer, meninas. Na casa de vocês. – Ela aguardou um instante e então começou a andar na direção da casa dos Steiner; quando olhou para trás, viu que apenas a mais nova a seguia.

A garota mais velha disse, com uma voz embargada de lágrimas:

– Não, obrigada.

– É melhor você comer – disse Silvia, embora estivesse meio aliviada, e falou para a caçula: – Venha comigo. Como você se chama?

– Betty – disse a pequena, um pouco tímida. – Posso comer um sanduíche de ovo? E chocolate quente?

– Vamos ver o que tem para comer – disse Silvia.

Mais tarde, enquanto a pequena comia seu sanduíche de ovo tomando um chocolate quente, Silvia aproveitou para explorar a casa dos Steiner. No quarto, deparou com algo que lhe interessou: a foto de um menino pequeno com olhos grandes, escuros e brilhantes e cabelos encaracolados. Parecia uma criatura desesperada de outro mundo, pensou Silvia, de algum lugar divino, mas medonho, fora do alcance deles.

Levando o retrato para a cozinha, ela perguntou para a pequena Betty quem era aquele garoto.

– É o meu irmão, o Manfred – respondeu Betty, com a boca cheia de pão com ovo.

Então ela começou a dar uma risadinha. Em meio aos risos, surgiram algumas palavras hesitantes, e Silvia entendeu que as meninas não deviam mencionar para ninguém a existência do irmão.

– Por que ele não mora aqui com vocês? – perguntou Silvia, cheia de curiosidade.

– Ele está no acampamento – disse Betty. – Porque ele não consegue falar.

– Que vergonha – disse Silvia, pensando que com certeza era aquele acampamento em Nova Israel.

Não era de espantar que as meninas não pudessem nem mencionar o irmão. Era uma daquelas crianças anômalas de que se ouve falar, mas nunca se vê. Esse pensamento a entristeceu. Uma tragédia inesperada na família Steiner, ela nunca imaginara aquilo. E foi em Nova Israel que o sr. Steiner tirou a própria vida. Sem dúvida estava visitando o filho.

Então essa história não tem nada a ver com a gente, decidiu ela, enquanto levava o retrato de volta a seu lugar no quarto. A decisão do sr. Steiner foi baseada em um problema pessoal. Assim, ela se sentiu aliviada.

É estranho como surge essa reação imediata de culpa e responsabilidade quando você fica sabendo de um suicídio, pensou ela. Se pelo menos eu tivesse feito isso ou aquilo... eu podia ter evitado. Sou culpada. E não era bem o caso nesta situação, nem de longe. Ela era uma completa estranha para os Steiner, não partilhava nada da verdadeira vida deles, apenas imaginava que sim, com uma ponta de culpa neurótica.

– Você vê seu irmão às vezes? – ela perguntou a Betty.

– Acho que o vi no ano passado – respondeu a garota, hesitante. – Ele estava brincando de pega-pega, tinha vários outros meninos bem maiores do que eu.

Agora, silenciosamente, as três garotas Steiner mais velhas adentraram a cozinha e ficaram paradas em volta da mesa. Até que a mais velha disparou de supetão:

– Nós mudamos de ideia, queremos almoçar, sim.

– Tudo bem – disse Silvia. – Vocês podem me ajudar a quebrar os ovos e tirar da casca. Por que não vão buscar David e eu preparo algo para ele também? Não vai ser divertido todo mundo comer junto?

E todas elas concordaram, acenando com a cabeça, mudas.

Subindo a rua principal de Nova Israel, Arnie Kott viu uma multidão à sua frente e carros encostados no meio-fio, então parou por um momento antes de tomar a direção da loja de presentes de arte contemporânea de Anne Esterhazy. Tem alguma coisa acontecendo, pensou ele. Um roubo? Briga na rua?

No entanto, ele não tinha tempo para investigar. Seguiu seu caminho até chegar à pequena loja moderna, tocada por sua ex-mulher. Com as mãos nos bolsos da calça, entrou tranquilamente.

– Tem alguém em casa? – perguntou ele, jovial.

Ninguém por ali. Ela deve ter saído para ver essa comoção,

Arnie pensou. Que tino para os negócios, nem sequer se deu ao trabalho de fechar a loja.

Um momento depois, Anne voltou para a loja, apressada e sem fôlego.

– Arnie – disse ela, surpresa ao vê-lo. – Meu Deus, você viu o que acabou de acontecer? Eu tinha acabado de conversar com ele, uma simples conversa, não faz nem uma hora. E agora ele está morto. – Seus olhos se encheram de lágrimas e ela desmontou em uma cadeira, alcançando um Kleenex e assoando o nariz. – É simplesmente terrível – disse ela, com uma voz abafada. – E não foi um acidente, ele fez isso de propósito.

– Ah, então é isso que está acontecendo – disse Arnie, pensando que devia ter ido até lá dar uma olhada. – De quem você está falando?

– Acho que você não o conhece. Ele tem um filho no acampamento, foi assim que o conheci. – Ela esfregou os olhos e ficou sentada por um momento enquanto Arnie percorria a loja, até que por fim disse: – Bom, o que posso fazer por você? Que bom te ver.

– Aquela porcaria de codificador que eu tenho quebrou – disse Arnie. – Você sabe o quanto é difícil conseguir um serviço de conserto decente. O que eu podia fazer, senão vir até aqui? Que tal a gente almoçar juntos? Feche a loja por um tempinho.

– Claro – disse ela, distraída. – Deixe-me só lavar o rosto antes. Estou sentindo como se fosse comigo. Eu acabei de vê-lo, Arnie. O ônibus passou em cima dele. Eles são tão pesados, não têm como parar. Eu gostaria de almoçar alguma coisa... só quero sair daqui. – E foi correndo para o lavabo, fechando a porta.

Logo depois, os dois estavam andando juntos pela calçada.

– Por que as pessoas tiram a própria vida? – perguntou Anne. – Fico pensando que eu podia ter evitado isso. Vendi uma flauta para ele dar de presente ao filho. Ele ainda estava com ela, eu vi junto com as malas dele pelo chão. O menino nunca ganhou o presente. Será esse o motivo? Será que tem alguma coisa a ver com a flauta? Eu fiquei em dúvida entre a flauta e...

– Deixa disso – disse Arnie –, não é sua culpa. Olhe só, se um homem quer acabar com a própria vida, nada é capaz de impedi-lo. E você não tem como motivar uma pessoa a fazer isso, está no sangue dela, é seu destino. Elas mesmas maquinam isso com anos de antecedência, até que vem como um momento de inspiração. Do nada e... bum! Simplesmente fazem, entende? – Ele a envolveu com seu braço e lhe fez um afago.

Ela fez que sim, acenando com a cabeça.

– Agora, vamos ser justos, *nós temos* um filho no Acampamento B-G, mas isso não nos abate – Arnie continuou. – Não é o fim do mundo, certo? Nós seguimos em frente. Onde você quer comer? Como é aquele lugar atravessando a rua, o tal de Red Fox? É bom? Eu queria uns camarões fritos, mas, porra, faz quase um ano que vi isso pela última vez. Esse problema de transporte precisa ser varrido daqui, senão ninguém mais vai emigrar.

– No Red Fox, não – disse Anne. – Eu detesto o gerente de lá. Vamos tentar aquele outro lugar na esquina. É novo, não conheço. Ouvi dizer que é boa coisa.

Enquanto eles se sentavam à mesa no restaurante e esperavam a comida chegar, Arnie continuou falando e desenvolveu seu argumento:

– Tem isso, quando você fica sabendo de um suicídio, pode ter certeza de que o cara sabe de uma coisa: ele sabe que não é um membro útil para a sociedade. Essa é a verdade que ele encara sobre si mesmo, que o leva a se suicidar, o fato de saber que ele não é importante para ninguém. Se eu tenho alguma certeza nesta vida, é essa. É o jeito que a natureza funciona. Aqueles que são descartáveis acabam removidos, às vezes por suas próprias mãos. Por isso não perco o sono quando ouço falar de suicídio, e você ficaria surpresa com a quantidade de mortes ditas naturais que, na verdade, são suicídios aqui em Marte. Quer dizer, isto aqui é um ambiente duro. Este lugar separa os adequados dos inadequados.

Anne Esterhazy concordou com a cabeça, mas não pareceu se animar com isso.

– Agora, esse cara... – continuou Arnie.

– Steiner – disse Anne.

– Steiner! – E ficou encarando-a. – Norbert Steiner, o operador do mercado negro? – Seu tom de voz aumentou.

– Ele vendia alimentos saudáveis.

– É esse o cara! – Ele ficou boquiaberto. – Ah não, não o Steiner... – Arnie comprava todas as mercadorias com o Steiner, era profundamente dependente dele.

O garçom apareceu com a comida deles.

– Isso é terrível – continuou Arnie. – Quero dizer, é terrível mesmo. O que vou fazer agora? – Todas as festas que ele oferecia, toda vez que organizava um jantar a dois aconchegante para ele e alguma garota, como a Marty ou, em especial, a Doreen, nos últimos tempos... Era coisa demais para um dia só, isso e seu codificador, tudo de uma vez.

– Você não acha que pode ter algo a ver com o fato de ele ser alemão? – perguntou Anne. – Os alemães têm muita mágoa desde aquela praga das drogas, aquelas crianças que nasceram com nadadeiras. Eu conversei com alguns deles, que disseram abertamente que achavam ser alguma punição de Deus por causa do que foi feito durante o nazismo. E não estou falando de gente religiosa. Eram homens de negócios, um aqui em Marte e outro na Terra.

– Aquele babaca estúpido do Steiner – disse Arnie –, aquele desmiolado.

– Coma a comida, Arnie. – E ela começou a desdobrar seu guardanapo. – A sopa está com uma cara ótima.

– Não consigo comer, não quero esse chorume – disse ele, empurrando a cumbuca de sopa para longe.

– Você continua sendo só um nenezão, ainda tem esses seus acessos de raiva – disse Anne, com uma voz suave e compassiva.

– Que merda – disse ele –, às vezes me sinto como se carregasse o peso do planeta inteiro nas costas, e você vem me chamar de nenezão! – Ele a encarou, perplexo de indignação.

– Eu não sabia que o Norbert Steiner estava envolvido com o mercado negro – disse Anne.

– Obviamente não saberia, você e esses seus comitês de mulheres. O que você sabe do mundo a sua volta? É por isso que estou aqui. Li o último anúncio que você colocou no *Times*, aquilo é uma merda. Você precisa parar de falar esse monte de porcaria. Isso afasta gente inteligente, só serve para gente azeda igual a você.

– Por favor – disse Anne –, coma a sua comida. Fique calmo.

– Vou atribuir a um homem da minha divisão a tarefa de conferir o seu material antes de você começar a distribuí-lo. Alguém profissional.

– Por acaso você é profissional? – disse ela, num tom moderado.

– Temos um problema sério. Não estamos mais conseguindo gente qualificada que queira vir da Terra, o tipo de gente de que precisamos. Estamos apodrecendo, todo mundo sabe disso. Estamos nos desfazendo.

– Alguém vai assumir o lugar do sr. Steiner – disse Anne, sorrindo. – Deve ter outros operadores no mercado negro.

– Você está fingindo que não me entende de propósito, só para me colocar na posição de ganancioso e mesquinho, quando, na verdade, sou um dos membros mais responsáveis de toda essa tentativa de colonização aqui em Marte, e foi por isso que o nosso casamento se desfez, por causa do seu desdém pelo meu trabalho, motivado por ciúme e competitividade. Não sei por que me dei ao trabalho de vir até aqui hoje... É impossível para você lidar com as coisas de um jeito racional, sempre tem que enfiar um conflito de personalidades em tudo.

– Você sabia que existe um projeto na ONU para fechar o Acampamento B-G? – perguntou Anne com toda a calma.

– Não – respondeu Arnie.

– Não te aflige pensar que o B-G possa ser fechado?

– Que se dane, a gente pode oferecer cuidado individual e privado para o Sam.

– E as outras crianças que estão lá?

– Você está mudando de assunto – disse Arnie. – Olhe só, Anne, você tem que maneirar nessa história de dominação masculina e deixar o meu pessoal editar o que você escreve. Só Deus sabe como isso faz mais mal do que bem... Eu detesto ter que dizer isso na sua cara, mas é a verdade. Você é pior como amiga do que seria como inimiga, com esse seu jeito de conduzir as coisas. Você é uma diletante! Igual à maioria das mulheres, você é... irresponsável. – E ele começou a bufar de cólera. O rosto dela não esboçava nenhuma reação; o que ele dizia não lhe causava nenhum efeito.

– Você pode interferir fazendo alguma pressão para tentar ajudar a manter o B-G aberto? – ela perguntou. – Talvez a gente possa chegar num acordo. Eu quero que esse lugar fique aberto.

– Uma *causa* – disse Arnie, com ferocidade.

– Isso mesmo.

– Você quer minha resposta categórica?

Ela acenou com a cabeça, encarando-o friamente.

– Eu lamento que esses judeus tenham aberto aquele acampamento.

– Que Deus abençoe o categórico e honesto Arnie Kott, verdadeiro amigo da humanidade.

– O acampamento mostra para o mundo inteiro que temos uns desvairados aqui em Marte e que, se você viajar pelo espaço para cá, corre o risco de danificar seus órgãos sexuais e dar à luz um monstro que faria aqueles alemães com nadadeiras parecerem o seu vizinho.

– Você e aquele senhor que toma conta do Red Fox.

– Só estou sendo pragmaticamente realista. Estamos lutando por nossas vidas; temos que continuar fazendo com que as pessoas emigrem para cá; caso contrário, vamos morrer na praia, Anne. Você sabe disso. Se não tivéssemos o Acampamento B-G, poderíamos fazer propaganda dizendo que, longe da atmosfera terrestre, contaminada e tomada por testes de bomba H, não nascem crianças anormais. Eu queria que isso fosse verdade, mas o B-G estraga tudo.

– Não é o B-G. São os próprios nascimentos.

– Ninguém seria capaz de fazer uma checagem e comprovar nossos nascimentos de anômalos se não fosse pelo B-G – disse Arnie.

– E mesmo sabendo que não é verdade, você diria isso só para se safar, alegando para o pessoal lá da Terra que estariam mais seguros aqui...

– É claro – ele concordou com a cabeça.

– Isso é... imoral.

– Não, veja bem. Você é que é imoral, você e aquelas outras senhoras. Se o Acampamento B-G ficar aberto, vocês vão...

– Não vamos discutir, nós nunca entraremos em acordo. Vamos comer e depois você volta para Lewistown. Eu não aguento mais isso.

E eles comeram suas refeições em silêncio.

O dr. Milton Glaub, membro da associação de psiquiatria do Acampamento B-G, que estava temporariamente num terreno emprestado do Sindicato dos Caminhoneiros Interplanetários, sentou-se mais uma vez sozinho em seu consultório depois de voltar do B-G; o expediente terminara por aquele dia. Em suas mãos, segurava uma fatura do conserto feito no telhado de sua casa no mês anterior. Ele tinha deixado essa obra de lado – era preciso usar espátulas para impedir o acúmulo de areia –, mas finalmente o inspetor de prédios do povoado lhe enviara uma intimação com prazo de trinta dias. Então ele procurou o pessoal que fazia manutenção de telhados já sabendo que não teria como pagar pelo serviço, mas não havia outra alternativa. Ele estava falido. Fora seu pior mês até então.

Se pelo menos Jean, sua esposa, conseguisse gastar menos... Mas, de qualquer forma, a solução não era essa. O jeito seria mesmo conseguir mais pacientes. O Sindicato dos Caminhoneiros Interplanetários lhe pagava um salário fixo, mas ele recebia também um bônus de cinquenta dólares por cada paciente: chamavam isso de incentivo. Na verdade, representava a diferença entre dívida e solvência. Ninguém que tivesse mulher e filhos era capaz de viver com o salário oferecido aos psiquiatras, e o sindicato, como todo mundo sabia, era especialmente muquirana.

Ainda assim, o dr. Glaub continuava vivendo no povoado do sindicato dos caminhoneiros. Era uma comunidade sossegada, muito parecida com a Terra, em vários aspectos. Nova Israel, assim como outros povoados nacionais, tinha um caráter meio carregado, explosivo.

Na realidade, o dr. Glaub vivera em outro povoado nacional, o da República Árabe Unida, uma região particularmente opulenta onde tinham induzido a plantação de muita vegetação importada da Terra. Mas, para ele, a eterna animosidade dos colonos para com os povoados vizinhos foi, a princípio, irritante, depois apavorante. Os homens, em seus trabalhos cotidianos, estavam sempre ruminando os males cometidos. Até mesmo os sujeitos mais amáveis estouravam quando determinados tópicos eram abordados. E à noite essa hostilidade ganhava forma prática; os povoados nacionais ferviam mesmo era à noite. Os laboratórios de pesquisa, que eram palco de experimentos e desenvolvimentos científicos durante o dia, abriam suas portas ao público, e máquinas infernais eram retiradas – tudo era feito com muita empolgação e alegria, motivo de orgulho nacional.

Eles que vão para o inferno, pensou o dr. Glaub. Suas vidas estavam arruinadas. Tinham trazido para cá todas as velhas desavenças da Terra, esquecendo-se do objetivo da colonização. Ele lera no jornal da ONU naquela manhã, por exemplo, sobre uma balbúrdia nas ruas do povoado dos eletricistas. O relato do jornal dava a entender que o povoado italiano vizinho era responsável, posto que vários dos agressores tinham grandes bigodes encerados, o que era moda no povoado italiano...

Até que alguém bateu na porta de seu consultório, interrompendo sua linha de raciocínio:

– Sim? – disse ele, guardando a fatura do conserto do telhado em uma gaveta da escrivaninha.

– Você está pronto para receber o benfeitor Purdy? – perguntou sua esposa, abrindo a porta de forma profissional, do jeito que ele ensinara.

– Diga para o benfeitor Purdy entrar – disse o dr. Glaub. – Mas espere alguns minutos, só para eu ter tempo de ler o prontuário dele.

– Você almoçou? – perguntou Jean.

– Claro que sim. Todo mundo tem que almoçar.

– Você está com uma cara abatida.

Isso é mau sinal, pensou o dr. Glaub. Ele saiu do consultório e foi até o banheiro, onde escureceu o rosto cuidadosamente usando o pó de coloração caramelo que estava na moda no momento. Aquilo de fato melhorava a aparência dele, embora não fizesse nada por seu estado de espírito. A teoria por trás desse pó dizia que os grupos que dominavam o sindicato dos caminhoneiros tinham origem espanhola e porto-riquenha, e que seus membros costumavam ficar intimidados quando contratavam alguém cujo tom de pele era mais claro que o deles. É óbvio que as propagandas não diziam isso dessa maneira; só apontavam para os empregados do povoado que "o clima marciano tende a fazer o tom natural da pele desvanecer até chegar a um branco sem graça".

Agora era hora de atender seu paciente.

– Boa tarde, benfeitor Purdy.

– Boa tarde, doutor.

– Estou vendo no seu prontuário que o senhor é padeiro.

– Sim, é isso mesmo.

Fez-se uma pausa.

– Em que posso ajudá-lo hoje?

O benfeitor Purdy, encarando o chão e mexendo em seu chapéu, disse:

– Nunca vim a um psiquiatra antes.

– Não mesmo, estou vendo essa informação aqui.

– É que meu cunhado vai dar essa festa... e eu não sou muito chegado a festas.

– Você é obrigado a comparecer? – E o dr. Glaub, silenciosamente, programou o relógio de sua mesa, que ia contabilizando a meia hora do benfeitor.

– Eles meio que estão dando essa festa por minha causa. Eles, hum, querem que eu pegue o meu sobrinho como aprendiz para que, no futuro, ele entre para o sindicato – Purdy continuou, sussurrando. – E eu tenho perdido o sono à noite de tanto pensar em como conseguir escapar dessa. Quer dizer, eles são meus parentes, é quase impossível dizer não. Mas eu simplesmente não posso ir. Não estou me sentindo bem o suficiente para ir. Por isso vim aqui.

– Entendo – disse o dr. Glaub. – Bom, é melhor o senhor me explicar os pormenores dessa festa, quando e onde vai ser, quem são os envolvidos, para que meu trabalho seja impecável.

Aliviado, Purdy enfiou a mão no bolso do casaco e tirou de lá um documento nitidamente datilografado.

– Agradeço muito, de verdade, se o senhor for no meu lugar, doutor. Vocês, psiquiatras, realmente tiram um fardo das costas de um homem. Não estou brincando quando digo que estou perdendo o sono por causa disso.

E ficou observando com uma admiração agradecida aquele homem diante dele, tão habilidoso no traquejo social, capaz de trilhar aquele caminho estreito e complexo das relações interpessoais que tinha derrubado tantos integrantes do sindicato ao longo dos anos.

– O senhor não precisa mais se preocupar com isso – disse o dr. Glaub.

Afinal de contas, pensou ele, que mal há em um pouco de esquizofrenia? Porque você sabe que é disso que está sofrendo. Vou tirar essa pressão social das suas costas e você vai poder continuar nesse estado crônico de inadequação pelo menos por mais alguns meses. Até que uma próxima obrigação social avassaladora seja exigida de suas capacidades limitadas...

Enquanto o benfeitor Purdy saía do consultório, o dr. Glaub ficou refletindo que aquela era, certamente, uma forma prática de psicoterapia que tinha evoluído em Marte. Em vez de curar o paciente de suas fobias, você atuava como representante da pessoa, como se fosse um advogado, em...

Até que Jean ligou para sua sala:

– Milt, tem uma chamada para você de Nova Israel, é o Bosley Touvim.

Ai, meu Deus, pensou o dr. Glaub. Touvim era o presidente de Nova Israel. Alguma coisa estava errada. Precipitadamente, ele alcançou o telefone em sua mesa:

– Dr. Glaub falando.

– Doutor, aqui é o Touvim – disse a voz poderosa, sombria e austera do outro lado da linha. – Temos uma morte aqui, fiquei sabendo que era um paciente seu. O senhor poderia fazer a gentileza de voar de volta para cá e tomar conta disso? Vou lhe dar alguns detalhes da ficha: Norbert Steiner, da Alemanha Ocidental...

– Ele não é meu paciente, senhor – interrompeu o dr. Glaub. – No entanto, o filho dele é. É um menino autista que está no Acampamento B-G. Mas como assim, o Steiner morreu? Céus, eu conversei com ele hoje de manhã... O senhor tem certeza de que é o Steiner? Se for, tenho um histórico dele e da família inteira por causa da natureza da doença do filho. Em casos de autismo infantil, acreditamos que a situação familiar deve ser entendida antes de se começar a terapia. Sim, chego aí logo mais.

– Foi obviamente um caso de suicídio – disse Touvim.

– Não posso acreditar nisso – disse o dr. Glaub.

– Passei a última meia hora discutindo isso com o pessoal no Acampamento B-G. Eles me disseram que o senhor teve uma longa conversa com o Steiner logo antes de ele deixar o acampamento. No inquérito, a polícia vai querer saber que indícios o Steiner deu, se é que houve algum, de um temperamento deprimido ou morbidamente introspectivo, o que ele pode ter dito que talvez lhe desse a oportunidade de dissuadi-lo dessa ideia ou, se não isso, incentivá-lo a passar por terapia. Imagino que esse homem não tenha dito nada que o alertasse das intenções dele...

– Absolutamente nada – disse o dr. Glaub.

– Então, se eu fosse o senhor, não me preocuparia com isso – disse Touvim. – Apenas esteja preparado para dar o histórico clínico desse homem... e discutir os possíveis motivos que o tenham levado a tirar a própria vida. Sabe como é.

– Obrigado, sr. Touvim – disse o dr. Glaub, meio sem forças. – Imagino ser possível que ele estivesse deprimido quanto à situação do filho, mas eu tinha acabado de sugerir uma nova terapia. Temos esperanças altíssimas com o garoto. Apesar disso, ele parecia meio cínico e fechado, não reagiu da maneira que eu esperava. Mas suicídio...!

E se eu perder meu cargo no Acampamento B-G?, perguntou-se o dr. Glaub. *Não posso correr esse risco de jeito nenhum.* Trabalhar lá uma vez por semana complementava sua renda a ponto de fazê-lo vislumbrar uma segurança financeira – ainda que isso estivesse longe de ser verdade. O pagamento do B-G, pelo menos, tornava essa meta plausível.

Será que não passou pela cabeça daquele idiota do Steiner o efeito que a morte dele poderia ter sobre as outras pessoas? Sim, deve ter lhe ocorrido. Ele fez isso para se vingar de nós. Para dar o troco... mas por quê? Por tentar curar o filho dele?

Esse é um assunto muito sério, percebeu ele. *Um suicídio, e ainda por cima tão próximo de uma conversa entre médico e paciente. Graças a Deus o sr. Touvim me avisou. Ainda assim, os jornais não vão deixar barato, e todos aqueles que querem ver o Acampamento B-G de portas fechadas vão tirar proveito da situação.*

* * *

Depois de consertar o equipamento de refrigeração da fazenda McAuliff, Jack Bohlen voltou para seu helicóptero, colocou a caixa de ferramentas atrás da poltrona e chamou seu chefe, o sr. Yee.

– Tem a escola – disse o sr. Yee –, você precisa ir até lá, Jack. Ainda não consegui outra pessoa para cuidar dessa solicitação.

– Tudo bem, sr. Yee. – Ele deu partida no motor do helicóptero, com certa resignação.

– Tem um recado da sua mulher, Jack.

– Ah é? – Ele ficou surpreso, pois seu chefe ficava de cara feia com as esposas dos funcionários ligando para lá, e Silvia sabia disso; talvez tivesse acontecido algo com David. Então ele perguntou: – O senhor saberia me dizer qual é o recado?

– A sra. Bohlen pediu para que a nossa operadora de telefonia informasse a você que um vizinho, um tal de sr. Steiner, suicidou-se. A sra. Bohlen queria te informar que está cuidando das filhas dos Steiner. Ela também perguntou se seria possível você voltar para casa hoje à noite, mas eu disse a ela que, apesar de sentirmos muito pelo ocorrido, não podíamos abrir mão do seu trabalho. Você tem que ficar disponível para solicitações até o fim da semana, Jack.

O Steiner está morto, Jack pensou. *Aquele pobre banana incompetente. Bom, talvez ele esteja melhor assim.*

– Obrigado, sr. Yee – ele disse ao microfone.

Enquanto o helicóptero levantava voo a partir da grama rala do pasto, Jack pensou que aquilo iria afetar a todos eles, e de maneira profunda. Era um sentimento forte e agudo, um pressentimento. Não acho que eu tenha trocado mais do que uma dúzia de palavras com o Steiner alguma vez na vida, mas ainda assim... tem algo de grandioso nessa morte. A própria morte carrega muita autoridade. Uma transformação tão incrível quanto a vida em si, e que, para nós, é muito mais difícil de entender.

Ele virou o helicóptero em direção à sede da ONU em Marte, a caminho da grande entidade autossustentável de suas vidas, aquele organismo artificial único que era a Escola Pública, um lugar que ele temia mais do que qualquer outro em sua experiência longe da Terra.

5

Por que a Escola Pública o aborrecia tanto? Esquadrinhando--a de cima, ele viu aquele prédio todo branco em forma de ovo de pata contra a superfície escura e borrada do planeta, aparentemente colocado ali às pressas, destoando do entorno.

Enquanto estacionava no terreno pavimentado da entrada, notou que as pontas de seus dedos estavam esbranquiçadas, que não mais as sentia, indício já familiar de que estava sob tensão. Ainda assim, aquele lugar não incomodava David, que era levado até ali três dias por semana em um voo que levava também outras crianças do seu grupo de atividades. Evidentemente, era algum elemento da constituição de Jack; talvez por ter um conhecimento tão profundo de máquinas, ele não conseguia aceitar a ilusão da escola, não conseguia entrar naquele joguinho. Para ele, os artefatos da escola não eram inertes nem vivos – eram as duas coisas ao mesmo tempo, de algum jeito.

Pouco depois ele estava sentado em uma sala de espera com a caixa de ferramentas ao lado.

De um revisteiro próximo, sacou um exemplar da *Motor World* e, com seus ouvidos treinados, escutou o clicar de um interruptor. A escola notara sua presença. Notara a revista que ele pegara, quanto tempo passara ali lendo e qual outra revista pegara na sequência. Eles o estavam avaliando.

Uma porta se abriu e uma mulher de meia-idade, vestindo paletó de *tweed*, disse, sorrindo para ele:

– Você deve ser o encarregado do conserto, enviado pelo sr. Yee.

– Sim – disse ele, ficando de pé.

– Estou muito contente em vê-lo. – E acenou para que ele a seguisse. – Tem acontecido todo um alvoroço por causa desse Professor, mas ele está em estágio de liberação. – Descendo um corredor, ela segurou a porta aberta até que ele a alcançasse. – É o inspetor Zangado – disse ela, apontando-o.

Jack conseguiu reconhecê-lo pelas descrições de seu filho.

– Ele apresentou uma falha de repente – ia lhe dizendo a mulher ao pé do ouvido. – Está vendo? Bem no meio do ciclo ele... começou a descer a rua e a gritar, estava à beira de erguer o punho e ficar chacoalhando.

– O responsável pelos circuitos não sabe que...

– Sou eu a responsável pelos circuitos – disse a mulher de meia-idade, sorrindo para ele alegremente, os óculos de aro metálico brilhando junto com o cintilar de seus olhos.

– Claro – disse ele, constrangido.

– Achamos que pode ser isso – disse aquela mulher, que talvez fosse uma extensão peripatética da escola, estendendo um papel dobrado na direção dele.

Desdobrando o papel, ele deparou com um amontoado de diagramas de válvulas de *feedback* autorregulatório.

– Ele é uma figura de autoridade, não é isso? – peguntou Jack. – Que ensina as crianças a respeitar a propriedade. Um sujeito bastante correto, como são os Professores.

– Sim – respondeu a mulher.

Então ele reconfigurou manualmente o inspetor Zangado e reiniciou seu dispositivo. Depois de emitir alguns cliques, o inspetor ficou com o rosto vermelho, levantou o braço e gritou:

– Fiquem longe daqui, crianças, entendido?

Observando seu maxilar barbado tremelicando de indignação, fechando e abrindo a boca, Jack conseguia imaginar o efeito poderoso que aquilo tinha sobre as crianças. Ele próprio teve uma reação de antipatia. No entanto, esse autômato era a essência de uma máquina de aprendizado bem-sucedida. Ele fazia um bom trabalho junto com outras duas dúzias de composições distintas e posicionadas aqui e ali feito quiosques em um parque de diversões, ao longo dos corredores da escola. Jack conseguia ver a máquina de aprendizado seguinte num canto próximo, com várias crianças de pé diante dela, com ar respeitoso, enquanto ela disparava sua lenga-lenga.

– ... E então eu pensei – a máquina ia dizendo para as crianças com uma voz afável e informal –, minha nossa, o que é que a gente pode aprender com uma experiência dessas? Algum de vocês saberia me dizer? Você, Sally.

– Hum, bem... – disse uma voz de garotinha. – Talvez isso nos ensine que existe algo de bom em todo mundo, por mais que as pessoas tenham atitudes ruins.

– E você, Victor, o que acha? – a máquina de aprendizado continuou o falatório. – Vamos ouvir o que Victor Plank tem a dizer.

– Eu diria mais ou menos o que a Sally disse – gaguejou uma voz de garoto. – Que, no fundo, a maioria das pessoas é boa se você se der ao trabalho de prestar atenção mesmo. É isso, sr. Whitlock?

Então era isso, Jack estava escutando o que dizia a Máquina de Aprendizado Whitlock. Seu filho lhe falara dessa máquina várias vezes, era uma de suas favoritas. Enquanto retirava suas ferramentas da caixa, Jack continuou a ouvi-la. A máquina Whitlock era um senhor de idade com cabelos brancos e sotaque regional, talvez do Kansas... Ele era amável, deixava os outros se expressarem; era uma variedade permissiva de máquina de aprendizado, sem a aspereza e os modos autoritários do inspetor Zangado. Na verdade, até onde Jack suspeitava, era uma combinação de Sócrates com Dwight D. Eisenhower.

– Ovelhas são engraçadas... Agora vejam só como elas se comportam quando a gente lhes dá algo para comer, como espigas de milho. Elas percebem a mais de um quilômetro de distância – disse Whitlock, soltando uma risada. – São espertas quando se trata de algo que importa para elas. E talvez isso nos ajude a ver o que é a inteligência de fato. Não é ter lido vários livros importantes nem saber palavras compridas, mas conseguir identificar o que existe a nosso favor. Tem que ser algo útil para configurar inteligência de verdade.

Ajoelhando-se, Jack começou a desparafusar as costas do inspetor Zangado. A responsável pelos circuitos da escola ficou ali perto, de pé, assistindo.

Ele sabia que essa máquina fazia seu teatrinho em resposta a uma bobina de fitas de instrução, mas o desempenho dela estava sempre aberto a modificações a cada estágio, dependendo do comportamento do público. Não era um sistema fechado; ele ia comparando as respostas das crianças com sua própria fita, fazia a correspondência entre elas, classificava-as e, por fim, respondia. Não havia espaço para uma resposta única, porque a máquina de aprendizado era capaz de reconhecer somente uma quantidade limitada de categorias. Ainda assim, ela convencia ao dar a ilusão de estar viva e em boas condições. Era um triunfo da engenharia.

A vantagem dela em relação a um professor humano estava na capacidade de lidar com cada criança individualmente. Ela atuava como uma espécie de tutora, mais do que um mero professor. Uma máquina de aprendizado conseguia lidar com até mil pupilos e, ainda assim, jamais confundir um com outro. Suas respostas se alteravam a cada criança, de modo que ela sempre se tornava uma entidade sutilmente diferente. Sim, continuava sendo mecânica, mas de uma complexidade quase infinita. As máquinas de aprendizado comprovavam um fato do qual Jack Bohlen estava bastante ciente: existia uma profundidade surpreendente naquilo que se qualificava como "artificial".

Mesmo assim, Jack sentia aversão pelas máquinas de aprendizado. Pois toda a Escola Pública estava empenhada em uma tarefa que era contrária à sua constituição: a escola não estava lá para informar ou educar, mas para moldar, e valendo-se de diretrizes rigorosamente limitadas. Ela era o vínculo com a cultura herdada, e ficava propagandeando aquela cultura toda para os jovens. Conformava seus pupilos àquilo. A meta era perpetuar essa cultura, e quaisquer desvios especiais dessas crianças que pudessem levá-las a outra direção tinham que ser reprimidos.

Jack se deu conta de que era uma batalha entre a complexa psique escolar e as psiques individuais das crianças, e aquela tinha todos os trunfos na manga sobre estas. Uma criança que não reagisse adequadamente era considerada autista – isto é, orientada de acordo com um fator subjetivo que se sobrepunha a seu senso da realidade objetiva. E essa criança acabava sendo expulsa da escola. Depois disso, era mandada para uma escola de orientação completamente diferente, projetada para reabilitá-la: o Acampamento Ben-Gurion. A criança não tinha como aprender e passava a ser tratada apenas como *doente*.

O autismo, pensava Jack enquanto desparafusava as costas do inspetor Zangado, tornou-se um conceito conveniente para as autoridades que governavam Marte. Substituiu o antigo termo "psicopata" que, a seu tempo, substituíra "mongoloide" que, por sua vez, substituíra "louco criminoso". E no Acampamento B-G, a criança conta com um professor humano, ou, melhor dizendo, um terapeuta.

Desde que seu filho David ingressara na Escola Pública, Jack esperava pelas más notícias de que o garoto não atingira a escala de avaliação que as máquinas de aprendizado usavam para classificar os pupilos. No entanto, David respondera muito bem às máquinas, com uma pontuação bastante elevada. O menino gostava da maioria de seus Professores e sempre chegava em casa falando empolgado sobre eles; conseguia se entender até com os mais rígidos e, a essa altura, estava claro que ele não tinha nenhum problema – não era autista e jamais veria o Acampamento B-G por dentro. Mas isso não fazia com que Jack se sentisse melhor. Nada podia fazê-lo se sentir melhor, dizia Silvia. Havia apenas estas duas possibilidades, a Escola Pública e o Acampamento B-G, e Jack desconfiava de ambas. E nem sequer sabia o porquê disso tudo.

Talvez, ele presumira certa vez, fosse porque existia de fato uma doença como o autismo. Era uma forma infantil de esquizofrenia que muitas pessoas apresentavam. A esquizofrenia era uma doença grave que, mais cedo ou mais tarde, acometia quase todas as famílias. Isso significava simplesmente que uma pessoa não conseguia viver sob as rédeas impostas a si pela sociedade. A realidade da qual o esquizofrênico se descolava – ou à qual nunca se deixava incorporar, para começo de conversa – era a realidade da convivência interpessoal, de viver em uma determinada cultura e com determinados valores. Não era a vida biológica nem nenhuma outra forma de vida legada, mas *uma vida que era aprendida*. Precisava ser assimilada pouco a pouco pelas pessoas ao redor – pais e professores, figuras de autoridade em geral... por todo mundo que estivesse em contato com a criança durante seus anos de formação.

Assim, sem pestanejar, a Escola Pública expulsava as crianças que não aprendiam. Porque o que a criança aprendia não eram somente fatos ou a base de uma carreira lucrativa ou até mesmo útil. Ia muito além disso. A criança aprendia que algumas coisas na cultura de seu entorno deviam ser preservadas a qualquer custo. Os valores dela eram fundidos a alguma empreitada humana objetiva. Assim, ela própria se tornava parte da tradição que lhe estava sendo transmitida. Ela manteria essa herança por toda a vida, fazendo até melhorias nela. Mas ele se importava. *O verdadeiro autismo era, em última análise, uma apatia para com o empenho público,* pensava Jack, resoluto. *Era a condução de uma existência privada, como se o indivíduo fosse responsável pela criação de todos os valores em vez de um mero repositório de valores herdados.* E Jack Bohlen, pelo bem da própria vida, não conseguia aceitar a Escola Pública com suas máquinas de aprendizado como único árbitro a definir o que tinha valor ou não. Porque os valores da sociedade tinham um fluxo incessante, e a Escola Pública era uma tentativa de estabilizar esses valores, congelando-os em um ponto fixo para engessá-los.

A Escola Pública, ele decidira há muito, era neurótica. Queria um mundo onde nada acontecesse, onde não houvesse surpresas. E esse era o mundo do neurótico obsessivo-compulsivo; não era um mundo saudável nem de longe.

Uma vez, alguns anos atrás, ele contara essa teoria a sua esposa. Silvia o ouvira com bastante atenção, para depois dizer: "Mas você não está entendendo o motivo, Jack. Tente entender. Tem coisas muito piores do que a neurose". A voz dela se mostrara calma e firme, e ele escutara, atento. "Estamos só começando a descobrir que coisas são essas. E você sabe o que elas são, *você já passou por isso.*"

A ele só restou acenar com a cabeça, concordando, porque sabia do que ela estava falando. Ele próprio tivera um interlúdio psicótico aos vinte e poucos anos de idade. Era algo comum, era natural. E ele tinha de admitir que era horrível. Fazia essa Escola Pública neurótica, compulsiva, rígida e estagnada parecer um ponto de referência pelo qual alguém poderia de bom grado retraçar seu caminho de volta para a humanidade e para a realidade compartilhada. Fazia-o entender por que a neurose era um produto construído deliberadamente pelo indivíduo afligido ou por uma sociedade em crise. Essa invenção era fruto da necessidade.

"Não menospreze a neurose", foi o que lhe disse Silvia, e ele entendeu. A neurose era como interromper a si próprio ou congelar em algum ponto do caminho da vida. Porque além daquilo que existe...

Todo esquizofrênico sabia que aquilo existia. E todo ex-esquizofrênico também, pensou Jack enquanto lembrava o episódio que vivera.

* * *

Os dois homens do outro lado da sala o encararam estranhamente. O que ele tinha dito? *Herbert Hoover foi um chefe muito melhor para o FBI do que Carrington jamais conseguirá ser.*

– Eu sei que tenho razão, vou dar as probabilidades para vocês – ele completou.

Sua cabeça estava confusa, e ele tomou mais um gole de cerveja. Tudo ficara pesado: o braço e também o próprio copo. Era mais fácil olhar para baixo do que para cima... Ele ficou analisando a caixa de fósforos que estava na mesa de centro.

– Você não está falando do Herbert Hoover – disse Lou Notting –, e sim do J. Edgar....

Jesus!, pensou Jack, consternado. Sim, ele tinha mesmo falado Herbert Hoover, e até que os outros indicassem o contrário, parecia que estava tudo bem. Qual o meu problema?, imaginou ele. Estou me sentindo meio adormecido. E, no entanto, ele fora dormir às dez da noite no dia anterior, tivera quase doze horas de sono.

– Desculpem-me, é claro que eu queria dizer... – ele ia falando, até que sentiu a língua enrolar, mas retomou a fala com todo o cuidado – J. Edgar Hoover.

Mas a voz dele parecia borrada e em câmera lenta, como uma vitrola fora do ritmo. E agora era quase impossível reerguer a cabeça. Quase dormiu sentado ali, na posição em que estava, na sala do Notting, mas os olhos dele não queriam se fechar – foi o que ele descobriu quando tentou cerrá-los sem sucesso. Sua atenção estava na caixinha de fósforos. Feche a caixa antes de acender um palito, ele leu. Você consegue desenhar este cavalo? Primeira aula de desenho grátis, sem compromisso. Vire para preencher o formulário de inscrição gratuita. Sem piscar, ele continuou encarando aquela cena, ao passo que Lou Notting e Fred Clarke discutiam sobre ideias abstratas como o cerceamento das liberdades, o processo democrático... Ele ouvia todas as palavras com plena clareza, sem sequer se incomodar de ficar ouvindo. Mas não sentia a menor vontade de discutir, embora soubesse que ambos estavam errados. Deixou, então, que continuassem discutindo, era mais fácil. Foi algo que simplesmente aconteceu, e ele deixou que continuasse acontecendo.

– O Jack não está com a gente esta noite – Clarke ia dizendo e, num sobressalto, Jack Bohlen se deu conta de que as atenções tinham se voltado para ele, que precisava se manifestar naquele exato momento.

– Claro que estou – disse ele, o que lhe custou um tremendo esforço; era como erguer-se em meio ao oceano. – Podem continuar, estou ouvindo.

– Meu Deus, você parece um retardado – disse Notting. – Vá para casa dormir, pelo amor de Deus.

Entrando na sala, a esposa de Lou, Phyllis, disse:

– Você nunca vai conseguir chegar em Marte desse jeito que está agora, Jack. – E aumentou o som, que tocava uma banda de jazz progressivo com vibrafones e contrabaixos, ou talvez algum instrumento eletrônico. Loira e atrevida, Phyllis sentou-se perto dele no sofá e se pôs a analisá-lo: – Jack, você está magoado com a gente? Sei lá, você está tão retraído.

– São esses humores dele – disse Notting. – Quando a gente estava no exército, ele sempre ficava assim, especialmente no sábado à noite. Resmungando, todo rabugento e silencioso. Por que você está resmungando agora, Jack?

Aquela pergunta lhe parecia estranha. Ele não estava resmungando sobre nada, sua mente estava apenas vazia. A caixa de fósforos ainda ocupava seu raio de percepção. De todo modo, ele tinha que dar alguma satisfação sobre seu humor; eles estavam contando com isso. Então, obedientemente, inventou um assunto:

– O ar lá em Marte – disse ele –, quanto tempo será que vai levar para eu me acostumar? Parece que varia, depende da pessoa. – Um bocejo que parecia nunca querer sair estava incrustado em seu peito, espalhando-se pelos pulmões e a traqueia, deixando sua boca entreaberta; com algum esforço, ele conseguiu fechar o maxilar. – Acho que é melhor eu tomar meu rumo, capotar na cama – disse ele, tentando ficar de pé com todas as forças.

– Às nove da noite? – gritou Fred Clarke.

Depois, caminhando para casa pelas ruas frias e escuras de Oakland, ele se sentiu melhor. Ficou pensando o que dera errado lá na casa do Notting. Talvez fosse um ar estranho ou a ventilação.

Mas alguma coisa estava errada.

Era Marte, pensou. Ele cortara todos os vínculos, especialmente no trabalho, vendera seu carro, um Plymouth, e avisara o militar que era seu locador. Isso porque tinha demorado um ano para conseguir o apartamento. O prédio era uma propriedade da Cooperativa West Coast, sem fins lucrativos, uma estrutura gigante e parcialmente subterrânea com milhares de unidades, supermercado próprio, lavanderias, creche, clínica e até um psiquiatra próprio, que atendia sob a galeria de lojas, logo abaixo do nível da rua. Tinha também uma estação de rádio FM no último piso que tocava músicas clássicas escolhidas pelos moradores e, no centro da edificação, um teatro e um hall de convivência. Era o mais novo dos condomínios gigantescos da cooperativa – e Jack deixara tudo para trás repentinamente. Num dia em que passara pela livraria do prédio, enquanto esperava na fila para comprar um livro, a ideia lhe ocorrera.

Depois de informar sua saída, ele ficou passeando pelos corredores da galeria da cooperativa. Chegando ao mural de avisos com seus recados pendurados, deteve-se automaticamente para lê-los. Algumas crianças passaram por ele apressadas a caminho do playground, que ficava atrás do prédio. Um dos avisos, grande e impresso, chamou a atenção dele:

AJUDE A DISSEMINAR O MOVIMENTO DA COOPERATIVA EM NOVAS ÁREAS COLONIZADAS. EMIGRAÇÃO PREPARADA PELO CONSELHO DA COOPERATIVA EM SACRAMENTO EM RESPOSTA A GRANDES NEGÓCIOS E OPORTUNIDADES DE TRABALHO NAS ÁREAS DE EXPLORAÇÃO DO SINDICATO EM MARTE, RICAS EM MINERAIS. INSCREVA-SE AGORA!

O texto se parecia bastante com todos os outros avisos da cooperativa, mas mesmo assim... por que não? Muitos jovens estavam indo. E o que sobrara para ele na Terra, afinal? Já desistira de seu apartamento da cooperativa, mas continuava sendo membro dela, ainda tinha sua cota de participação e seu número de associado.

Mais adiante, quando se registrou e passava pelo processo de tomar vacinas e fazer avaliações físicas, a sequência ficara turva em sua mente. Lembrava-se da decisão de ir para Marte como *tendo acontecido primeiro*, para depois desistir do trabalho e do apartamento. Parecia mais racional daquele jeito, e foi essa a história que contou a seus amigos. No entanto, simplesmente não era verdade. O que era verdade? Durante quase dois meses ele ficou errando por aí, confuso e desesperado, sem ter certeza de nada além do fato de que, em 14 de novembro, seu grupo – duzentos membros da cooperativa – partiria para Marte, e tudo mudaria dali em diante. A confusão se dissiparia e ele voltaria a enxergar com clareza, como conseguira em algum período vago do passado. Ele sabia disto: um dia ele fora capaz de estabelecer a ordem das coisas no espaço e no tempo; agora, por motivos que desconhecia, ambas as noções tinham se deslocado de tal forma que ele não conseguia encontrar suas referências em nenhuma delas.

A vida dele não tinha um propósito. Por catorze meses, viveu com uma única meta: comprar um apartamento no novo e imenso prédio da cooperativa; quando conseguiu isso, não sobrou mais nada. O futuro parara de existir. Ele ouvia as suítes de Bach que pedia na rádio, comprava comida no supermercado e passeava pela livraria do prédio... *mas por que motivo?*, ele se perguntava. *Quem sou eu?* E no trabalho, suas capacidades se dissolviam. Essa foi a primeira indicação e, de certa maneira, a mais onipresente de todas. Foi isso que o assustou em primeiro lugar.

Começou com um incidente estranho que ele jamais conseguira explicar por completo. Aparentemente, parte daquilo fora pura alucinação. Mas qual parte? Tinha algo de sonho, e ele teve um momento de pânico esmagador, um desejo de sair correndo, de fugir a qualquer custo.

Seu emprego era em uma empresa de eletrônicos em Redwood City, ao sul de San Francisco. Ele operava uma máquina que fazia o controle de qualidade de toda a linha de montagem. Era sua responsabilidade verificar se a máquina não se desviava do conceito de tolerâncias aceitáveis em um único componente: uma bateria de hélio líquido que não era maior do que uma cabeça de fósforo. Um dia, foi inesperadamente intimado a comparecer ao escritório do gerente de recursos humanos. Não sabia o que queriam com ele e, quando pegou o elevador para subir, estava bastante nervoso. Depois lembrou-se desse episódio, e estava nervoso de um jeito atípico.

– Entre, sr. Bohlen – o gerente de recursos humanos lhe deu as boas-vindas, um homem elegante de cabelo grisalho e encaracolado, que talvez fosse peruca. – Isso vai demorar só um minuto. – E encarou Jack de maneira afiada. – Sr. Bohlen, por que o senhor não está descontando seus cheques de pagamento?

Fez-se silêncio.

– Eu não estou descontando? – perguntou Jack.

O coração dele palpitava intensamente, fazendo o corpo tremer. Sentia-se hesitante e cansado. *Eu achei que estivesse descontando normalmente*, pensou.

– Um terno novo não lhe cairia mal – disse o gerente de recursos humanos. – E o senhor bem que precisa cortar o cabelo. Claro, isso é problema seu.

Colocando a mão no cocoruto, Jack ficou se tateando intrigado. Precisava mesmo cortar os cabelos? Mas ele não fizera isso na semana anterior? Ou talvez tivesse passado mais tempo do que imaginava. Ele disse, acenando com a cabeça:

– Obrigado. Tudo bem, vou fazer isso. O que o senhor acabou de dizer.

E então a alucinação, se é que era isso mesmo, aconteceu. Ele viu o gerente de recursos humanos envolto por uma nova luz. O homem estava morto.

Ele viu o esqueleto através da pele do gerente. Tinha fios segurando tudo no lugar, os ossos eram conectados por estreitos fios de cobre. Os órgãos, que tinham murchado, foram substituídos por componentes artificiais: rim, coração, pulmões – tudo era feito de plástico e aço inoxidável, funcionando em uníssono, mas totalmente desprovido de vida autêntica. A voz do homem saía de uma fita, passando por um sistema de amplificadores e alto-falantes.

Possivelmente, em algum momento no passado, aquele homem fora de verdade, mas isso acabara, e uma substituição furtiva acontecera centímetro por centímetro, avançando progressivamente e de maneira insidiosa de um órgão para o seguinte, e toda a estrutura estava lá para enganar os outros. Na verdade, para enganar a ele mesmo, Jack Bohlen. Ele estava sozinho naquele escritório, não tinha nenhum gerente de recursos humanos. Ninguém falara com ele, e quando ele próprio falava, ninguém ouvia. Era uma sala completamente mecânica e sem vida; e ele ali parado.

Ele não estava certo do que fazer. Tentou não encarar muito fixamente aquela estrutura meio humana à sua frente. Tentou falar com calma e naturalidade sobre seu trabalho, e até mesmo sobre seus problemas pessoais. A estrutura o sondava. Queria descobrir alguma coisa a respeito dele. Naturalmente, ele contou o mínimo possível. E durante todo o tempo em que encarou o tapete, via canos e válvulas e peças perdendo o funcionamento; não conseguia parar de ver aquilo.

Tudo o que queria era sumir dali o quanto antes. Ele começou a suar, estava pingando de suor e tremendo, o coração batendo cada vez mais forte.

– Bohlen – disse a estrutura –, você está doente?

– Sim. Posso voltar para o meu lugar agora? – perguntou ele, virando-se e andando em direção à porta.

– Só um instante – disse a estrutura atrás dele.

Foi então que ele se viu dominado pelo pânico e correu. Escancarou a porta e saiu em disparada pelo corredor.

Cerca de uma hora depois, Jack estava andando a esmo por uma rua que nem sequer conhecia em Burlingame. Ele não se lembrava daquele intervalo de tempo nem de como chegara onde estava. As pernas dele doíam. Com certeza, andara quilômetros e quilômetros.

A mente dele estava muito mais límpida. *Sou esquizofrênico,* pensou. *Eu sei disso. Todo mundo conhece os sintomas. É uma excitação catatônica com colorações paranoicas. O pessoal que cuida de saúde mental enfia isso na nossa cabeça, até mesmo na de crianças que ainda estão na escola. Sou só mais um. Era isso que o gerente de recursos humanos estava sondando.*

Preciso de ajuda médica.

Enquanto Jack tirava a fonte de energia do inspetor Zangado e colocava-a no chão, a responsável pelos circuitos da escola disse:

– Você é muito habilidoso.

Jack olhou para o alto, encarando aquela figura feminina de meia-idade, e pensou que era óbvio o motivo pelo qual aquele lugar o perturbava. Era igual à experiência psicótica que tivera anos atrás. *Será que, naquela época, eu estava vendo o futuro?*

Não havia escolas desse tipo naquela época. Ou, se houvesse, ele nunca tinha visto nem ouvido falar.

– Obrigado – respondeu ele.

O que o atormentava desde o episódio de psicose envolvendo o gerente de recursos humanos na Corona Corporation era isto: imagine se não fosse uma alucinação. Imagine se o gerente de recursos humanos fosse do jeito como ele o vira, uma composição artificial, uma máquina igual a essas máquinas de aprendizado.

Se isso fosse verdade, *então não havia psicose nenhuma.*

Em vez de psicose, ele pensara repetidamente, *talvez tivesse tido uma visão, um vislumbre da plena realidade, como uma fachada arrancada.* E essa era uma ideia tão avassaladora, tão radical, que não podia se entrelaçar com suas visões comuns. E a confusão mental era resultado disso.

Alcançando a fiação solta do inspetor Zangado, Jack foi tocando-a habilmente com seus dedos longos até que, por fim, encostou naquilo que esperava encontrar ali: uma conexão rompida.

– Acho que encontrei o problema – disse ele à responsável pelos circuitos da escola.

Graças a Deus que não é um daqueles antigos circuitos impressos, pensou. Se fosse, ele teria que trocar a unidade inteira. Seria impossível consertar.

– Minha impressão – disse a responsável pelos circuitos – é que muito esforço foi empregado para projetar os Professores, em termos de problemas de conserto. Tivemos sorte até então, não houve nenhuma interrupção prolongada de funcionamento. Apesar disso, acredito que seja recomendável fazer manutenção preventiva sempre que possível. Por isso, gostaria que você inspecionasse mais um Professor que, até então, não apresentou nenhum indício de pane. Ele é essencial como nenhum outro para o funcionamento da escola. – E a responsável pausou educadamente enquanto Jack se esforçava para passar a ponta mais comprida da pistola de solda pelas camadas de fiação. – Quero que você dê uma olhada no Papai Bonzinho.

– Papai Bonzinho – disse Jack, e um pensamento ácido lhe ocorreu: *será que não tem também uma Titia Mãe em algum lugar por aqui? Ela e seus deliciosos e fantásticos sonhos caseiros para os pequenos se deliciarem.* O pensamento lhe causou certa náusea.

– Você conhece esse Professor?

Na verdade, nem um pouco. David nunca o mencionara.

Do fundo do corredor, ele conseguia ouvir as crianças que continuavam discutindo com o Whitlock. Suas vozes chegavam até ele, que apoiava as costas enquanto segurava a pistola de solda acima da cabeça e segurava as peças do inspetor Zangado para manter a ponta no lugar.

– Sim – ia dizendo o Whitlock, a voz absolutamente plácida, jamais hesitante –, o guaxinim é um companheiro e tanto, pelo menos o velho guaxinim Jimmy é. Já o vi várias vezes. E ele é bem grandinho, aliás, com braços longos e fortes bastante ágeis.

– Eu vi um guaxinim uma vez – gritou, empolgada, uma das crianças. – Eu vi um, sr. Whitlock, e ele estava pertinho assim de mim!

Será que ele viu um guaxinim em Marte?, pensou Jack.

– Não, Don, acho que não – respondeu o Whitlock, dando uma risada. – Não existem guaxinins por aqui. Você teria que ir lá para o outro lado, até nossa velha Mãe Terra, para ver um desses incríveis companheiros. Mas é isto o que eu queria mostrar para vocês, meninos e meninas: sabem quando o velho guaxinim Jimmy pega comida e a carrega de maneira bem furtiva até a água para lavá-la? E como todos nós rimos dele quando um torrão de açúcar se dissolve e ele fica sem nada para comer? Bom, meninos e meninas, vocês sabiam que temos guaxinins como o Jimmy bem aqui neste...

– Acho que acabei – disse Jack, recolhendo a pistola. – Você quer me ajudar a montar isso de volta?

– Você está com pressa? – perguntou a responsável pelos circuitos.

– Não suporto essa coisa falando sem parar ali – disse Jack. Isso o deixava tenso e trêmulo a tal ponto que ele mal conseguia fazer seu trabalho.

Uma porta no final do corredor onde eles estavam bateu e fechou-se. O som da voz do Whitlock se interrompeu.

– Está melhor assim? – perguntou a responsável pelos circuitos.

– Obrigado – disse Jack, com as mãos ainda bastante trêmulas. A responsável pelos circuitos notou; ele estava ciente do escrutínio tão preciso e ficou imaginando o que ela pensava sobre isso.

O quarto onde o Papai Bonzinho se encontrava consistia no prolongamento de uma sala de estar, com lareira, sofá, mesa de centro, uma bela janela com vista e uma poltrona confortável na qual o próprio Papai Bonzinho estava sentado, com um jornal aberto no colo. Várias crianças estavam no sofá à sua volta, ouvindo atentamente, quando Jack Bohlen e a responsável pelos circuitos entraram. Elas ouviam as repreensões da máquina de aprendizado e não pareciam ter percebido a entrada de ninguém naquele ambiente. A responsável pelos circuitos dispensou as crianças e depois foi saindo também.

– Não estou certo do que você quer que eu faça – disse Jack.

– Faça-o passar por toda a programação. Tenho a impressão de que ele vem repetindo partes ou que trava. Seja qual for o caso, ele é muito demorado. Deveria voltar para o estágio inicial em cerca de três horas. – Uma porta se abriu para a responsável pelos circuitos e ela sumiu de vista; Jack ficou sozinho com o Papai Bonzinho, e esse fato não o agradava nem um pouco.

– Oi, Papai Bonzinho – disse ele, sem nenhum entusiasmo, e pôs-se a acomodar sua caixa de ferramentas para desparafusar a placa traseira do Professor.

O Papai Bonzinho então disse, com uma voz acolhedora e simpática:

– Qual o seu nome, amiguinho?

– O meu nome é Jack Bohlen – ele respondeu, enquanto desparafusava a placa e a acomodava a seu lado –, e eu também sou um papai bonzinho. Meu filho tem 10 anos, Papai Bonzinho. Então não me chame de amiguinho, combinado? – E mais uma vez ele estava suando e tremendo intensamente.

– Ah – exclamou o Papai Bonzinho. – Entendi!

– Entendeu o quê? – disse Jack, e percebeu que estava quase gritando. – Olhe só, passe por toda essa sua porcaria de programação, ok? Se for mais fácil para você, siga em frente e finja que sou um garotinho.

Eu só quero resolver isso logo e ir embora daqui, ele decidiu, *com o mínimo de problemas possível*. Sentia aquelas emoções complicadas crescendo dentro de si. *Três horas!*, pensou, desanimado.

– Meu pequeno Jackie – ia dizendo o Papai Bonzinho –, parece que você está carregando um grande peso no peito hoje. Estou certo?

– Hoje e todos os dias. – Jack acendeu sua lanterna de inspeção para iluminar as engrenagens do Professor. O mecanismo parecia estar percorrendo a programação de maneira correta até então.

– Talvez eu possa lhe ajudar – disse o Papai Bonzinho. – Geralmente ajuda quando uma pessoa mais velha e mais experiente ouve seus problemas e, de certa forma, partilha deles, tornando-os mais leves.

– Tudo bem – concordou Jack, sentando-se sobre os calcanhares. – Vou deixar rodando então, já que estou preso aqui por três horas de qualquer jeito. Você quer que eu conte tudo desde o início? Até o episódio que aconteceu lá na Terra, quando eu trabalhava na Corona Corporation e tive uma oclusão?

– Comece por onde você quiser – disse o Papai Bonzinho, todo gracioso.

– Você sabe o que é esquizofrenia, Papai Bonzinho?

– Acho que tenho uma boa noção do que seja, Jackie – respondeu ele.

– Bom, Papai Bonzinho, é a doença mais misteriosa de toda a medicina, simples assim. E se manifesta em uma a cada seis pessoas, o que significa muita gente.

– Sim, com certeza é mesmo – completou o Papai Bonzinho.

– Uma vez – emendou Jack, enquanto observava o maquinário se mexendo – tive o que chamam de símplex esquizofrênico polimórfico. E olha, Papai Bonzinho, foi pesado.

– Aposto que foi mesmo – respondeu a máquina.

– Agora sei qual é o seu intuito – disse Jack. – Sei o seu objetivo, Papai Bonzinho. Estamos bem longe de casa, a milhões de quilômetros de distância. Nossa conexão com a civilização lá da Terra é bastante tênue. E muitos colegas estão extremamente assustados, Papai Bonzinho, porque esse vínculo está ficando mais fraco a cada ano que passa. Por isso esta Escola Pública foi criada, para representar um ambiente estável para as crianças nascidas aqui, um ambiente parecido com o da Terra. Esta lareira, por exemplo. Não temos lareiras aqui em Marte. O aquecimento é feito com pequenas fornalhas atômicas. Esta janela panorâmica, cheia de vidros... ficaria só opaca com as tempestades de areia. Na verdade, nada em você é derivado da realidade que vivemos aqui. Você sabe o que é um bleek, Papai Bonzinho?

– Não posso dizer que sei, meu pequeno Jackie. O que é um bleek?

– É uma das raças indígenas aqui de Marte. Você sabe que está em Marte, não?

O Papai Bonzinho apenas acenou com a cabeça em concordância.

– A esquizofrenia – continuou Jack – é um dos problemas mais urgentes que a civilização humana já enfrentou. Sinceramente, Papai Bonzinho, eu emigrei para Marte por causa desse episódio esquizofrênico que apresentei quando tinha 22 anos e trabalhava para a Corona Corporation. Eu estava surtando. Precisava ir embora daquele ambiente urbano complexo e passar para outro mais simples, um ambiente fronteiriço primitivo e com mais liberdade. Era muita pressão para mim: ou eu emigrava, ou enlouqueceria. Aquele prédio da cooperativa... você consegue imaginar uma coisa descendo andar por andar e subindo feito um arranha-céu, com uma quantidade de gente vivendo ali suficiente para ter um supermercado próprio? Eu fiquei maluco esperando na fila da livraria. Todas as outras pessoas, Papai Bonzinho, cada uma delas naquela livraria e naquele supermercado, todas elas viviam no mesmo prédio que eu. Aquele único prédio era uma sociedade por si só. E hoje ele ficou pequeno em comparação com outros que já foram construídos. O que você tem a dizer sobre isso?

– Minha nossa – disse o Papai Bonzinho, balançando a cabeça.

– Bom, o que penso disso é o seguinte – continuou Jack –, acho que esta Escola Pública e que vocês, máquinas de aprendizado, vão educar uma nova geração de esquizofrênicos, descendentes de pessoas como eu, que estão se adaptando até que bem a este novo planeta. Vocês vão prejudicar a psique dessas crianças porque estão lhes ensinando a expectativa de um ambiente que não existe para elas. Não existe nem lá na Terra, ficou obsoleto. Pergunte àquele Professor Whitlock se a inteligência não precisa ser prática para ser verdadeira. Eu o ouvi dizer isso. Precisa ser uma ferramenta para a adaptação, não é isso, Papai Bonzinho?

– Sim, meu pequeno Jackie, precisa ser.

– O que vocês deviam ensinar é como nós podemos...

– Sim, meu pequeno Jackie – Papai Bonzinho o interrompeu –, precisa ser. – E, ao dizer isso, o dente de uma engrenagem escorregou para a luminosidade da lanterna de inspeção de Jack, e uma fase do ciclo começou a se repetir.

– Você travou – disse Jack. – Papai Bonzinho, você está com as endentações da engrenagem gastas.

– Sim, meu pequeno Jackie, precisa ser – continuava dizendo o Papai Bonzinho.

– Você tem razão – disse Jack –, precisa ser mesmo. Com o tempo, tudo acaba se desgastando. Nada é permanente. A mudança é a única constante da vida. Não é isso, Papai Bonzinho?

– Sim, meu pequeno Jackie – insistia o Papai Bonzinho –, precisa ser.

Desligando o fornecimento de energia da máquina de aprendizado, Jack começou a desmontar seu eixo principal, preparando-se para tirar a engrenagem gasta.

– Então você encontrou o problema – disse a responsável pelos circuitos, quando Jack deu as caras meia hora depois, limpando o rosto na manga da camisa.

– Sim – disse ele.

Ele estava exausto. O relógio de pulso dele dizia que eram apenas quatro da tarde. Uma hora inteira de trabalho ainda esperava por ele.

A responsável pelos circuitos o acompanhou até o estacionamento.

– Estou bastante satisfeita com a prontidão com que você atendeu às nossas necessidades – disse ela. – Vou fazer um telefonema para o sr. Yee e agradecer a ele pelo serviço.

Jack concordou com a cabeça e subiu no helicóptero, tão exausto que nem ao menos conseguia dizer adeus. Não demorou para ele levantar voo. Aquele ovo de pata gigante que era a Escola Pública operada pela ONU foi ficando pequeno e distante embaixo dele. A presença sufocante do lugar foi desaparecendo, e ele finalmente conseguia respirar de novo.

Girando o botão do transmissor, ele disse:

– Sr. Yee, aqui quem fala é o Jack. Acabei o serviço aqui na escola. Qual é o próximo?

Depois de uma pausa, a voz pragmática do sr. Yee respondeu:

– Jack, o sr. Arnie Kott, de Lewistown, nos procurou. Ele pediu para fazermos a assistência de uma máquina de codificação por reconhecimento de voz na qual ele confia muito. Como todos os outros da nossa equipe estão ocupados, estou mandando você para lá.

6

Arnie Kott era o proprietário do único cravo que havia em Marte. O instrumento, no entanto, estava desafinado, e seu dono não conseguia encontrar ninguém capaz de afiná-lo. Independentemente de como você procurasse, não havia afinadores de cravos em Marte.

Agora fazia um mês que ele estava treinando seu bleek doméstico para essa tarefa. Os bleeks tinham um ouvido bom para a música, e esse em específico parecia entender o que Arnie queria. Heliogabalus fora munido de uma tradução para o dialeto bleek de um manual de manutenção de instrumentos com teclado, e Arnie esperava pelos resultados a qualquer momento. No entanto, enquanto isso não acontecia, o cravo era virtualmente inexequível.

De volta a Lewistown depois da visita feita a Anne Esterhazy, Arnie Kott se sentia meio carrancudo. A morte de Norbert Steiner, aquele homem que vendia guloseimas no mercado negro, era um belo de um golpe baixo, e Arnie sabia que precisaria de uma jogada, provavelmente drástica e inédita, para compensar esse episódio. Já eram três da tarde. E o que ele aproveitara dessa viagem até Nova Israel? Nada além de uma notícia ruim. Anne, como sempre, não se deixava convencer de nada, e pretendia seguir em frente com suas campanhas e causas amadoras, mesmo que isso fizesse dela motivo de risadas em Marte; ela não ligava.

– Pelo amor de Deus, Heliogabalus – disse Arnie, furioso –, ou você faz essa porcaria de instrumento tocar direito logo ou vou te mandar para longe de Lewistown. Aí você vai voltar para o deserto e ficar comendo besouros e raízes junto com os da sua laia.

Sentado no chão ao lado do cravo, o bleek estremeceu e fitou Arnie Kott com um olhar agudo, até voltar a atenção mais uma vez para o manual.

– Nada funciona neste lugar, nunca – resmungou Arnie.

Marte inteiro, decidiu ele, era uma espécie de Humpty Dumpty*. O planeta originalmente era perfeito; entretanto, eles e suas propriedades haviam relegado tudo aquilo a coisas enferrujadas e detritos inúteis. Às vezes, ele se sentia dono de um imenso ferro-velho. E aí, mais uma vez, pensou no helicóptero de conserto da Companhia Yee que tinha encontrado por acaso no deserto e no cara escroto que o pilotava. Esses babacas independentes, Arnie pensou. Têm que baixar a bola um pouquinho. Mas eles sabem o quanto valem. São fundamentais para a economia do planeta, estava escrito na cara deles. "Não nos curvamos a homem algum..." *et cetera*. Arnie perambulou pela grande sala de estar da casa em Lewistown, que ele mantinha além de seu apartamento na sede do sindicato, com as mãos enfiadas nos bolsos e a cara amarrada.

Imagine, aquele cara respondeu para mim daquele jeito, refletiu Arnie. Ele deve ser um puta de um técnico de conserto para ser tão confiante assim.

E pensou ainda: Vou pegar esse cara nem que seja a última coisa que eu faça. Ninguém fala comigo daquele jeito e se safa numa boa.

Mas entre esses dois pensamentos sobre o atrevido técnico de conserto da Companhia Yee, o primeiro começou a dominar sua

---

* Famoso personagem de um poema infantil norte-americano. Humpty Dumpty cai de um muro e se quebra em muitos pedaços, e ninguém consegue consertá-lo. [N. de E.]

mente pouco a pouco, porque ele era um homem prático e sabia que as coisas precisavam continuar funcionando. Códigos de conduta tinham que ficar em segundo lugar. Não estamos conduzindo uma sociedade medieval aqui, pensou Arnie. Se esse cara for muito bom, pode me dizer o que bem entender. Eu só me importo com resultados.

Com isso em mente, ligou para a Companhia Yee, em Bunchewood Park, e logo estava com o próprio sr. Yee na linha.

– Olhe só – disse Arnie –, estou com problemas em um codificador aqui, e se vocês derem conta de resolver isso, talvez eu possa assinar um contrato permanente para seus serviços. Está me entendendo?

Não havia sombra de dúvida, o sr. Yee estava entendendo tudo muito bem. Ele percebeu todo o contexto.

– O nosso melhor homem, senhor. É pra já. E sei que o senhor ficará plenamente satisfeito, a qualquer hora do dia ou da noite.

– Eu quero um homem específico – disse Arnie, e então descreveu o técnico de conserto que conhecera no deserto.

– Jovem, cabelos escuros, esguio – foi repetindo o sr. Yee –, de óculos e com um temperamento meio nervoso. Esse é o Jack Bohlen. O melhor dos nossos técnicos.

– Deixe eu lhe contar uma coisa – disse Arnie. – Esse tal de Bohlen falou comigo de um jeito que eu não deixo ninguém falar, mas depois de pensar um pouco a respeito, vi que ele tinha razão, e quando o vir, vou dizer isso pessoalmente. – Muito embora, na verdade, Arnie Kott não se lembrasse mais qual fora o problema. – Esse tal de Bohlen parece que tem a cabeça boa – ponderou ele. – Será que ele pode vir aqui hoje?

Sem pestanejar, o sr. Yee prometeu a assistência para as cinco da tarde.

– Agradeço a prontidão – disse Arnie. – E não se esqueça de dizer a ele que o Arnie não guarda rancor. Claro, eu fui pego de surpresa naquela hora, mas isso já passou. Diga a ele... – e pensou por um instante. – Diga ao Bohlen que ele não tem absolutamente nada com que se preocupar em relação a mim. – Então desligou o telefone e recostou-se, sentindo uma realização austera e honesta.

No fim das contas, o dia não fora um desperdício completo. Ele também conseguira algumas informações interessantes com a Anne enquanto estivera em Nova Israel. Trouxera à discussão o tópico dos rumores sobre o que estava acontecendo nas Montanhas Franklin Roosevelt e, como sempre, Anne sabia de alguns fios de história vindos da Terra, dados que certamente foram um pouco deturpados ao longo da cadeia de relatos orais... Ainda assim, um naco de veracidade resistia. A ONU lá da Terra estava em vias de preparar um de seus golpes periódicos. Iam descer nas Montanhas Franklin Roosevelt dali a algumas semanas e alegar que eram terras de domínio público que não pertenciam a ninguém – o que era uma verdade incontestável. Mas por que, então, a ONU queria um belo pedaço de uma propriedade que não valia nada? Era nesse ponto que a história de Anne ficava intrigante. Uma história que circulara em Genebra dizia que a ONU pretendia construir um imenso parque supernacional, uma espécie de Jardim do Éden para seduzir emigrantes a deixar a Terra. Outra dizia que os engenheiros da ONU fariam um grande ataque final ao problema agravante das fontes de energia em Marte; estabeleceriam uma grande usina de energia atômica à base de hidrogênio, uma coisa única tanto em tamanho quanto em escopo. O sistema de águas seria revitalizado. E com as fontes adequadas de energia, indústrias pesadas poderiam finalmente se mudar para Marte, tirando proveito de terrenos livres, baixa gravidade e impostos mais baixos ainda.

E corria ainda um outro rumor de que a ONU ia estabelecer uma base militar nas Montanhas Franklin Roosevelt para compensar os planos soviéticos e americanos, que seguiam mais ou menos essa mesma ideia.

Independentemente de qual fosse o rumor verdadeiro, um fato se destacava: algumas parcelas do território da cadeia de Montanhas Franklin Roosevelt ficariam bastante valiosas muito em breve. E toda a área estava à venda agora, em terrenos que iam de meio acre até centenas de milhares de acres, a preços tremendamente baixos. Uma vez que os especuladores soubessem dos planos da ONU, isso mudaria... Sem dúvida, os especuladores já estavam começando a agir. E para reivindicar terras em Marte, tinham que estar por lá, nada podia ser feito da Terra – essa era a lei. Era só esperar que os especuladores iam começar a chegar a qualquer momento, se os rumores contados por Anne estivessem certos. Seria como o primeiro ano de colonização, quando eles agiam por toda parte.

Acomodando-se diante de seu cravo desafinado, Arnie abriu um livro de sonatas de Scarlatti e começou a dedilhar uma de suas favoritas, usando a técnica de mãos cruzadas, que ele vinha praticando há meses. Era uma música forte, rítmica, vigorosa, e ele ia tocando as teclas em puro deleite, ignorando o som distorcido em si. Heliogabalus afastou-se um pouco para estudar seu manual; aquele som lhe machucava os ouvidos.

– Eu tenho um disco de vinil disso – ele disse a Heliogabalus enquanto tocava. – É tão antigo e valioso que nem sequer ouso tocá-lo.

– O que é um disco de vinil? – perguntou o bleek.

– Você não entenderia se eu te explicasse. O Glenn Gould tocando. Tem quarenta anos, ganhei da minha família. Era da minha mãe. Esse cara conseguia realmente tocar essas sonatas de mãos cruzadas.

Sua própria maneira de tocar o desencorajava, e ele acabou desistindo. Eu nunca conseguiria ser tão bom assim, decidiu, mesmo que esse instrumento estivesse no auge das suas condições, como era quando mandei trazê-lo da Terra para cá.

Sentado na banqueta sem tocar, Arnie ruminou mais uma vez sobre as oportunidades de ouro envolvidas no território das Montanhas Franklin Roosevelt. Eu poderia comprar aquilo lá a qualquer momento, pensou, usando fundos do sindicato. Mas *onde*? É uma área muito grande, não posso comprar *tudo*.

Quem conhece a região?, ele se perguntou. Aquele tal de Steiner provavelmente conhecia, porque, até onde entendi, sua base de operações é... ou melhor, era em algum lugar perto dali. Tem prospectores indo e vindo o tempo todo. E bleeks que vivem lá também.

– Helio – disse ele –, você conhece a região das Montanhas Franklin Roosevelt?

– Senhor, eu as conheço, sim – disse o bleek. – E as evito. É um lugar frio, vazio e sem vida.

– É verdade que vocês, bleeks – perguntou Arnie –, têm uma pedra oracular a que recorrem quando querem saber do futuro?

– Sim, Senhor. Os bleeks não civilizados têm isso. Mas é uma superstição vã. Vil Nodosa é o nome dessa pedra.

– Você nunca vai consultá-la, então?

– Não, Senhor.

– Mas você conseguiria encontrá-la, se fosse necessário?

– Sim, Senhor.

– Eu te dou um dólar se você levar uma pergunta para essa porcaria de pedra Vil Nodosa para mim – disse Arnie.

– Obrigado, Senhor, mas não posso fazer isso.

– Por que não, Helio?

– Isso tornaria pública minha ignorância, ir consultá-la com tamanha fraudulência.

– Jesus – disse Arnie, enojado. – Como se fosse uma brincadeira... Você não pode fazer isso? De zoeira?

O bleek não disse nada, mas o rosto escuro dele estava contraído de ressentimento. Fingiu retomar a leitura do manual.

– Vocês foram burros de abrir mão de sua religião nativa – disse Arnie –, mostraram o quanto são fracos. Eu não teria feito isso. Diga-me como encontrar a Vil Nodosa e eu mesmo vou lá fazer a pergunta. Sei muito bem que sua religião ensina que você pode prever o futuro, mas o que há de tão especial nisso? Nós temos pessoas extrassensoriais lá na Terra, e algumas delas têm precognição, conseguem ver o futuro. Claro que temos de prendê-las junto com outros malucos, porque isso é um sintoma de esquizofrenia, se é que você sabe o que isso quer dizer.

– Sim, Senhor – disse Heliogabalus –, eu conheço a esquizofrenia: é o selvagem que vive dentro do homem.

– Claro, é a regressão a maneiras primitivas de pensamento, mas e daí, se você pode ver o futuro? Naqueles acampamentos de doentes mentais lá na Terra deve ter centenas de precogs... – E então Arnie Kott foi atingido por um pensamento: talvez houvesse alguns assim aqui em Marte, no Acampamento B-G.

Que vá pro inferno a tal pedra Vil Nodosa, pensou ele. Vou passar no B-G algum dia desses antes de fecharem o acampamento de vez e arrumar um precog para mim. Vou pagar para tirá-lo de lá e colocá-lo na minha folha de pagamento aqui em Lewistown.

Indo em direção ao telefone, ele ligou para o administrador do sindicato, Edward L. Goggins.

– Eddy – disse, quando conseguiu falar com o administrador –, vá correndo até nossa clínica psiquiátrica, encoste aqueles médicos na parede e volte com uma descrição de como é um maluco precog, quer dizer, seus sintomas, e pergunte se eles sabem de alguém assim no Acampamento B-G que a gente possa pegar pra gente.

– Tudo bem, Arnie. Vou fazer isso.

– Quem é o melhor psiquiatra de Marte, Eddy?

– Meu Deus, Arnie, preciso ir atrás disso. Os caminhoneiros têm um bom, Milton Glaub. E eu só sei disso porque o irmão da minha mulher é caminhoneiro e fez terapia com o Glaub no ano passado, além de, naturalmente, ter conseguido uma representação efetiva.

– Imagino que esse Glaub conheça o B-G muito bem.

– Ah sim, Arnie, ele vai para lá uma vez por semana, eles se revezam em turnos. Os judeus pagam muito bem, têm muita grana para gastar. Recebem a grana de Israel lá na Terra, sabe...

– Bom, consiga pra gente esse tal de Glaub e diga a ele que arranje um esquizofrênico precog para mim o quanto antes. Pode até colocar o Glaub na folha de pagamento, mas só se for extremamente necessário. A maioria desses psiquiatras está se coçando para ter uma fonte de renda regular, eles ganham muito pouco. Entendido, Eddy?

– Certo, Arnie – e o administrador desligou o telefone.

– Você já fez psicanálise, Helio? – Arnie perguntou ao bleek, agora se sentindo todo alegre.

– Não, Senhor. Toda a psicanálise é uma bobagem vangloriosa.

– Comassim, Helio?

– A pergunta que eles nunca enfrentam é: como é remodelar uma pessoa doente? Não tem como, Senhor.

– Não estou te entendendo, Helio.

– O objetivo desta vida é desconhecido, por isso a maneira de ser está escondida dos olhos dos bichos vivos. Quem pode dizer que os esquizofrênicos talvez não estejam certos? Senhor, eles têm uma jornada corajosa. Afastam-se das coisas simples, que alguns podem manusear e levar ao uso prático; eles se voltam para si, para o *significado*. Vivem numa noite-escura-sem-fundo, num abismo. Quem pode dizer se vão voltar? E se voltarem, como vão ser, depois de terem vislumbrado o significado? Eu os admiro.

– Jê-sus – disse Arnie, tomado de escárnio. – Seu maluco semieducado... Aposto que, se a civilização humana desaparecesse de Marte, você voltaria rapidinho e ficaria entre os selvagens, não demoraria nem dez segundos para ficar admirando ídolos e todas essas coisas. Por quc você finge que quer ser como a gente? Por que está lendo esse manual?

– A civilização humana nunca vai sair de Marte, Senhor – disse Heliogabalus. – É por isso que eu estudo este livro.

– É bom mesmo que você consiga me ajudar a afinar a porcaria do meu cravo com esse livro – disse Arnie –, ou então você vai voltar para o deserto, quer a civilização humana fique em Marte ou não.

– Sim, Senhor – disse o bleek doméstico.

* * *

Desde que perdera o cartão do sindicato – e, portanto, não podia trabalhar legalmente –, a vida de Otto Zitte vinha sendo uma bagunça contínua. De posse do cartão, a essa altura ele já seria um técnico de conserto de primeira classe. Mantinha em segredo o fato de que um dia tivera tal cartão e conseguira perdê-lo; nem mesmo seu empregador, Norb Steiner, sabia disso. Por motivos que ele próprio não entendia, Otto preferia que os outros acreditassem que ele fora simplesmente reprovado nos testes de aptidão. Talvez fosse mais fácil pensar em si próprio como um fracasso. Afinal de contas, era quase impossível entrar para o negócio de consertos... tanto quanto ser chutado para fora dele depois de ter conseguido entrar...

A culpa era dele mesmo. Três anos atrás, era afiliado pago e de direito do sindicato; em outras palavras, um benfeitor de boa-fé. O futuro estava de braços abertos para ele: era jovem, tinha uma namorada e um helicóptero próprio – este, alugado, e aquela, compartilhada, apesar de ele não saber disso na época. E o que poderia contê-lo? O que, a não ser, possivelmente, sua própria estupidez?

Ele desobedecera a uma das disposições do sindicato que era uma lei básica. Em sua opinião, era uma disposição idiota, mas mesmo assim... a vingança é minha, diz a Divisão Marciana do Sindicato Extraterrestre de Técnicos de Conserto. Nossa, como ele odiava aqueles putos. O ódio deformara sua vida, isso ele reconhecia – e não fazia nada a respeito: queria mais é que o deformasse mesmo. Queria continuar a odiá-los, aquela grande estrutura monolítica, onde quer que ela continuasse existindo.

Fora pego por prestar serviços de conserto socializados.

E o inferno disso tudo é que nem eram serviços socializados de fato, porque ele esperava ter lucro de volta. Era apenas uma nova maneira de cobrar de seus clientes, e, de certo modo, nem tão nova assim. Na verdade, era a maneira mais antiga do mundo, um sistema de permuta. Mas as receitas dele não podiam ser divididas para que o sindicato ficasse com uma parte. Ele fizera um acordo com algumas donas de casa que viviam em áreas remotas, mulheres muito solitárias cujos maridos ficavam cinco dias por semana na cidade e só voltavam para casa aos fins de semana. Otto, que era bonitão, esguio e tinha cabelos pretos e compridos, penteados para trás (pelo menos na maneira como ele próprio se descrevia), passava um tempo com uma mulher depois da outra, e um marido indignado, ao descobrir isso, em vez de atirar em Otto para matá-lo, fora até o Centro de Contratações do Sindicato e apresentara uma queixa formal: consertos sem compensação à altura.

Bom, certamente não estava à altura, isso ele admitia.

E desde então ele trabalhava com Norb Steiner, o que significava que ele praticamente tinha que viver nos terrenos baldios das Montanhas Franklin Roosevelt, alienado da sociedade por semanas a fio, tornando-se cada vez mais solitário e amargurado com o passar do tempo. Fora a necessidade de contato pessoal íntimo que o colocara em maus lençóis, para começo de conversa, e agora sua situação se invertera. Enquanto ficava no galpão de armazenamento esperando o próximo foguete aparecer, repassava sua vida e pensava como nem mesmo os bleeks se sujeitariam a viver uma vida como a dele, afastado de todo mundo desse jeito. Se ao menos as operações no mercado negro tivessem dado certo! Ele, assim como Norb Steiner, conseguira percorrer o planeta dia após dia, visitando uma pessoa depois da outra. Era culpa dele que os itens que escolhera importar se destacavam o suficiente para interessar aos peixes grandes? Seu julgamento fora muito bom, sua linha vendera muito bem.

Ele também detestava os grandes trambiqueiros, tanto quanto os grandes sindicatos. Detestava a grandeza por si só. A grandeza destruíra o sistema americano de empresas livres, o que acabara arruinando os autênticos pequenos empresários – na verdade, talvez ele próprio tivesse sido o último pequeno empresário autêntico no sistema solar. Esse fora seu verdadeiro crime: ele tentara viver o estilo de vida americano, em vez de simplesmente falar a respeito.

Eles que se fodam, pensou enquanto estava sentado em um engradado e cercado de caixotes, caixas de papelão, embalagens e partes internas de vários foguetes desmontados que ele vinha reformando. Do lado de fora da janela do galpão... colinas rochosas desoladas e silenciosas, com alguns arbustos aqui e ali, todos secos e morrendo, até onde a vista alcançava.

E onde estava Norb Steiner agora? Sem dúvida, enfiado em algum bar ou restaurante, ou em alguma alegre sala de estar de uma mulher qualquer, desfiando seu discurso, passando latas de salmão defumado e recebendo em troca...

– Eles que se fodam, todos –, resmungou Otto, levantando-se e retomando seu caminhar para a frente e para trás. – Se é isso que eles querem, que assim seja. Bando de animais.

Aquelas garotas israelenses... era lá que o Steiner estava, num *kibutz* cheio delas, aquelas moças gostosas, de olhos escuros, lábios carnudos, peitos grandes, sempre *sexies* e bronzeadas de trabalhar nos campos usando shorts e camisetas de algodão agarradas no corpo sem sutiã, só aqueles peitões sólidos – dava para ver os mamilos delas de verdade por causa do tecido úmido colado neles.

É por isso que o Steiner não queria me deixar ir com ele, decidiu Otto.

As únicas mulheres que ele via na região das Montanhas Franklin Roosevelt eram aquelas bleeks definhadas, pretas e secas, que nem sequer humanas eram, pelo menos não para ele. Otto não caía na conversa daqueles antropólogos que diziam que os bleeks eram da mesma origem que os *Homo sapiens*, e que, provavelmente, ambos os planetas tinham sido colonizados há um milhão de anos por uma raça interplanetária. Esses trapos, humanas? Transar com uma delas? Jesus, melhor arrancar o negócio fora antes.

Falando neles, lá vem um bando de bleeks exatamente agora, andando cuidadosamente com os pés descalços pela superfície rochosa irregular de uma colina ao norte. Estão vindo para cá, observou Otto. Como de costume.

Ele abriu a porta do galpão, esperando até que o grupo o alcançasse. Quatro machos, dois deles mais velhos, uma mulher de idade e várias crianças magrelas carregando arcos, pesos de costura e cascas de ovo de paka.

Hesitantes, eles o observaram silenciosamente, e então um dos machos disse:

– Chuvas emanam de mim sobre vossa pessoa tão preciosa.

– Igualmente – disse Otto, apoiando-se no abrigo e sentindo-se insosso e pesado de desesperança. – O que vocês querem?

O macho bleek esticou um pequeno pedaço de papel, e Otto, alcançando-o, viu que era um rótulo de sopa de tartaruga. Os bleeks tinham comido a sopa e guardado o rótulo para esse momento – não conseguiam dizer a ele o que queriam porque não sabiam como se chamava.

– Ok – disse ele. – Quantas? – E foi erguendo os dedos; ao chegar em cinco, eles acenaram com a cabeça, queriam cinco latas. – O que vocês têm? – perguntou Otto, sem manifestar sentimento algum.

Uma mulher bleek jovem deu um passo à frente e apontou para aquela parte de si que vinha ocupando os pensamentos de Otto havia tanto tempo.

– Ah, meu Deus – disse Otto, desesperado. – Não, saiam daqui. Caiam fora. Não quero mais isso não, não quero mais. – E lhes deu as costas, tomando o rumo do galpão de armazenamento e batendo a porta com tanta força que as paredes tremeram.

Ele se largou em cima de um conjunto de caixas de embalagem, com a cabeça apoiada nas mãos. Estou enlouquecendo, pensou, com o maxilar travado e a língua inchando de modo que mal conseguia falar. O peito dele doía. E então, para a própria surpresa, começou a chorar. Jesus, pensou ele, tomado de temor, estou realmente enlouquecendo, estou surtando. Por quê? E lágrimas correram por suas bochechas. Fazia anos que Otto não chorava. O que significa tudo isso?, pensou ele. Sua mente não retinha nenhum conceito, mas seu corpo estava se estrebuchando, e ele era espectador disso tudo.

Aquilo lhe trouxe algum alívio. Com um lenço, limpou os olhos e o rosto e praguejou quando viu que as mãos estavam parecendo garras, tamanha a rigidez dos dedos contorcidos.

Do lado de fora da janela do galpão, os bleeks ainda estavam lá, talvez o observando, ele não sabia. O rosto deles não mostrava nenhuma expressão, mas Otto estava certo de que tinham visto algo e, provavelmente, estavam tão perplexos quanto ele. *Com certeza é um mistério*, pensou. *Concordo com vocês.*

Os bleeks se reuniram em um círculo e ficaram confabulando, até que um deles se afastou do grupo e foi até o galpão. Otto ouviu uma batida na porta. Indo até lá e abrindo-a, deparou com o jovem bleek parado ali, segurando algo para lhe oferecer.

– E isso, então? – disse o jovem bleek.

Otto pegou o objeto, mas não conseguia entender do que se tratava por nada no mundo. Tinha vidro e metal na composição, e algumas escalas. Então se deu conta de que era um instrumento usado em medições. Na lateral, vinha estampado: PROPRIEDADE DA ONU.

– Eu não quero isso – disse ele, irritado e girando o objeto sem parar.

Os bleeks devem ter roubado esse troço, notou ele, e o devolveu. O jovem garoto aceitou o objeto de volta com um ar estoico e retornou para o grupo. Otto fechou a porta.

Desta vez eles foram embora. Otto os observou pela janela enquanto seguiam seu caminho pela encosta da colina. *Roubando tudo o que podem*, ele pensou. De todo jeito, o que uma empresa de medição da ONU estaria fazendo ali, no território das Montanhas Franklin Roosevelt?

Para se alegrar um pouco, ele vasculhou ao redor até encontrar uma lata de pernas de rã defumadas. Ele a abriu e ficou sentado, comendo morosamente, sem aproveitar nada daquela iguaria, mas, ainda assim, terminando a lata metodicamente.

* * *

Ao microfone, Jack Bohlen disse:

– Não me mande até lá, sr. Yee... já cruzei com o Kott hoje e lhe falei poucas e boas.

O cansaço imperava sobre ele. *Deparei com o Kott pela primeira vez na vida e, como sempre, o insultei*, pensou. *E como sempre, também, porque é assim que a minha vida funciona, isso tudo aconteceu justo no mesmo dia em que o Arnie Kott decide ligar para a Companhia Yee para contratar um conserto. É bem típico desse joguinho que tenho com as inanimadas e poderosas forças da vida.*

– O sr. Kott mencionou algo sobre ter encontrado você no deserto – disse o sr. Yee. – Na verdade, a decisão dele de nos procurar se baseou nesse encontro.

– De que diabos você está falando? – Jack ficou estarrecido.

– Não sei qual foi o problema, Jack, mas não causou nenhum dano. Vá com seu helicóptero rumo a Lewistown. Se você ficar lá até depois das cinco da tarde, seu tempo será pago com acréscimo de 50%. E o senhor Kott, que é conhecido por sua generosidade, está tão ansioso para que seu codificador volte a funcionar que promete garantir que você receba uma refeição generosa.

– Tudo bem – disse Jack.

Era muita informação para ele processar. Afinal de contas, não sabia nada do que passava pela cabeça de Arnie Kott.

Não muito depois disso, Jack já estava descendo com seu helicóptero no heliponto que ficava no telhado da Sede do Sindicato dos Funcionários das Águas em Lewistown.

Uma serviçal que passava por ali o encarou com ar suspeito.

– Técnico de conserto da Companhia Yee – disse Jack. – Solicitação feita por Arnie Kott.

– Tudo bem, colega – disse a serviçal, e conduziu-o até o elevador.

Ele encontrou Arnie Kott em uma sala com belos móveis, iguais aos da Terra; aquele homem grande e de cabeça lisa estava ao telefone, e acenou com a cabeça quando Jack apareceu. O aceno indicava a mesa onde estava uma máquina portátil de codificação por reconhecimento de voz. Jack foi andando até ela, levantou a tampa e ligou-a. Enquanto isso, Arnie Kott continuava a conversa telefônica.

– Claro que eu sei que se trata de um talento meio enganador. Claro, há um bom motivo para explicar por que ninguém foi capaz de fazer bom uso disso. Mas o que posso fazer? Desistir e fingir que não existe só porque as pessoas foram burras demais por cinquenta mil anos para levar isso a sério? Ainda assim, quero tentar. – Fez-se uma longa pausa. – Tudo bem, doutor. Obrigado. – Arnie encerrou a ligação; voltando-se para Jack, disse: – Você já foi ao Acampamento B-G?

– Não – respondeu Jack, que estava ocupado abrindo o codificador.

Arnie foi caminhando até ele e parou de pé ao seu lado. Enquanto trabalhava, Jack conseguia sentir aquele olhar astuto fixo nele. Isso o deixava nervoso, mas não havia nada que pudesse fazer além de tentar ignorar aquele homem e seguir em frente. Então, como de costume, ele imaginou se teria outro de seus ataques. Verdade que já fazia tempo que não tinha aquilo, mas agora havia uma figura de poder se agigantando perto dele e o escrutinando, o que lhe dava uma sensação parecida com a daquela velha entrevista com o gerente de recursos humanos da Corona.

– Eu estava com o Glaub no telefone – disse Arnie Kott. – O psiquiatra. Já ouviu falar dele?

– Não – respondeu Jack.

– O que você faz? Passa a vida inteira com a cabeça enfiada na traseira dessas máquinas?

Jack olhou para cima e cruzou seu olhar com o dele.

– Eu tenho mulher e um filho. Essa é a minha vida. O que estou fazendo agora é uma maneira de sustentar minha família – ele falava calmamente, e Arnie parecia não levar nada como ofensa; na verdade, ele até sorriu.

– Quer beber algo? – perguntou Arnie.

– Café, se você tiver.

– Eu tenho café autêntico lá da Terra – disse Arnie. – Puro?

– Puro.

– É, você parece um homem que toma café puro. Acha que consegue consertar essa máquina aqui e agora, ou será que vai precisar levá-la com você?

– Eu consigo consertar aqui mesmo.

– Excelente! – E o rosto de Arnie se acendeu. – Eu realmente dependo dessa máquina.

– Cadê o café?

Virando-se, Arnie saiu da sala obedientemente. Ocupou-se de algo em outro cômodo e então voltou com uma caneca de café de cerâmica, que acomodou na mesa perto de Jack.

– Veja, Bohlen, tem uma pessoa que vai chegar aqui a qualquer momento. Uma garota. Isso não vai atrapalhar seu trabalho, imagino?

Jack olhou para o alto, imaginando que ele estava sendo sarcástico. Mas, evidentemente, não estava; Arnie estava de olho nele e na máquina parcialmente desmontada, obviamente preocupado com o andamento do conserto. Com certeza ele depende disso, decidiu Jack. É estranho como as pessoas se apegam a seus pertences como se fossem extensões de seus corpos, uma espécie de hipocondria de máquinas. E pensar que Arnie Kott poderia muito bem se livrar desse codificador e arrumar dinheiro para conseguir um novo.

Então ouviram-se batidas na porta, e Arnie foi correndo abri-la.

– Ah, oi. – Sua voz chegou até Jack. – Entre aqui. Ei, estou consertando meu brinquedinho.

– Arnie, seu brinquedinho nunca vai ser consertado – disse uma voz de mulher, e ele riu um pouco nervoso.

– Conheça o meu novo técnico de consertos, Jack Bohlen. Jack, esta é Doreen Anderton, nossa tesoureira do sindicato.

– Oi – disse Jack.

De canto de olho – sem parar de trabalhar um momento sequer –, viu que ela tinha cabelos ruivos, a pele extremamente branca e olhos imensos e maravilhosos. Todo mundo está na folha de pagamento, pensou ele, com um espírito mordaz. Que belo sindicato você armou aqui para si, Arnie.

– Ele está ocupado, não? – disse a garota.

– Ah, sim – concordou Arnie. – Esses caras que fazem consertos são muito obcecados por fazer o trabalho direito. Estou falando do pessoal de fora, e não dos nossos. Os nossos são um bando de vagabundos que ficam sentados fazendo brincadeiras entre eles à nossa custa. Estou farto deles, Doreen. Quer dizer, este cara aqui, o Bohlen, é um ás. Ele vai deixar o codificador funcionando a qualquer minuto, não é isso, Jack?

– Sim – respondeu Jack.

– Você não cumprimenta as pessoas, Jack? – perguntou a garota.

Interrompendo o trabalho, ele voltou sua atenção para ela e encarou-a com serenidade. Ela tinha uma expressão calma e inteligente, com uma vaga qualidade de escárnio que lhe conferia um ar peculiar de satisfação e incômodo.

– Olá – disse Jack.

– Vi seu helicóptero no telhado – falou a garota.

– Deixe-o trabalhar – disse Arnie, impertinente. – Permita-me pegar o seu casaco. – E ficou de pé atrás dela, ajudando-a a tirá-lo. A garota usava um casaco escuro de lã, obviamente importado da Terra e, portanto, caro a um nível espantoso. Aposto que isso reduziu bastante os fundos de pensão do sindicato, decidiu Jack.

Observando a garota, viu nela uma apologia a certa sabedoria antiga. Olhos, cabelos e pele bonitos produziam uma mulher bonita. Mas um nariz excelente criava uma mulher linda. Essa garota tinha um nariz assim: forte, reto, que dominava seus traços e era a base deles. Mulheres mediterrâneas atingem esse tipo de beleza com muito mais facilidade do que, por exemplo, as mulheres irlandesas ou inglesas, Jack veio a se dar conta, porque, geneticamente falando, o nariz mediterrâneo, fosse ele espanhol ou hebraico ou turco ou italiano, desempenhava um papel naturalmente maior na organização fisionômica. Sua mulher mesmo, Silvia, tinha um nariz irlandês alegre e empinado, era bonita o suficiente em qualquer padrão. Mas... tinha uma diferença.

Ele supôs que Doreen estivesse na casa dos trinta e poucos. Ainda assim, ela tinha um frescor que lhe conferia estabilidade. Ele já vira esse tipo de coloração clara em colegiais próximas da puberdade, e uma vez a cada muito tempo via-se algo assim em mulheres de cinquenta anos com cabelos perfeitamente grisalhos e olhos grandes e adoráveis. Essa garota ainda seria atraente dali a vinte anos, e provavelmente nunca deixaria de sê-lo; ele não conseguia imaginá-la de outro modo. Talvez Arnie tivesse feito bem ao investir em Doreen os fundos a ele confiados. Ela não se desgastaria. Mesmo agora ele via maturidade em seu rosto, e isso era coisa rara em uma mulher.

– Vamos sair e tomar um drinque – Arnie disse a Jack. – Se você conseguir consertar essa máquina a tempo...

– Já está consertada. – Ele tinha encontrado a correia quebrada e trocado por outra de seu kit de ferramentas.

– Bom trabalho – disse Arnie, sorrindo feito uma criança contente. – Então venha junto com a gente. – E explicou à garota: – Vamos encontrar Milton Glaub, o famoso psiquiatra. Você provavelmente já ouviu falar dele. Ele prometeu que ia tomar um drinque comigo. Estava com ele ao telefone agora mesmo, e ele me parece ser um cara de primeira classe. – E bateu espalhafatosamente no ombro de Jack. – Aposto que quando você estacionou seu helicóptero lá em cima não imaginava que ia tomar um drinque com um dos psicanalistas mais renomados do sistema solar, não é mesmo?

Será que devo ir com eles?, pensou Jack. Mas por que não? E disse:

– Ok, Arnie.

– O dr. Glaub vai me arrumar um esquizofrênico – disse Arnie. – Preciso de um, preciso de serviços profissionais. – E pôs-se a rir, com os olhos brilhando e achando sua própria expressão excepcionalmente engraçada.

– É mesmo? – disse Jack. – Eu sou esquizofrênico.

Arnie parou de rir na hora.

– Tá brincando? Nunca teria imaginado. Quero dizer, você me parece bem.

Terminando a tarefa de montar o codificador, Jack disse:

– Eu estou bem. Estou curado.

– Ninguém nunca se cura de esquizofrenia – disse Doreen com um tom frio, como quem simplesmente constata um fato.

– Pode acontecer se for o que chamam de esquizofrenia situacional – disse Jack.

Arnie encarou-o com grande interesse e até mesmo certa dose de suspeita.

– Você está brincando com a minha cara. Está só tentando cavar um espaço na minha confiança.

Jack deu de ombros, sentindo o rosto ruborescer, e voltou a atenção completamente para o trabalho.

– Sem ofensas – retomou Arnie –, você é mesmo, sem brincadeira? Olha, Jack, deixa eu perguntar uma coisa: você tem alguma espécie de capacidade ou poder de ver o futuro?

Depois de uma longa pausa, Jack disse:

– Não.

– Tem certeza? – insistiu Arnie, um pouco desconfiado.

– Tenho certeza.

Agora ele desejava ter recusado de cara o convite para acompanhá-los. Aqueles questionamentos obstinados faziam com que ele se sentisse exposto. Arnie o cutucava muito de perto, invadindo seu espaço – era até difícil de respirar, e Jack mudou-se para a outra extremidade da mesa, a fim de aumentar a distância entre ele e o encanador.

– Qual é o problema? – perguntou Arnie, afiadamente.

– Nada. – E Jack continuou trabalhando, sem olhar para Arnie nem para a garota; enquanto isso, os dois o observavam, e suas mãos tremiam.

Então, Arnie disse:

– Jack, deixe-me contar como cheguei onde estou. Um talento me fez subir até aqui. Eu consigo julgar as pessoas e dizer como são lá no fundo, o que elas são de verdade, não só o que fazem e dizem. E eu não acredito em você. Aposto que está mentindo para mim sobre a sua precognição. Não estou certo? Você nem precisa responder. – Virando-se para a garota, continuou: – Vamos saindo. Quero logo esse drinque. – E acenou para que Jack os seguisse.

Deixando suas ferramentas, Jack os acompanhou, relutante.

7

Em sua jornada de helicóptero até Lewistown para encontrar Arnie Kott e tomar um drinque com ele, o dr. Milton Glaub se perguntou se a boa sorte que tinha era de fato real. Não consigo acreditar nisso, pensou, uma virada dessas na minha vida.

Ele não estava certo do que Arnie queria; o telefonema fora tão inesperado e Arnie falara tão rápido que o dr. Glaub acabou ficando boquiaberto e entendendo apenas que tinha algo a ver com aspectos parapsicológicos de doentes mentais. Bom, ele podia contar para Arnie praticamente tudo o que se sabia a respeito do assunto. Ainda assim, Glaub sentia que essa solicitação envolvia algo mais profundo.

No geral, a preocupação com a esquizofrenia revelava um sintoma do conflito interno que a própria pessoa travava consigo. No entanto, era sabido que, normalmente, um dos primeiros sinais do crescimento pérfido do processo esquizofrênico em uma pessoa era a incapacidade de comer em público. Arnie saíra ruidoso, falando pelos cotovelos sobre sua vontade de encontrar Glaub não em sua casa ou no consultório médico, mas em um restaurante bastante conhecido de Lewistown, o Willows. Seria isso uma formação reativa? Misteriosamente constrangido por situações públicas, especialmente aquelas envolvendo funções alimentares, Arnie Kott estava tomando impulso para reconquistar a normalidade que começava a abandoná-lo.

Pilotando seu helicóptero, Glaub pensou a respeito do assunto, mas então, em etapas lentas e furtivas, o pensamento dele voltou-se para problemas pessoais.

Arnie Kott, um homem que controlava os fundos multimilionários do sindicato, figura proeminente no mundo colonial, embora quase um desconhecido na Terra. Um barão feudal, praticamente. Se Kott me colocasse em sua equipe, especulou Glaub, eu conseguiria pagar todas as dívidas que acumulei, todos os meus empréstimos com 20% de juros que parecem simplesmente se agigantar o tempo todo, sem nunca diminuir ou desaparecer. E aí nós poderíamos recomeçar a viver sem criar dívidas, mas dentro das nossas condições... que seriam bastante ampliadas nesse caso.

Além do mais, Arnie era sueco ou dinamarquês, algo assim, então Glaub não precisaria amorenar o tom de sua pele antes de receber cada paciente. Isso somado ao fato de que Arnie tinha toda uma reputação de informalidade. Milt e Arnie, assim seria. E o dr. Glaub sorriu.

O que ele não podia deixar de fazer nessa entrevista inicial era ratificar os conceitos de Arnie, meio que seguir o fluxo sem jogar um balde de água fria na situação, mesmo que, digamos, as noções do velho Arnie fossem muito disparatadas. Desencorajar o homem seria uma porcaria a se fazer. Simplesmente não era certo.

Estou entendendo o que quer dizer, Arnie, o dr. Glaub disse a si mesmo, ensaiando enquanto pilotava seu helicóptero e se aproximava cada vez mais de Lewistown. Sim, havia muito a ser dito sobre aquela visão de mundo.

Ele passara por tantas situações sociais por seus pacientes, comparecendo em público no lugar deles, representando aquelas personalidades tímidas e retraídas que murchavam sob exposição interpessoal, que isso seria indubitavelmente um salto. E se o processo esquizofrênico de Arnie estivesse começando a se manifestar com artilharia pesada, o encanador talvez precisasse se apoiar nele para poder sobreviver.

Caramba, o dr. Glaub disse a si mesmo, e aumentou a velocidade do helicóptero para o máximo.

Em volta do Willows havia um fosso com água azul bem fria. Fontes espirravam água no ar, e primaveras em tons de roxo, âmbar e vermelho queimado chegavam às alturas, envolvendo a estrutura térrea de vidro. Conforme ia descendo a escadaria de aço forjado do estacionamento, o dr. Glaub notou o pessoal lá dentro: Arnie Kott sentado junto com uma ruiva estonteante e uma companhia masculina insuspeita usando macacão de técnico de conserto e camisa de lona.

Uma sociedade realmente sem divisão de classes esta aqui, refletiu o dr. Glaub.

Uma ponte arqueada o levava a cruzar o fosso. As portas se abriram diante dele, e Glaub entrou no salão, passou pelo bar e parou para sondar o ambiente, observando o grupo de jazz que estava tocando de forma meditativa. Então acenou para Arnie.

– Oi, Arnie!

– Oi, doutor! – Arnie ficou de pé para apresentá-lo. – Dora, este é o dr. Glaub; Doreen Anderton. Este é meu técnico de conserto, Jack Bohlen, um verdadeiro craque. Jack, este é o mais importante psiquiatra vivo, Milt Glaub.

Todos eles trocaram acenos e apertos de mão.

– Dificilmente o mais importante – murmurou Glaub, enquanto se sentavam. – São os suíços lá de Berghölzlei, os psiquiatras existenciais, que dominam essa área. – Ainda assim, ele estava profundamente agradecido, por mais que não fosse verdade a declaração de Arnie, e sentiu seu rosto ruborizar de prazer. – Desculpem por ter demorado tanto a chegar aqui. Tive que fazer uma parada em Nova Israel. O Bos, Bosley Touvim, precisava do meu auxílio em uma questão médica que ele considerava urgente.

– Esse Bos é um cara e tanto – disse Arnie, que acabara de acender um cigarro, um genuíno Optimo Admiral vindo direto da Terra. – Gente que faz de verdade. Mas vamos falar de negócios. Quer dizer, vou providenciar um drinque para você – e lançou um olhar inquisidor para Glaub enquanto acenava para a garçonete dos drinques ir atendê-los.

– Um *scotch*, se vocês tiverem – disse Glaub.

– Cutty Sark, senhor – respondeu a garçonete.

– Ah, está ótimo. Sem gelo, por favor.

– Ok – disse Arnie, impaciente. – Agora veja, doutor, você tem o nome de um esquizo bem avançado para mim ou não? – E continuou a escrutinar Glaub.

– Hum.... – disse Glaub, e então se lembrou de sua visita a Nova Israel há pouco. – Manfred Steiner.

– Alguma relação com Norbert Steiner?

– Na verdade, é filho dele. Está no Acampamento B-G, e imagino que não seja uma violação de confidencialidade contar isso a você. Totalmente autista, desde o nascimento. A mãe tem uma personalidade fria, intelectual e esquizoide, seguindo as regras à risca. O pai...

– O pai está morto – disse Arnie brevemente.

– Isso. É lamentável. Um cara bacana, mas depressivo. Foi suicídio, sabe... Um impulso típico durante a fase de baixa. Não sei como ele não fez isso anos atrás.

– Você me disse ao telefone que tem uma teoria sobre os esquizofrênicos estarem descompassados no tempo – disse Arnie.

– Sim, é um desarranjo na percepção interna do tempo. – Os três estavam ouvindo o dr. Glaub, que foi se apropriando do tema, o seu favorito. – Ainda temos que fazer uma verificação experimental completa, mas isso virá. – E então, sem hesitar ou se envergonhar, ele soltou a teoria de Berghölzlei como se fosse sua.

– Muito interessante – disse Arnie, evidentemente muito impressionado; então, dirigindo-se ao técnico Jack Bohlen: – Esses compartimentos de câmera lenta podem ser construídos?

– Sem dúvida – murmurou Jack.

– E com sensores – emendou Glaub –, para tirar o paciente do recinto e devolvê-lo ao mundo real. Visão, audição...

– Dá para fazer – disse Bohlen.

– Que tal isto – disse Arnie, tanto impaciente quanto empolgado: – é possível que um esquizofrênico esteja correndo tão rápido no tempo em relação a nós que, na verdade, esteja naquilo que, para nós, é o futuro? Isso explicaria a precognição? – E os olhos claros dele brilharam de excitação.

Glaub encolheu os ombros de maneira que indicava consentimento.

Virando-se para Bohlen, Arnie gaguejou:

– Olhe, Jack, é isso! Caramba, eu devia ser psiquiatra. Reduza a velocidade deles, inferno. Quer dizer, acelere-os. Deixe que vivam descompassados no tempo, se é o que querem. Mas vamos fazer com que compartilhem essas percepções com a gente. Certo, Bohlen?

– Eis o imbróglio – disse Glaub. – Especialmente no autismo, a faculdade de comunicação interpessoal é drasticamente prejudicada.

– Entendi – disse Arnie, mas sem se deixar intimidar. – Porra, eu sei o suficiente a respeito disso para ver uma saída. Aquele cara das antigas, o Carl Jung, ele não conseguiu decifrar a linguagem dos esquizofrênicos anos atrás?

– Sim – disse Glaub –, décadas atrás Jung acessou a linguagem privada dos esquizofrênicos. Mas no autismo infantil, como é o caso do Manfred, não existe nenhuma linguagem, pelo menos não linguagem falada. Possivelmente, pensamentos privados totalmente pessoais... mas sem palavras.

– Que merda – disse Arnie.

A garota encarou-o com um olhar de reprovação.

– Este é um assunto sério – Arnie disse a ela. – Precisamos conseguir que esses infelizes, essas crianças autistas, falem com a gente e contem o que sabem. Não é isso, doutor?

– Sim – concordou Glaub.

– E agora essa criança, esse tal de Manfred, é órfão – disse Arnie.

– Bom, ele ainda tem a mãe – completou Glaub.

– Mas não ligam para a criança o suficiente para mantê-la em casa – disse Arnie, balançando as mãos agitadamente. – Simplesmente jogaram o menino naquele acampamento. Porra, irei até lá e o trarei para cá. E, Jack, você entra nessa para projetar uma máquina que faça contato com ele. Está entendendo o contexto?

– Nem sei o que dizer – disse Bohlen, depois de um momento, e deu uma risada breve.

– Claro que você sabe o que dizer. Porra, deve ser fácil para você, que é esquizofrênico, como você mesmo disse.

– Isso é verdade? – perguntou Glaub a Bohlen, todo interessado; ele já tinha notado automaticamente a tensão no corpo do técnico enquanto estava sentado tomando seu drinque, com a musculatura rígida e uma compleição astênica. – Mas você parece ter feito grandes esforços de recuperação.

Levantando a cabeça, Bohlen encontrou o olhar dele e disse:

– Estou totalmente recuperado. Isso já faz muitos anos. – Seu rosto estava carregado de emoção.

Ninguém se recupera totalmente, pensou Glaub. Mas ficou quieto, e então disse:

– Talvez o Arnie tenha razão. Você poderia criar empatia com o autista, considerando que esse é o nosso problema de base. Os autistas não podem assumir nossa posição, não veem o mundo como nós, e nós não podemos assumir a posição deles também. Existe um abismo entre nós.

– Atravesse esse abismo, Jack! – gritou Arnie, e bateu nas costas de Bohlen. – Esse é o seu trabalho. Estou te colocando na folha de pagamento.

O dr. Glaub se encheu de inveja. Ele baixou os olhos e ficou encarando seu drinque para esconder a reação. No entanto, a garota notou o movimento e sorriu para ele. Ele não sorriu de volta.

* * *

Contemplando o dr. Glaub sentado do outro lado da mesa, Jack Bohlen sentiu tomar conta de si aquela difusão gradual de percepção que ele tanto temia, a mudança em sua consciência que o atacara do mesmo jeito anos antes na sala do gerente de recursos humanos da Corona Corporation e que parecia nunca tê-lo deixado, sempre iminente.

Ele via o psiquiatra sob o prisma da realidade absoluta: uma coisa fria composta de fios e interruptores, descarnado, nem um pouco humano. Os aparatos de carne derreteram e ficaram transparentes, e Jack Bohlen viu o dispositivo mecânico que havia por trás. Ainda assim, não deixou transparecer seu terrível estado de consciência e continuou tomando conta do drinque que bebia, ouvindo a conversa e acenando ocasionalmente. Nem o dr. Glaub nem Arnie Kott notaram nada.

Mas a garota, sim. Ela se inclinou e disse suavemente no ouvido de Jack:

– Você não está se sentindo bem?

Ele balançou a cabeça. Estava dizendo que não, não estava se sentindo bem.

– Vamos sair de perto deles – sussurrou ela –, eu também não estou suportando. – Em voz alta, ela disse para Arnie: – Eu e Jack vamos sair um pouco para deixar vocês dois a sós. Vamos. – Ela encostou no braço de Jack e ficou de pé; ele sentiu seus dedos leves e fortes e levantou-se também.

– Não demorem muito – disse Arnie, e continuou sua conversa com o dr. Glaub.

– Obrigado – falou Jack, enquanto eles subiam o corredor entre as mesas.

– Você viu como ele ficou com ciúmes quando o Arnie disse que ia te colocar na folha de pagamento? – perguntou Doreen.

– Não. O Glaub? – Mas não ficou nada surpreso. – Entendo isso – ele disse à garota, como que se desculpando. – Tem alguma coisa a ver com meus olhos, talvez seja astigmatismo. Por causa de tensão.

– Você quer se sentar no bar? Ou ir lá fora? – disse a garota.

– Lá fora – respondeu Jack.

Agora eles estavam na ponte arqueada, sobre a água. Nela, peixes deslizavam luminosos e vagos, seres meio reais, tão raros em Marte quanto qualquer outra matéria concebível. Eles eram um verdadeiro milagre neste mundo, e Jack e a garota, olhando para baixo, sentiam a mesma coisa. Ambos também sabiam que estavam tendo o mesmo pensamento sem precisar dizê-lo em voz alta.

– É gostoso aqui fora – disse Doreen, finalmente.

– É. – Ele não estava com vontade de falar.

– Todo mundo, em algum momento, conhece um esquizofrênico... quando você mesmo não é um. – disse Doreen. – No meu caso, foi o meu irmão, lá na Terra, meu irmão mais novo.

– Eu vou ficar bem – disse Jack. – Estou bem agora.

– Mas você não está – retrucou Doreen.

– Não – admitiu ele –, mas que porra eu posso fazer? Você mesma disse: uma vez esquizofrênico, sempre esquizofrênico. – Ele continuava silencioso, concentrado nos peixes pálidos que deslizavam.

– O Arnie tem você em alta conta – disse ela. – Quando ele fala que tem o dom de julgar o valor das pessoas, está dizendo a verdade. Ele já notou que o Glaub está desesperado para se vender e entrar para a equipe aqui em Lewistown. Acho que a psiquiatria não paga mais tão bem como antes, o campo está saturado. Já há pelo menos uns vinte só aqui nesta colônia, e nenhum deles tem se saído verdadeiramente bem. A sua... condição não te causou problema quando você se candidatou para emigrar?

– Não quero falar sobre isso. Por favor – pediu ele.

– Vamos andar um pouco – disse a garota.

Eles foram percorrendo a rua e passando pelas lojas, a maioria já fechada.

– O que foi que você viu quando olhou para o dr. Glaub lá na mesa?

– Nada – disse Jack.

– Você prefere não falar nada a respeito disso também.

– Isso mesmo.

– Você acha que, se me contar as coisas, elas vão piorar?

– O problema não são as coisas, sou eu.

– Talvez sejam as coisas – disse Doreen. – Talvez haja algo na sua visão, por mais distorcida e turva que ela tenha se tornado. Não sei. Eu costumava fazer um esforço do cão para compreender como é que o Clay, o meu irmão, via e ouvia as coisas. Ele não conseguia dizer. Eu sei que o mundo dele era completamente diferente do nosso, da sua família. Ele se matou, igual ao Steiner. – Ela tinha parado em uma banca de jornais para ver uma chamada de primeira página sobre Norbert Steiner. – Os psiquiatras existencialistas geralmente dizem para deixar que eles sigam em frente e tirem suas vidas. É a única saída para alguns deles... a visão se torna horrível demais para suportar.

Jack não disse nada.

– É muito horrível? – perguntou Doreen.

– Não. É só... desconcertante. – Ele estava se esforçando para conseguir explicar. – Não existe um jeito de conciliar isso com o que você deve ver e saber. Fica impossível continuar vivendo do jeito que se está habituado.

– Você não costuma tentar fingir e meio que... conviver com isso, como que atuando? Tipo um ator? – Quando ele não respondeu, ela emendou: – Você tentou fazer isso lá dentro, agora mesmo.

– Eu adoraria enganar todo mundo – ele estava cedendo –, daria tudo para seguir atuando, desempenhando um papel. Mas isso é uma cisão de fato, e ela não existia até então. Eles estão errados quando dizem que ocorre uma cisão na mente. Se eu quisesse manter a integridade, sem uma cisão, teria que ceder e dizer ao dr. Glaub que... – e parou de falar.

– Conte para mim – disse a garota.

– Bom – disse ele, respirando fundo –, eu diria: "Doutor, estou vendo-o sob o aspecto da eternidade e você está morto". Essa é a essência da visão doente e mórbida. Eu não quero isso, não pedi para ser assim.

A garota, então, encaixou seu braço no dele.

– Eu nunca disse isso a ninguém antes, nem mesmo para Silvia, minha mulher, ou para o meu filho David. Sabe, eu fico de olho nele. Reparo todo dia para ter certeza de que isso não está se manifestando nele também. É tão fácil essa coisa ser passada adiante, tal como ocorreu com os Steiner. Eu nem sabia que eles têm um menino no B-G até que o Glaub contou. E eles são nossos vizinhos há anos. O Steiner nunca deixou escapar.

– A gente precisa voltar lá no Willows para jantar – disse Doreen. – Você quer fazer isso? Acho que seria uma boa ideia. Sabe, você não precisa entrar para a equipe do Arnie, pode ficar com o sr. Yee. Você tem um bom helicóptero. E não precisa abrir mão de tudo isso só porque o Arnie decidiu que pode te usar. Talvez você não possa usá-lo.

Dando de ombros, ele disse:

– É um desafio interessante, construir uma via de comunicação entre uma criança autista e o nosso mundo. Acho que tem muita coisa certa no que Arnie diz. Eu poderia ser o intermediário e fazer um trabalho útil no meio disso.

Pouco importa por que o Arnie quer ficar com o menino dos Steiner, ele se deu conta. Arnie provavelmente tem algum motivo sólido e egoísta, algo que vai lhe trazer lucro em dinheiro vivo. Eu não poderia ligar menos para isso.

Na verdade, posso me dar bem dos dois jeitos, Jack percebeu. O sr. Yee pode me emprestar para o Sindicato dos Funcionários das Águas. Eu seria pago pelo sr. Yee e ele seria pago pelo Arnie. Todo mundo ficaria feliz, por que não? Fazer uns ajustes na mente disfuncional de uma criança é, com certeza, mais interessante do que fazer a mesma coisa com geladeiras e codificadores. Se a criança estiver sofrendo de alguma dessas visões que eu conheço...

Ele conhecia a teoria temporal que Glaub alardeara como se fosse dele; lera a respeito na *Scientific American* – naturalmente, ele lia tudo sobre esquizofrenia que lhe caía nas mãos. Sabia que isso surgira com os suíços, que Glaub não inventara nada daquilo. Que teoria estranha aquela, ele pensou. Ainda assim, parece verdade.

– Vamos voltar ao Willows – disse ele, que estava morrendo de fome e tinha certeza de que seria uma refeição das boas.

– Você é uma pessoa corajosa, Jack Bohlen – disse Doreen.

– Por quê? – perguntou ele.

– Porque você vai voltar ao lugar que o deixou confuso, junto com as pessoas que te despertaram essa visão de eternidade, como você disse. Eu não faria isso, eu fugiria correndo.

– Mas é esse o ponto – disse ele –, é algo feito para te fazer fugir. A visão tem essa função, de tornar nulas as suas relações com outras pessoas, de te isolar. Se isso funcionar, sua vida junto com os humanos está terminada. É isso que eles querem dizer quando afirmam que o termo esquizofrenia não é um diagnóstico, mas um prognóstico. Nada é dito a respeito do que você tem, apenas sobre como você pode acabar ficando.

E eu não vou acabar desse jeito, ele disse a si mesmo; mudo e em uma instituição, igual ao Manfred Steiner. Pretendo manter meu emprego, minha mulher e meu filho, minhas amizades... E lançou um olhar para a garota que segurava seu braço. Sim, até mesmo um e outro casinho, se houver.

Pretendo continuar tentando.

Colocando as mãos nos bolsos enquanto andava, ele encontrou algo pequeno, frio e duro. Tirando-o, surpreso, viu que era um objeto miúdo e todo enrugado, parecia uma raiz de árvore.

– Minha nossa, o que é isso? – Doreen perguntou a ele.

Era a feiticeira da água que os bleeks tinham dado para ele naquela manhã, no deserto. Esquecera completamente daquilo.

– É um amuleto da sorte – Jack respondeu à garota.

– É terrivelmente feio – disse ela, sentindo um calafrio.

– Sim – concordou ele –, mas é simpático. E nós, esquizofrênicos, temos esse problema. Captamos a hostilidade inconsciente de outras pessoas.

– Eu sei. O fator telepático. O Clay foi ficando cada vez pior com isso, até que... – E ela lançou um olhar para ele. – O resultado paranoico.

– Essa é a pior parte da nossa doença, essa consciência do sadismo e da agressividade que ficam enterrados e reprimidos nos outros ao nosso redor, até mesmo em desconhecidos. Porra, como eu gostaria de não ter isso. Às vezes, a gente capta até das pessoas no restaurante. – E pensou em Glaub. – No ônibus, no teatro. Na multidão.

– Você tem alguma ideia do que Arnie quer descobrir com esse menino dos Steiner? – perguntou Doreen.

– Bom, essa teoria sobre precognição...

– Mas o que o Arnie quer saber do futuro? Você não tem nenhum palpite a respeito, não é? E nunca ocorreria a você tentar descobrir?

Era isso. Ele não tinha sequer ficado curioso.

– Você está tranquilo – disse ela, devagar, avaliando-o com cuidado – em simplesmente fazer o seu trabalho técnico de providenciar o maquinário essencial. Isso não está certo, Jack Bohlen. Isso não é um bom sinal, nem um pouco.

– Ah... – disse ele, e acenou com a cabeça. – É algo bastante esquizofrênico, imagino... contentar-se com uma relação puramente técnica.

– Você vai perguntar para o Arnie?

– Isso é negócio dele, não meu. – Jack estava se sentindo desconfortável. – É um trabalho interessante, e eu gosto do Arnie. Prefiro ele ao sr. Yee. É só que... ainda não me ocorreu de bisbilhotar. Eu sou desse jeito.

– Acho que está com medo. Mas não vejo por quê. Você é corajoso, mas de algum modo, lá no fundo, você é muito, muito assustado, terrivelmente.

– Talvez seja isso – disse ele, sentindo-se triste.

Juntos, eles foram andando de volta até o Willows.

* * *

Naquela noite, depois que todo mundo foi embora, inclusive Doreen Anderton, Arnie Kott ficou sentado sozinho na sala de sua casa, exultante. Que dia tinha sido aquele.

Ele havia laçado um bom técnico de conserto que já resolvera o problema de seu inestimável codificador e que ia construir um aparato eletrônico para acessar as faculdades precognitivas de uma criança autista.

Extraíra as informações que precisava de um psiquiatra sem pagar nada por isso, e depois ainda conseguira se livrar do homem.

Então, no fim das contas, aquele fora um dia excepcional. Só dois problemas haviam ficado para trás: seu cravo, que ainda estava desafinado, e... o que mais? Tinha lhe escapado da memória. Ele ficou pensando enquanto se sentava diante da televisão para assistir às lutas em Bela América, a colônia dos Estados Unidos em Marte.

Até que se lembrou: a morte de Norb Steiner. Não havia mais fonte de guloseimas.

– Vou resolver isso – disse Arnie em voz alta. Desligou a TV e pegou seu codificador. Sentado diante do aparelho, com o microfone na mão, ele começou a elaborar a mensagem. Era destinada a Scott Temple, com quem trabalhara em várias empreitadas de negócios. Temple era primo de Ed Rockingham, uma figura boa de se conhecer: ele conseguira obter, por um acordo de licença com a ONU, o controle da maioria dos suprimentos médicos que entrava em Marte, e isso totalizava um monopólio de primeira linha.

Os tambores do codificador se ligaram animadamente, e Arnie começou a falar:

– Scott! Como vai você? Ficou sabendo daquele pobre coitado, o Norb Steiner? Uma pena isso da morte dele e tudo o mais. Entendo que ele era mentalmente... você-sabe-o-quê. Igual ao resto de nós. – E Arnie se pôs a rir disso sem parar. – Enfim, de todo jeito, isso nos deixa com um probleminha nas mãos. Estou falando de um probleminha de aquisição. Certo? Então olhe só, Scott, meu velho. Eu gostaria de falar desse assunto com você. Estou dentro. Você me entende? Passe por aqui daqui um ou dois dias, daí podemos fazer os devidos acertos. Acho que devemos esquecer o mecanismo que o Steiner estava usando. Vamos começar do zero, arrumar nosso próprio campo pequeno em algum lugar fora de tudo, com nossos próprios foguetes auxiliares e o que mais a gente precisar. Temos que manter o fornecimento dessas ostras defumadas, do jeito que deve ser. – Ele desligou a máquina e tentou pensar se havia algo mais a dizer. Não, já dissera tudo. Entre ele e um homem como Scott Temple, nada mais precisava ser dito, era só fechar negócio ali mesmo. – Ok, Scott, meu caro, espero ver você – encerrou ele.

Depois de ter removido a bobina, Arnie teve a ideia de tocá-la de novo só para garantir que tinha sido codificada mesmo. Meu Deus, imagine a calamidade se, por algum acaso bizarro, a fita saísse inteligível!

Mas ela estava codificada, tudo certo, e sua querida máquina tinha colocado as unidades semânticas em meio a uma paródia de música eletrônica contemporânea que mais parecia briga de mulher. Arnie, ouvindo os assobios, resmungos, bipes, apitos e zumbidos, pôs-se a rir até que lágrimas escorreram sobre suas bochechas. Ele teve que ir ao banheiro e lavar o rosto com água fria para conseguir parar um pouco.

Depois, de volta ao codificador, ele marcou cuidadosamente a caixa em que iam as bobinas:

MÚSICA DO ESPÍRITO DO VENTO,
UMA CANTATA DE KARL WILLIAM DITTERSHAND

Esse compositor, Karl William Dittershand, era o atual queridinho entre os intelectuais na Terra, e Arnie detestava a música dita eletrônica daquele homem. Ele era um purista: seus gostos paravam com firmeza em Brahms. Arnie deu uma bela risada disso

– o fato de marcar sua mensagem sugerindo que ele e Scott entrassem no mercado negro de importação de comestíveis com o nome de uma cantata de Dittershand –, e então chamou um benfeitor do sindicato para levar a bobina até a região norte, em Nova Britannica, a colônia do Reino Unido em Marte.

Isso, às oito e meia da noite, encerrava o expediente daquele dia, e Arnie voltou para a TV, a fim de assistir ao término das lutas. Acendeu um outro Optimal Admiral extrassuave, encostou-se, soltou uns puns e relaxou.

Queria que todos os dias pudessem ser assim, ele pensou. Eu poderia viver para sempre, se fossem. Dias como este o tornavam mais jovem, e não mais velho. Ele sentia como se visse os quarenta se aproximando novamente.

Imagine só a minha entrada no mercado negro, disse a si mesmo. E por pouca coisa, latinhas de geleia de amoras silvestres, filés de enguia em conserva, salmão defumado. Mas aquilo era fundamental também, especialmente para ele. Ninguém vai me privar dos meus caprichos, pensou ele, sombriamente. Se aquele Steiner soubesse que, ao se matar, acertaria bem no meu ponto fraco...

– Vamos lá! – ele disse ao rapaz de cor que estava levando uma sova na tela da TV. – Levante, seu merda, e dê na cara dele.

Como se tivesse ouvido, o lutador negro se mexeu até ficar de pé novamente e Arnie Kott gargalhou, sentindo um prazer profundo e agudo.

No pequeno quarto de hotel onde costumava se hospedar nas noites de fim de semana quando estava de plantão, em Bunchewood Park, Jack Bohlen sentou-se perto da janela e ficou fumando um cigarro, pensativo.

Depois de todos esses anos, aquilo que ele tanto temia voltara, só lhe restava encarar. Agora não era mais uma antecipação angustiante, e sim a realidade. *Jesus,* pensou ele, miseravelmente, *eles têm razão – depois que você tem isso, não se cura.* A visita à Escola Pública preparara o terreno para isso e, no Willows, aparecera de vez, atingindo-o de maneira tão intacta e plena como quando ele tinha vinte e poucos anos lá na Terra e trabalhava para a Corona Corporation, em Redwood City.

E eu sei, pensou ele, *que a morte de Norbert Steiner tem a ver com isso.* A morte chateia todo mundo, induz as pessoas a fazer coisas peculiares. Estabelece um processo que irradia ação e emoção e encontra sua via de saída se espalhando cada vez mais, abrangendo ainda mais pessoas e coisas.

É melhor ligar para Silvia, pensou, *e ver como ela está se saindo com a Frau Steiner e as crianças.*

Mas ele abandonou a ideia. *De todo jeito, não há nada que eu possa fazer para ajudar,* decidiu. *Preciso estar disponível 24 horas aqui na cidade, onde a central de comando do sr. Yee possa me encontrar.* E agora ele também precisava ficar disponível para Arnie Kott em Lewistown.

Entretanto, houve certa compensação. Uma compensação boa, profunda, sutil e altamente revigorante. Em sua carteira estavam anotados telefone e endereço de Doreen Anderton.

Será que ele devia ligar para ela naquela noite mesmo? Imagine só, pensou ele, encontrar alguém, uma mulher ainda por cima, com quem pudesse conversar livremente, que entendesse sua situação e quisesse ouvi-lo genuinamente, que não sentisse medo.

Isso ajudava muito.

Sua mulher era a última pessoa no mundo com quem ele podia falar sobre sua esquizofrenia. Nas poucas ocasiões em que tentara fazer isso, ela simplesmente surtara de medo. Como todo mundo, Silvia ficava aterrorizada com a ideia de aquela coisa entrar em sua vida. Ela própria se precavia disso valendo-se do charme mágico das drogas... como se fenobarbital pudesse interromper o processo psíquico mais penetrante e ameaçador que o homem conhecia. Só Deus sabia quantos comprimidos ele próprio tinha botado para dentro ao longo da última década – o suficiente para pavimentar uma estrada de sua casa até o hotel e, possivelmente, voltar.

Depois de refletir um pouco, ele decidiu não ligar para Doreen. Era melhor deixar isso como uma válvula de escape para quando as coisas ficassem excepcionalmente difíceis. Agora ele estava se sentindo bastante plácido. Haveria muitas ocasiões no futuro, e também muita necessidade, para procurar Doreen Anderton.

É claro que ele teria de ser muitíssimo cuidadoso, pois, obviamente, Doreen era amante de Arnie Kott. Mas ela parecia saber o que estava fazendo, e com certeza conhecia Arnie. Ela provavelmente o tinha levado em conta quando passou o número de telefone e endereço, e, pelo mesmo motivo, também quando se levantou e saiu do restaurante.

Eu confio nela, Jack pensou. *E para alguém com um vestígio de esquizofrenia, isso é bastante coisa.*

Ao ponderar sobre isso, Jack Bohlen pôs o cigarro de lado, pegou o pijama e preparou-se para dormir.

Ele estava justamente entrando debaixo das cobertas quando o telefone de seu quarto tocou. *Uma chamada de trabalho,* pensou, levantando-se automaticamente para atendê-la.

Mas não era.

– Jack? – uma voz de mulher disse suavemente em seu ouvido.

– Sim – respondeu ele.

– Aqui é a Doreen. Só estava me perguntando se você estaria bem.

– Estou sim – disse ele, sentando-se na beirada da cama.

– O que você acha de aparecer hoje à noite aqui em casa?

– Hum – respondeu ele, hesitante.

– A gente pode ficar ouvindo uns discos e conversando. O Arnie me emprestou vários vinis estereofônicos antigos da coleção dele... alguns estão cheios de riscos, mas outros são incríveis. Ele é um grande colecionador, sabia? Tem uma das maiores coleções de Bach de Marte. E você viu o cravo dele.

Então era isso que tinha acontecido, lá na sala de estar do Arnie.

– É seguro? – perguntou ele.

– Sim. Não se preocupe com Arnie. Ele não é possessivo, se é que você me entende.

– Tudo bem, vou aparecer aí. – Mas então ele se deu conta de que não podia, porque precisava estar disponível para eventuais chamadas; a menos que transferisse as ligações para o telefone dela.

– Não tem problema – disse ela, quando ele explicou a situação. – Vou ligar para o Arnie e contar para ele.

– Mas... – disse ele, boquiaberto.

– Jack, você está maluco se acha que podemos fazer isso de outra maneira. O Arnie sabe de tudo o que acontece na colônia. Deixe isso comigo, querido. Vou ligar para ele agora mesmo. E você venha logo para cá. Se alguma chamada aparecer enquanto estiver a caminho, eu anoto tudo, mas não acho que isso vá acontecer. O Arnie não quer que você fique consertando as torradeiras dos outros, ele o quer para os trabalhos dele, para fazer aquela máquina e conseguir conversar com o menino dos Steiner.

– Tudo bem – disse ele –, já chego aí. Até mais. – E desligou o telefone.

Dez minutos depois, ele estava a caminho, voando com o potente e brilhante helicóptero de consertos da Companhia Yee pelo céu noturno de Marte, a caminho de Lewistown e da casa da amante de Arnie Kott.

8

David Bohlen sabia que vovô Leo tinha muito dinheiro e não se importava em gastá-lo. Antes mesmo de deixarem o prédio do terminal de foguetes, por exemplo, o velho homem de terno engomado, com colete e abotoaduras douradas – o terno que o garoto ficara observando até reconhecer seu avô percorrendo a rampa por onde apareciam os passageiros –, parou no balcão e comprou para a mãe dele um buquê de grandes flores azuis vindas da Terra. Ele queria comprar algo para David também, mas não havia brinquedos, apenas doces, e foi isto o que vovô Leo comprou: uma caixa de um quilo.

Debaixo do braço, o avô trazia também uma caixa branca amarrada com barbante: não deixou que a tripulação do foguete a pegasse e colocasse junto com as bagagens. Quando eles deixaram o prédio do terminal e já estavam no helicóptero do pai de David, vovô Leo abriu o pacote. Estava cheio de pão judaico e picles e finas fatias de carne enlatada envolvida em filme plástico – quase um quilo e meio de carne ao todo.

– Minha nossa – exclamou Jack, em puro deleite. – Vindo direto de Nova York. Não dá para comprar isso aqui nas colônias, pai.

– Eu sei, Jack – disse o avô. – Um camarada judeu me indicou onde comprar, e eu gosto tanto disso que sabia que você também gostaria. Você e eu temos os mesmos gostos – e deu uma risada, satisfeito em ver o quanto eles tinham ficado felizes com aquilo. – Vou preparar um sanduíche para vocês quando chegarmos em casa. Assim que chegarmos lá.

Agora o helicóptero ia se erguendo sobre o terminal de foguetes e sobrevoava o deserto escuro.

– Como tem estado o tempo por aqui? – perguntou vovô Leo.

– Muitas tempestades – respondeu Jack. – Fomos praticamente soterrados uma semana atrás ou coisa assim. Tivemos que alugar equipamentos de energia para conseguir remover a areia.

– Credo – disse o avô. – Precisam levantar aquela parede de cimento que você mencionou nas suas cartas.

– Custa uma fortuna para fazer esses trabalhos de reforma aqui – disse Silvia. – Não é igual a lá na Terra.

– Eu sei disso – disse o vovô Leo –, mas vocês precisam proteger o investimento que têm. Essa casa vale muito e, quanto ao terreno, vocês têm água por perto, não se esqueçam disso.

– Como a gente poderia se esquecer disso? – disse Silvia. – Meu Deus, sem o canal a gente morreria.

– O canal está maior este ano? – perguntou vovô Leo.

– A mesma coisa – respondeu Jack.

– Eles fizeram uma limpeza, vovô – David entrou na conversa. – Eu fiquei vendo. O pessoal da ONU usou uma máquina grande que sugava a areia do fundo, a água ficou bem mais limpa. Daí meu pai desligou o sistema de filtragem e, agora, quando o operador do sistema de águas vem e abre as comportas para nós, dá para bombear a água tão rápido que meu pai até me deixou fazer uma nova horta, que consigo regar com a água que sobra. Tem milho e abóbora e umas cenouras, mas alguma coisa comeu todas as beterrabas. Ontem à noite jantamos milho da horta. Colocamos uma cerca para impedir esses bichinhos de entrar. Como eles chamam mesmo, pai?

– Ratos do deserto, Leo – disse Jack. – Assim que a horta do David começou a dar certo, os ratos do deserto se mudaram para cá. Eles são grandes assim. – E fez um gesto com as mãos. – São inofensivos, exceto pelo fato de que conseguem comer o equivalente ao próprio peso em dez minutos. Os moradores mais antigos nos avisaram disso, mas a gente precisava tentar.

– É bom cultivar os próprios legumes – disse vovô Leo. – Sim, você escreveu me contando dessa horta, David. Quero vê-la amanhã. Hoje à noite estou cansado. Foi longa essa viagem que eu fiz, mesmo com esses foguetes novos que existem agora... como eles chamam mesmo? Tão rápidos quanto a luz, mas, na verdade, não é bem assim. Ainda demora muito para decolar e pousar e tem muita turbulência. Tinha uma mulher perto de mim que estava aterrorizada, achou que a gente ia queimar porque ficou muito quente lá dentro, mesmo com o ar condicionado. Não sei por que deixam tão quente assim, não há dúvidas de que eles cobram bem caro. Mas é uma grande melhoria... Lembra do foguete que você pegou quando emigrou para cá anos atrás? Levava dois meses!

– Leo, espero que você tenha trazido sua máscara de oxigênio – disse Jack. – A nossa já está muito velha, não é muito confiável.

– Claro, está na mala marrom. Não se preocupe comigo, eu consigo suportar essa atmosfera. Estou tomando um remédio novo para o coração, bem melhor. Tudo está melhorando lá na Terra. Claro, está superlotado. Mas cada vez mais pessoas vão emigrar para cá, pode acreditar no que digo. A poluição anda tão ruim na Terra que quase pode matar.

– Vovô Leo, o nosso vizinho, o sr. Steiner, tirou a própria vida – e David entrou na conversa de novo. – Agora o Manfred, filho dele, saiu do acampamento para crianças anômalas e voltou para casa, e meu pai está construindo um mecanismo para ele poder falar com a gente.

– Bom – disse o vovô Leo com um tom todo gentil, e sorriu para o garoto –, isso é muito interessante, David. Quantos anos tem o menino?

– Dez – disse David –, mas ele não consegue conversar com a gente ainda. Mas meu pai vai resolver isso com o mecanismo dele, e você sabe para quem meu pai está trabalhando agora? Para o sr. Kott, que dirige o Sindicato dos Funcionários das Águas e a colônia deles. É um homem muito importante.

– Acho que já ouvi falar dele – disse vovô Leo, dando uma piscada para Jack, que David pescou no ar.

– Pai – disse Jack, dirigindo-se a Leo –, você vai seguir em frente com esse negócio de comprar terras na região das Montanhas Franklin Roosevelt?

– Ah, com certeza – respondeu o avô –, pode apostar a sua vida, Jack. É lógico que fiz essa viagem socialmente, para ver todos vocês, mas não poderia ter tirado tanto tempo de folga assim se não tivesse trabalho a fazer também.

– Eu estava torcendo para você ter desistido – disse Jack.

– Olhe, Jack, não se preocupe – respondeu vovô Leo. – Deixe que eu me preocupe com o fato de estar fazendo a coisa certa ou não. Eu trabalho com investimento em terrenos faz muitos anos. Ouça bem. Você vai me levar até essa região das montanhas para eu dar uma conferida em primeira mão? Tenho um monte de mapas, mas, ainda assim, quero ver com meus próprios olhos.

– Vai ficar decepcionado quando vir – disse Silvia. – É tão desolado por lá, não existe água e raramente tem alguma coisa viva.

– Não vamos nos preocupar com isso agora – disse o avô, lançando um sorriso na direção de David e cutucando o garoto na altura das costelas. – Dá gosto de ver um jovem normal e saudável nessas bandas de cá, longe do ar poluído que a gente tem lá na Terra.

– Bom, Marte também tem seus problemas – disse Silvia. – Tente viver com essa água ruim ou sem água nenhuma por um tempo e vai ver só.

– Eu sei – disse vovô Leo, com um tom sóbrio. – Com certeza, vocês têm muita coragem de viver aqui. Mas é saudável, não se esqueçam disso.

Agora, logo abaixo, Bunchewood Park brilhava com todas as suas luzes e Jack orientou o helicóptero em sentido norte, rumo à casa deles.

* * *

Enquanto pilotava o helicóptero da Companhia Yee, Jack Bohlen olhava para seu pai e ficava impressionado ao ver como ele tinha envelhecido tão pouco, como parecia estar cheio de vigor e robusto para um homem nos seus 70 anos. E ainda trabalhando em período integral, tirando proveito das atividades de especulação como nunca, o máximo que podia.

No entanto, apesar de não aparentar, Bohlen tinha certeza de que a longa viagem da Terra até lá tinha cansado Leo mais do que ele admitia. De todo modo, já estavam quase em casa. O indicador da bússola giroscópica apontava 7,08054. Estavam a apenas alguns minutos de distância.

Depois de estacionarem no telhado da casa e descerem para o andar de baixo, Leo foi cumprir sua promessa na hora. Na cozinha, pôs-se a trabalhar e era todo contentamento enquanto preparava um sanduíche de carne enlatada *kosher* no pão judaico. Logo eles estavam sentados juntos na sala, comendo. Todo mundo estava em paz e relaxado.

– Você não sabe o quanto a gente passa vontade de comidas assim por aqui – disse Silvia, por fim. – Mesmo no mercado negro... – E lançou um olhar para Jack.

– Às vezes você encontra essas iguarias no mercado negro – disse Jack –, mas de um tempo para cá ficou mais difícil. Nós, pessoalmente, não fazemos isso. Nenhuma questão moral, só porque é muito caro mesmo.

Eles ficaram conversando um pouco, descobrindo os detalhes da viagem de Leo e como estavam as coisas na Terra. David foi dormir às dez e meia, e então, às onze, Silvia pediu licença e foi para a cama também. Leo e Jack ficaram sentados na sala, só os dois.

– A gente pode dar um pulo lá fora e dar uma olhada na horta do pequeno? – disse Leo. – Você tem uma boa lanterna?

Encontrando sua lanterna de inspeção, Jack foi até o lado de fora da casa, rumo ao ar frio da noite.

Quando eles pararam na beirada do trecho onde estavam plantados os milhos, Leo disse ao filho, em voz baixa:

– Como andam você e Silvia ultimamente?

– Bem – respondeu Jack, um pouco constrangido pela pergunta inesperada.

– Tive a impressão de uma certa frieza entre vocês dois – disse Leo. – Realmente seria terrível, Jack, se vocês se separassem. A sua esposa é uma mulher e tanto, uma em um milhão.

– Eu sei disso – respondeu Jack, meio desconfortável.

– Lá na Terra – continuou Leo –, quando você era jovem, sempre aprontava bastante. Mas sei que está sossegado agora.

– Estou sim – disse Jack. – E acho que você está imaginando coisas.

– Você está mesmo parecendo um pouco retraído, Jack... – disse seu pai. – Espero que aquele velho probleminha não o esteja incomodando, você sabe do que estou falando. Aquela história de...

– Eu sei do que você está falando.

Implacável, Leo continuou:

– Quando eu era garoto, não existiam doenças mentais como hoje. É um sinal dos tempos. Tem gente demais, superlotação. Eu me lembro da primeira vez que ficou doente; lembro também de muito tempo antes disso, quando você tinha uns 17 anos e era frio com as outras pessoas, não se interessava por elas. Também era temperamental. E me parece que está desse jeito agora.

Jack encarou seu pai fixamente. Este era o problema de receber visitas dos pais: eles nunca resistiam à tentação de retomar seus antigos papéis de sabe-tudo, de vozes da razão. Para Leo, Jack não era um homem adulto com mulher e filho, era apenas seu filho Jack.

– Olha, Leo – disse Jack –, tem muito pouca gente lá fora neste mundo. Ainda é um planeta parcamente habitado. É natural que as pessoas aqui sejam menos sociáveis. Elas precisam ser mais autocentradas do que lá na Terra, onde tudo é do jeito que você disse, multidão atrás de multidão.

– Hmm – acenou Leo –, mas isso só deveria te deixar ainda mais contente de ver colegas humanos.

– Se você está falando de si mesmo, sim, estou muito contente em vê-lo.

– Claro, Jack – disse Leo –, eu sei. Talvez eu só esteja cansado. Mas parece que você está escondendo um pouco o jogo, que está preocupado.

– É o trabalho – disse Jack. – Esse menino, o Manfred, essa criança autista... ele não me sai da cabeça um minuto sequer.

Mas, como nos velhos tempos, o pai conseguia enxergar através de seus pretextos sem fazer o menor esforço, um verdadeiro instinto paterno.

– Ora, meu rapaz – disse Leo –, você está com muita coisa na cabeça, mas sei como você funciona. Seu trabalho é feito com as mãos, e estou falando da sua mente, é ela que está voltada para dentro. Você consegue arrumar essas coisas de psicoterapia aqui em Marte? Não me diga que não, porque eu sei que não é bem assim.

– Não vou te dizer que não – disse Jack –, mas vou dizer que isso não é nem um pouco da sua conta.

Ao lado dele, naquela escuridão, seu pai parecia estar se encolhendo, se acalmando.

– Tudo bem, meu rapaz – murmurou ele –, desculpe por chegar me intrometendo.

Os dois estavam desconfortavelmente silenciosos.

– Caramba, não vamos brigar, pai – disse Jack. – Vamos voltar lá para dentro e tomar um drinque ou coisa assim, e aí encerrar o dia. Silvia arrumou uma bela cama para você, bem macia, lá no outro quarto. Sei que você vai ter um ótimo descanso.

– Silvia é muito atenta às necessidades de uma pessoa – disse Leo, com um leve tom de acusação direcionado ao filho; então, sua voz foi ficando mais suave à medida que ele retomava o discurso. – Jack, eu sempre me preocupo com você. Talvez eu seja antiquado e não entenda sobre essa... história de doença mental. Todo mundo parece sofrer disso hoje em dia. Virou algo comum, como era com gripe e pólio, ou quando eu era pequeno e quase todo mundo pegava sarampo. Agora vocês têm isso. Uma em cada três pessoas, eu ouvi falar na TV outro dia. Esquizo-sei-lá-o--quê... quer dizer, Jack, com tanta coisa pelas quais vale a pena viver, por que alguém daria as costas para a vida, como esses esquizos fazem? Isso não faz sentido. Você tem um planeta inteiro a conquistar aqui. Amanhã, por exemplo, vou com você até as Montanhas Franklin Roosevelt, e você vai poder me mostrar toda a região, para depois eu me ocupar de todos os detalhes dos procedimentos legais daqui. Vou comprar algo em breve. Preste atenção: compre você também, está me ouvindo? Posso te adiantar algum dinheiro. – E arreganhou os dentes todo esperançoso na direção de Jack, mostrando um sorriso de aço inoxidável.

– Isso não me seduz – disse Jack –, mas obrigado.

– Eu escolho um terreno para você – ofereceu Leo.

– Não. Eu simplesmente não estou interessado.

– Você está gostando do seu emprego agora, Jack? Isso de construir uma máquina para conversar com esse menininho que não consegue falar? Parece ser uma ocupação digna. Fiquei orgulhoso ao saber disso. David é uma criança ótima e, rapaz, como ele está orgulhoso do pai.

– Eu sei que ele está – disse Jack.

– David não demonstra nenhum sinal dessa história de esquizo, né?

– Não – respondeu Jack.

– Não sei onde foi que você arrumou isso – disse Leo. – Com certeza, não foi de mim. Eu adoro pessoas.

– Eu também – disse Jack.

E ele ficou pensando em como seu pai reagiria se soubesse de Doreen. Provavelmente, Leo ficaria arrasado de tristeza. Ele era de uma geração muito conservadora, nascera em 1924, muito, muito tempo atrás. Era um mundo diferente naquela época. Era impressionante como seu pai tinha se adaptado ao mundo de agora, um milagre. Leo, nascido no *boom* de natalidade depois da Primeira Guerra Mundial, e agora bem ali, às margens do deserto marciano... Mas, mesmo assim, ele não entenderia a história de Jack com Doreen, o quanto era vital para o filho manter um contato íntimo desse tipo, custasse o que custasse – quer dizer, quase isso.

– Qual o nome dela? – perguntou Leo.

– O q-quê? – gaguejou Jack.

– Eu tenho um certo senso telepático – disse Leo, com uma voz apática. – Não tenho?

– Evidentemente – assentiu Jack, depois de uma pausa.

– Silvia sabe disso?

– Não.

– Eu adivinhei porque você não olhou nos meus olhos.

– Caramba – disse Jack, com certa ferocidade.

– Ela também é casada? Ela também tem filhos, essa mulher com quem você está se engraçando?

– Por que você não usa seu senso telepático para descobrir isso também? – provocou Jack, com a voz mais neutra possível.

– Eu só não quero ver Silvia magoada – retrucou Leo.

– Isso não vai acontecer – disse Jack.

– É uma pena vir até aqui e descobrir uma coisa dessas – lamentou Leo, e soltou um suspiro. – De todo jeito, tenho os meus negócios. Amanhã vamos acordar bem cedo e começaremos logo com isso.

– Não venha com julgamentos muito rígidos, pai – disse Jack.

– Tudo bem – concordou Leo. – Eu sei, são os tempos modernos. Você acha que sassaricando desse jeito conseguirá ficar bem, não é isso? Talvez seja assim. Talvez seja um caminho para a sanidade. Não estou dizendo que você não seja são...

– Só contaminado – disse Jack, com uma amargura violenta.

Jesus, pensou ele, meu próprio pai. Que provação. Que tragédia miserável.

– Eu sei que você vai sair bem dessa – contemporizou Leo. – Agora percebo que você está travando uma luta, não é só brincadeira.

Percebo pela sua voz que você está com problemas. Os mesmos que sempre teve, mas, à medida que vai envelhecendo, vai se desgastando, ficando mais difícil... certo? Sim, estou percebendo. Este planeta é solitário. É de impressionar que todos vocês, emigrantes, não tenham enlouquecido logo de cara. Consigo entender por que você aprecia o amor, onde quer que consiga encontrá-lo. O que você precisa é de algo como o que eu tenho, essa minha coisa com terrenos. Talvez você encontre isso construindo a tal máquina para a pobre criança muda. Eu gostaria de vê-la.

– Você vai ver – disse Jack –, possivelmente amanhã.

Eles ficaram ali parados, de pé, por mais um momento, até que voltaram andando para a casa.

– Silvia ainda usa drogas? – perguntou Leo.

– Drogas! – E ele caiu na risada. – Fenobarbital. Sim, ela usa.

– Uma moça tão bacana... – disse Leo. – Uma pena que seja tão tensa e tenha tantas preocupações. Além de ajudar a vizinha viúva, como você estava me contando.

Na sala, Leo sentou-se na poltrona de Jack, cruzou as pernas e recostou-se, soltando um suspiro e se acomodando para poder continuar falando... com certeza, ele tinha muito a dizer, sobre uma série de assuntos, e pretendia abordar todos eles.

Na cama, Silvia estava praticamente tomada pelo sono, com as faculdades mentais arrefecidas pelo comprimido de cem miligramas de fenobarbital que, como de costume, tomara antes de se deitar. Ouvira vagamente os murmúrios das vozes do marido e do sogro vindos do jardim. Em dado momento, o tom deles ficou mais forte e ela sentou-se na cama, alarmada.

Será que eles vão brigar?, perguntou a si mesma. Meu Deus, espero que não. Espero que essa visita do Leo não estrague as coisas. No entanto, as vozes deles baixaram, retomando o tom normal, e ela pôde, então, descansar tranquilamente mais uma vez.

Com certeza ele é um homem bom, pensou ela. Muito parecido com o Jack, só que de modos mais contidos.

Ultimamente, desde que começara a trabalhar para Arnie Kott, seu marido estava um pouco mudado. Sem dúvida era por causa daquele trabalho misterioso que lhe fora atribuído. Aquele menino mudo e autista dos Steiner despertara nela pesar e tristeza desde a primeira vez que apareceu. A vida já era bastante complicada. O menino ficava entrando e saindo da casa, sempre correndo na pontas dos pés, com os olhos ágeis, como se visse objetos inexistentes e ouvisse sons além da faixa normal de frequência. Se pelo menos eles pudessem voltar no tempo e a vida de Norbert Steiner fosse restaurada de alguma maneira! Se pelo menos...

Em sua mente chapada, ela viu, em um flash, aquele homenzinho improdutivo saindo de casa pela manhã com suas maletas de mercadorias, fazendo suas visitas de vendedor com iogurtes e melaço de cana.

Será que ele ainda está vivo em algum lugar? Talvez Manfred o tenha visto, perdido do jeito que aquele menino estava – como dizia Jack – num tempo desfigurado. Que surpresa os aguardaria quando eles conseguissem fazer contato com o garoto e descobrissem que reacenderam aquele espectro tristonho... mas é bem provável que a teoria deles esteja certa e seja isso mesmo, o futuro; ele vê o futuro. Sendo assim, vão conseguir o que querem. Por que isso, Jack? Por que você quer isso, Jack? Por afinidade entre você e essa criança doente, é isso? Ah... e seus pensamentos deram lugar à escuridão.

Depois disso vem o quê? Será que você vai voltar a se importar comigo?

Nenhuma afinidade entre o doente e o são. Você é diferente, isso me deixa triste. O Leo sabe disso, eu sei. Mas e você? Será que se importa?

E ela caiu no sono.

* * *

Lá no céu, bem alto, pássaros carnívoros rodeavam. No térreo daquele prédio todo de vidro, os excrementos deles se concentravam. Ele pegou algumas pelotas até que, de repente, estava segurando várias delas. Elas se retorciam e inchavam feito massa, e ele sabia que havia bichos vivos lá dentro. Então, carregou-as cuidadosamente até o corredor vazio dentro do prédio. Uma das pelotas se abriu, rompendo-se do lado que tinha uma trama parecida com cabelo. Aquilo foi ficando grande demais para segurar, e ele agora as via também na parede. Um compartimento onde aquilo estava posicionado de lado, com uma fenda tão grande que dava para ver o bicho lá dentro.

Nhaca! Um verme todo enrolado e composto por dobras esbranquiçadas e ossudas, a parte de dentro de um inseto nojento, proveniente do corpo de uma pessoa. Se ao menos aqueles pássaros voando lá em cima conseguissem encontrar e comer isso, simples assim. Ele desceu correndo os degraus, que cederam sob seus pés. Não tinha mais assoalho. Olhou através das rachaduras do assoalho de madeira para ver o chão que havia embaixo, aquela cavidade escura, fria e cheia de madeira tão deteriorada que se perdia na poeira úmida, destruída pela podridão daquelas nhacas.

Com os braços levantados, acenou na direção dos pássaros que volteavam. Ele flutuava no ar e caía ao mesmo tempo. As aves lhe comeram a cabeça. Então ele parou em uma ponte sobre o mar. Tubarões apareceram na água, as barbatanas afiadas e cortantes. Um deles entrou no seu rumo e veio deslizando pela água, com a boca aberta, pronto para engoli-lo. Ele deu um passo para trás, mas a ponte cedeu e acabou envergando, o que fez com que a água subisse por ela até a metade.

Agora estava chovendo nhacas. Tudo eram nhacas, onde quer que ele olhasse. Um grupo de pessoas que não gostavam dele apareceu na extremidade da ponte, erguendo um cordão com dentes de tubarão. Ele era o imperador. Fora condecorado com aquele cordão de dentes e tentara agradecer. Entretanto, forçaram-lhe o cordão pela cabeça até chegar ao pescoço e começaram a estrangulá-lo. Até que apertaram o laço, e os dentes de tubarão cortaram sua cabeça fora. Mais uma vez ele estava sentado naquele porão escuro e mofado, cercado por aquela poeira podre, ouvindo a maré batendo por toda parte. Um mundo dominado por nhacas, onde ele não tinha voz. Os dentes de tubarão tinham lhe cortado também a voz.

Eu sou Manfred, disse ele.

– Vou te dizer – disse Arnie Kott para a garota ao lado dele na cama grande –, você vai ficar encantada mesmo quando fizermos contato com ele. Aquilo lá significa um caminho interno, privilegiado: teremos acesso ao futuro, e onde você acha que as coisas acontecem, senão no futuro?

Mexendo-se, Doreen Anderton soltou uns resmungos.

– Não durma – disse Arnie, inclinando-se para acender outro cigarro. – Olhe, adivinhe só: um grande especulador de terras chegou da Terra hoje. Um cara do sindicato estava no terminal e o reconheceu, embora, naturalmente, ele tenha se registrado com um nome falso. Conferimos com a operadora de transporte, mas ele saiu de fininho, fugindo do nosso cara. Previ que eles iam aparecer! Olhe só, quando conseguirmos ouvir esse menino dos Steiner, essa história toda vai ser escancarada, não vai? – Ele chacoalhou a garota adormecida. – Se você não acordar, vou chutar seu rabo pra fora desta cama, e você pode voltar andando pro seu apartamento.

Doreen suspirou, virou-se e se sentou na cama. Na luz turva da suíte máster de Arnie Kott, ela ficou sentada, transparente de tão pálida, afastando o cabelo dos olhos e bocejando. Uma alça da camisola lhe escorregava pelo braço, e Arnie admirava seu peito esquerdo, empinado e duro, com um mamilo precioso posicionado bem no meio.

Meu Deus, tenho uma gata e tanto, Arnie pensou. Ela é realmente das boas. E ainda fez um trabalho excelente em impedir que esse tal de Bohlen debulhasse a história toda e sumisse do mapa, do jeito que esses esquizofrênicos hebefrênicos costumam fazer – quer dizer, é quase impossível mantê-los na linha, eles são muito de lua e irresponsáveis. Esse Bohlen aí, ele é um idiota sábio, um idiota que consegue consertar as coisas, e a gente tem que ficar alimentando essa idiotice, ficar incentivando. Não dá para forçar um cara desses a nada, ele não funciona assim. Arnie puxou todas as cobertas e colocou-as de lado, longe de Doreen. Então deu um sorriso na direção das pernas nuas dela ao vê-la abaixando sua camisola até a altura dos joelhos.

– Como você pode estar cansada? – perguntou ele. – Você não fez nada além de ficar aí deitada. Não foi isso? Ficar deitada é tão difícil assim?

– Chega – disse ela, encarando-o rigorosamente.

– O quê? – replicou ele. – Você está brincando? A gente mal começou. Tire essa camisola.

Alcançando a bainha da camisola, ele a puxou mais uma vez. Colocou o braço por baixo, levantou-a e, em questão de segundos, arrancou tudo passando pela cabeça de Doreen. Então, deixou a camisola na cadeira ao lado da cama.

– Eu vou dormir – disse ela, fechando os olhos. – Se você não se incomodar.

– Por que eu deveria me incomodar? – disse Arnie. – Você ainda está aí, não está? Acordada ou dormindo, continua aí inteirinha, em carne e osso. E bota carne nisso.

– Ai – protestou ela.

– Desculpe – disse ele, tascando-lhe um beijo na boca. – Eu não queria machucar você.

A cabeça dela pendeu; de fato, ela ia dormir. Arnie se sentiu ofendido. Mas que inferno... de todo modo, ela nunca fazia grande coisa mesmo.

– Coloque a camisola de volta em mim depois que tiver acabado – murmurou Doreen.

– É bom mesmo, eu ainda não acabei.

Eu ainda dou conta de uma hora, Arnie pensou. Talvez até duas. Mas meio que gosto desse jeito também. Uma mulher adormecida não fala. É isso que estraga, quando elas começam a falar. Ou quando começam a dar esses gemidos. Ele nunca conseguia suportar os gemidos.

Estou louco para começar a ver os resultados desse projeto do Bohlen, pensou ele. Não aguento mais esperar. Sei que vamos conseguir extrair algo sincero e maravilhoso quando começarmos a ouvir de verdade. A mente blindada daquela criança... imagine quantos tesouros ela não guarda. Deve ser igual a um conto de fadas lá dentro, tudo lindo e puro e realmente inocente.

Meio adormecida, Doreen soltou um gemido.

9

Na mão de Leo Bohlen, seu filho Jack colocou uma grande semente verde. Leo se pôs a examiná-la e a devolveu.

– O que você viu? – perguntou Jack.

– Eu vi a semente.

– Alguma coisa aconteceu?

Leo ponderou, mas não conseguia pensar em nada que tivesse visto acontecer, então acabou por dizer:

– Não.

Sentado perto do projetor de filmes, Jack disse:

– Agora assista.

Ele apagou as luzes do cômodo e então, na tela, uma imagem começou a se formar à medida que o projetor emitia uns chiados. Era uma semente colocada no solo. Conforme Leo assistia, a semente ia se abrindo por uma fenda. Apareceram duas antenas tateantes; uma delas foi subindo e a outra se dividiu em cabelinhos bem finos que apalpavam o solo. Enquanto isso, a semente se revirava no solo. Projeções imensas se desdobraram da antena que se movia para cima, e Leo arfou.

– Nossa, Jack, essas sementes que vocês têm aqui em Marte... – disse ele. – Olhe como ela vai embora. Minha nossa, ela vai que vai, é uma loucura.

– Essa é uma simples fava-de-lima comum, a mesma que dei a você agora mesmo – disse Jack. – Esse filme é acelerado, cinco dias passados em segundos. Agora a gente consegue ver o desenvolvimento de uma semente germinando. No geral, o processo acontece muito lentamente para que a gente consiga perceber um único movimento que seja.

– Nossa, Jack – disse Leo –, isso é realmente importante. Então, a percepção de tempo dessa criança é como a semente. Entendo. As coisas que nós conseguimos ver se mexendo passam zumbindo tão rápido por ele que são praticamente invisíveis, e aposto que ele enxerga processos lentos como o dessa semente aí. Aposto que ele consegue sair para o quintal e ficar sentado assistindo às plantas crescerem; que cinco dias para ele são como dez minutos para nós, talvez.

– Essa é a teoria, de todo modo – disse Jack.

Então ele seguiu explicando a Leo como funcionava a câmara. No entanto, a explicação era repleta de termos técnicos, que Leo não entendia de jeito nenhum, e ele foi ficando irritado enquanto Jack continuava a lenga-lenga. O relógio indicava onze horas da manhã e, ainda assim, seu filho não dava nenhum sinal de estar pronto para levá-lo às Montanhas Franklin Roosevelt. Jack parecia completamente imerso naquilo.

– Muito interessante – murmurou Leo, em um dado momento.

– Nós pegamos uma fita gravada a uma velocidade de 380 milímetros por segundo e a rodamos para Manfred a 95 milímetros por segundo. Uma única palavra, tipo "árvore". Ao mesmo tempo, exibimos a imagem de uma árvore e a palavra abaixo dela, um *still*, que deixamos visível por quinze ou vinte minutos. Depois, o que Manfred diz é gravado a 95 milímetros por segundo e, para que a gente possa ouvir, aceleramos a fita e reproduzimos a 380 milímetros.

– Ouça, Jack – disse Leo –, a gente precisa agilizar a viagem.

– Jesus, isso é meu trabalho – disse Jack, gesticulando irritado. – Pensei que você quisesse conhecer o menino. Ele vai chegar aqui a qualquer momento, a mãe costuma mandar o garoto para cá...

Interrompendo-o, Leo disse:

– Olhe, filho, eu vim de milhões de quilômetros de distância para dar uma conferida nesse terreno. Então, a gente vai voar até lá ou não?

– Vamos esperar o menino chegar, e aí levamos o Manfred com a gente.

– Tudo bem – disse Leo. Ele queria evitar atritos e estava pronto para contemporizar, pelo menos até um ponto que fosse humanamente possível.

– Meu Deus, você está aqui pela primeira vez na vida, na superfície de outro planeta. Imaginei que ia querer andar por aí, dar uma olhada no canal, nas valas. – E Jack fez um gesto para a direita. – Você nem bateu o olho nisso. Tem gente que daria tudo para ver esses canais, até se discutiu sobre a existência deles... por séculos!

Sentindo-se contrariado, Leo acenou obedientemente.

– Mostre-me, então. – E seguiu Jack saindo da oficina para o lado de fora da casa, rumo à luz fosca e avermelhada do sol. – Que frio – observou Leo enquanto sentia o cheiro do ar. – Nossa, com certeza é fácil andar por estas bandas. Na noite passada parecia que eu pesava só uns vinte, trinta quilos. Deve ser pelo fato de Marte ser tão pequeno... é isso? Deve ser bom para pessoas com problemas cardíacos, tirando o fato de o ar ser tão escasso. Ontem à noite pensei que era a carne enlatada que tinha me feito...

– Leo – disse seu filho –, você consegue ficar quieto e olhar em volta?

Leo olhou em volta. Viu um deserto plano com umas montanhas mirradas bem distantes. Viu uma vala profunda com uma água morosa e meio marrom e, ao lado desse canal, uma vegetação verde que parecia musgo. Isso era tudo o que havia, exceto pela casa de Jack e a dos Steiner, um pouco afastada dali. Viu ainda o jardim, mas aquilo ele já tinha visto na noite anterior.

– E então? – perguntou Jack.

– É muito impressionante, Jack – disse Leo, atencioso. – Você tem uma bela casa aqui, simpática, pequena e moderna. Um pouco mais de plantas e de paisagismo e eu diria que está perfeita.

– Este é o sonho de um milhão de anos, estar aqui e ver isso – disse Jack, arreganhando os dentes para o pai de um jeito meio torto.

– Eu sei disso, filho, e estou excepcionalmente orgulhoso do que você conquistou aqui, você e a sua mulher encantadora. – Leo acenou com solenidade. – Agora a gente pode começar? Talvez você possa ir buscar o menino na outra casa, ou David já foi até lá? Talvez David tenha ido, não o estou vendo por aqui.

– David está na escola. Vieram pegá-lo quando você estava dormindo.

– Eu não me importo de ir até lá e buscar esse menino, esse tal Manfred ou seja lá como ele se chama, se não tiver problema para você – disse Leo.

– Vá em frente – disse Jack. – Eu acompanho você.

Eles passaram por um pequeno canal de água, cruzaram um campo aberto de areia com plantas que pareciam samambaias e chegaram à outra casa. Vindo lá de dentro, Leo ouviu vozes de garotinhas. Sem hesitar, subiu os degraus até a varanda e tocou a campainha.

A porta se abriu e atrás dela estava uma mulher grande e de cabelos loiros, os olhos cansados e repletos de dor.

– Bom dia – disse Leo –, eu sou o pai de Jack Bohlen. Imagino que a senhora seja a dona da casa. Veja, queremos levar seu filho com a gente em uma viagem e trazê-lo de volta são e salvo.

A grande mulher loira olhou por cima dele na direção de Jack, que subira também na varanda. Ela não disse nada, apenas se virou e voltou para dentro de sua casa. Quando retornou, trouxe consigo um pequeno garoto. Então esse é o camaradinha esquizo, pensou Leo. Tem uma cara simpática, não daria para imaginar nem em um milhão de anos.

– Vamos dar uma volta, meu jovem – Leo disse a ele. – O que você acha disso? – Então, lembrando-se do que Jack tinha dito sobre a percepção de tempo do garoto, ele repetiu tudo o que dissera muito lentamente, como se arrastasse para fora cada uma das palavras.

O garoto passou correndo por ele e disparou degraus abaixo rumo ao canal: ele se moveu em um golpe de velocidade e desapareceu de vista atrás da casa dos Bohlen.

– Sra. Steiner – disse Jack –, queria lhe apresentar o meu pai.

A grande mulher loira esticou a mão vagamente. Ela parecia não estar nem um pouco ali de fato, observou Leo. Ainda assim, ele lhe deu um aperto de mão.

– É um prazer conhecê-la – disse ele, educadamente. – Senti muito ao ficar sabendo da perda do seu marido. É uma coisa horrível, algo tão doloroso assim, e sem nenhum aviso. Eu tinha um camarada em Detroit que era um bom amigo e que fez a mesma coisa num fim de semana. Ele saiu da oficina e disse tchau, e foi a última coisa que viram dele.

– Como vai, sr. Bohlen? – disse a sra. Steiner.

– Vamos atrás do Manfred – Jack disse a ela. – Devemos estar de volta em casa no fim da tarde.

Enquanto Leo e seu filho caminhavam de volta para casa, a mulher continuou onde estava em sua varanda, observando-os de longe.

– Ela é bem esquisitinha – cochichou Leo, e Jack não disse nada.

Eles localizaram o menino, que estava de pé, sozinho, perto da horta feita por David com as sobras de água, e logo os três estavam no helicóptero da Companhia Yee sobrevoando o deserto em direção à cadeia de montanhas ao norte. Leo foi abrindo um grande mapa que trouxera consigo e começou a fazer marcações nele.

– Acho que a gente pode falar sem papas na língua – ele disse a Jack, fazendo um sinal com a cabeça na direção do garoto. – Ele não vai... – E hesitou por um instante. – Você sabe.

– Se ele entender a gente – disse Jack, seco –, vai ser...

– Tudo bem, tudo bem – disse Leo –, eu só queria me certificar. – E absteve-se de marcar no mapa o lugar que tinha ouvido falar que seria o terreno da ONU, mas sinalizou o caminho que faziam usando a leitura da bússola giroscópica que estava visível no painel do helicóptero. – Que rumores você ouviu a respeito disso, filho? – perguntou ele. – Sobre o interesse da ONU nas Montanhas Franklin Roosevelt?

– Alguma coisa sobre um parque ou uma central elétrica.

– Quer saber do que se trata exatamente?

– Claro.

Leo acessou o bolso interno de seu casaco e sacou um envelope. De dentro dele, tirou uma fotografia, que passou para Jack.

– Isso não te lembra nada?

Olhando a fotografia, Jack viu que era o retrato de um prédio comprido e estreito. Ele ficou encarando aquilo por um tempo.

– A ONU vai construir prédios como esse – disse Leo –, unidades de habitação com múltiplas moradias. Extensões inteiras disso, quilômetro atrás de quilômetro, com shoppings, tudo completinho: supermercados, lojas de ferragens, farmácias, lavanderias, sorveterias. Tudo construído com equipamentos cativos, aqueles autômatos de construção que se autoalimentam com as próprias instruções.

Então, Jack disse:

– Isso parece com o apartamento da cooperativa onde eu morei anos atrás, quando tive aquele surto.

– Exatamente. O movimento da cooperativa vai entrar com a ONU nessa. Essas Montanhas Franklin Roosevelt já foram férteis um dia, como todo mundo sabe. Tinha muita água por aqui. Os engenheiros hidráulicos da ONU acreditam ser capazes de trazer quantidades imensas de água dos lençóis subterrâneos para a superfície. Os lençóis freáticos ficam mais próximos da superfície aqui na região dessas montanhas do que em qualquer outra parte de Marte. Essa é a fonte original de água para a rede do canal, segundo os engenheiros da ONU.

– A cooperativa... – disse Jack, com uma voz estranha – ... aqui em Marte.

– Serão belas estruturas modernas – disse Leo. – É um projeto bastante ambicioso. A ONU vai trazer as pessoas até aqui de graça, oferecendo passagem direto para suas novas casas, e o custo de compra de cada unidade será baixo. Isso vai ocupar um bom pedaço dessas montanhas, como você deve estar imaginando, e, pelo que ouvi, eles esperam ter o projeto concluído daqui a uns dez ou quinze anos.

Jack não disse nada.

– Emigração em massa – falou Leo. – Isso vai garantir o projeto.

– Imagino que sim – disse Jack.

– Os recursos para esse empreendimento são fantásticos – prosseguiu Leo. – Só a cooperativa está colocando quase um trilhão de dólares nisso. Eles têm reservas imensas de dinheiro, sabe. É um dos grupos mais ricos da Terra, tem mais ativos do que o grupo de seguradoras ou qualquer outro do grande sistema bancário. Não existe a menor chance no mundo de que, com eles na jogada, isso possa dar errado. – E emendou: – A ONU vem negociando isso com eles já faz seis anos.

– Isso vai significar uma grande mudança para Marte – disse Jack, enfim. – Só tornar as Montanhas Franklin Roosevelt férteis já é um grande passo.

– E com uma população densa – lembrou Leo.

– É difícil de acreditar – disse Jack.

– Sim, eu sei, rapaz, mas não há dúvidas disso. Dentro de poucas semanas todo mundo vai ficar sabendo. Venho tentando convencer alguns investidores que conheço a entrarem com capital de risco... Eu represento essas pessoas, Jack. Sozinho, não tenho mesmo o dinheiro necessário.

– Quer dizer, sua ideia, então, é chegar aqui antes da ONU tomar as terras de fato – disse Jack. – Você vai comprar por muito pouco e depois revender para a ONU por muito mais.

– Vamos comprar terrenos grandes – explicou Leo – e depois subdividir tudo de uma só vez. Fatiar em lotes de, digamos, 30 por 25 metros. O título vai ficar nas mãos de um número consideravelmente grande de pessoas: esposas, primos, funcionários, amigos dos integrantes do meu grupo.

– Do seu sindicato – disse Jack.

– Sim, é isso mesmo – confirmou Leo, satisfeito. – Um sindicato.

Depois de um tempo, Jack disse com uma voz áspera:

– E você acha que não tem nada de errado em fazer isso?

– Errado em que sentido? Não estou te entendendo, filho.

– Jesus – disse Jack –, é óbvio.

– Não para mim. Explique.

– Você está trapaceando toda a população da Terra. São eles que vão ter que entrar com todo o dinheiro. Você está aumentando os custos desse projeto para ganhar uma bolada.

– Mas, Jack, é isso que significa especulação imobiliária. – Leo estava intrigado. – O que você achou que era? É algo que acontece há séculos. Você compra um terreno barato quando ninguém quer porque, por um motivo ou outro, você acredita que algum dia aquilo vai valer muito mais. E são pistas internas que te fazem continuar. Isso é basicamente tudo o que se faz quando você entra nessa. Todo especulador imobiliário do mundo vai tentar entrar nessa compra ao saber disso. Na verdade, estão fazendo isso agora mesmo. Cheguei antes deles por uma questão de dias. É o regulamento de que você precisa estar de fato em Marte que pega esse pessoal. Eles não estão preparados para vir até aqui do nada. Então, saem perdendo. Porque, até o anoitecer, eu pretendo dar a entrada nos terrenos que a gente quer. – E apontou à frente deles. – Ficam ali. Tenho todo tipo de mapas, não vou ter nenhuma dificuldade em localizar a área. Ela fica em uma região de cânions bem grande chamada de Henry Wallace. Para estar de acordo com a lei, na verdade, preciso fincar pé no trecho que pretendo comprar e colocar uma espécie de marcador permanente, totalmente identificável e em um local visível. Eu trouxe esse marcador comigo, uma estaca de aço regulamentada que tem o meu nome. Vamos pousar nesse cânion Henry Wallace e você pode me ajudar a colocá-la. É só uma formalidade, não vai demorar mais do que alguns minutos. – E ele sorriu para o filho.

Olhando para seu pai, Jack pensou: *Ele é louco*. Mas Leo sorria calmamente para ele, e Jack soube que o pai não era louco;

tudo aquilo era exatamente como ele tinha dito: especuladores imobiliários faziam isso, era a maneira deles de conduzir os negócios, e, de fato, havia um projeto descomunal da ONU com a cooperativa que estava para começar. Um homem de negócios sagaz e experiente como seu pai não podia estar errado. Leo Bohlen e os homens que estavam nessa com ele não agiam baseados em rumores. Eles tinham contatos importantes. Houve algum vazamento de informação, fosse na cooperativa ou na ONU, ou nas duas partes, e Leo estava colocando todos os recursos que tinha em ação para tirar proveito disso.

– Essa é... a novidade mais importante até agora sobre o desenvolvimento de Marte – disse Jack, ele próprio ainda mal conseguindo acreditar naquilo.

– Com muito atraso – disse Leo. – Isso devia ter acontecido desde o começo. Mas eles esperaram o capital privado se organizar. Esperaram o outro aliado agir para fazer isso.

– Vai mudar a vida de todo mundo que vive em Marte – disse Jack.

Isso alteraria o equilíbrio do poder, criaria uma classe dominante completamente nova: Arnie Kott, Bosley Touvim – as colônias de sindicatos e as colônias nacionais – seriam peixe pequeno depois que a cooperativa entrasse em cena com a ONU.

Pobre Arnie, pensou Jack. Ele não vai sobreviver a isso. O tempo, o progresso e a civilização, tudo vai deixá-lo para trás com suas saunas a vapor que desperdiçam energia, esse símbolo ínfimo de pompa.

– Agora ouça, Jack – disse seu pai –, não espalhe essa informação por aí, porque é confidencial. O que queremos acompanhar são os negócios duvidosos da empresa fictícia, é esse o disfarce que encobre as atividades. Quer dizer, nós damos a nossa entrada e aí outros especuladores, especialmente os daqui mesmo, pescam essa dica e recorrem à empresa fictícia, até que descobrem...

– Entendi – disse Jack.

A empresa fictícia iria preceder a entrada de um especulador local, dando-lhe aparente prioridade sobre Leo. Deve haver muitos truques que podem ser usados em um jogo desses, Jack pensou. Não era de admirar que Leo trabalhasse com tanta cautela.

– Nós investigamos essa empresa fictícia aqui e ela parece ser idônea. Mas nunca se sabe, quando se tem tanta coisa envolvida assim.

De repente, Manfred Steiner soltou um grunhido áspero.

Tanto Jack como Leo ergueram os olhos, assustados. Os dois tinham se esquecido da presença do menino. Ele estava na traseira da cabine do helicóptero com o rosto colado no vidro, encarando a paisagem abaixo. Ele apontava empolgado.

Lá embaixo, distante, Jack viu um grupo de bleeks traçando seu caminho ao longo de uma trilha nas montanhas.

– É isso mesmo – Jack disse ao garoto –, tem pessoas lá embaixo, provavelmente caçando.

Ocorreu-lhe que Manfred nunca tinha visto um bleek antes. Imagino qual seria a reação dele, refletiu Jack, se, de repente, deparasse com eles, todos de uma vez. Como seria fácil fazer isso acontecer; na verdade, ele só precisava pousar o helicóptero diante desse grupo específico.

– O que são essas coisas? – perguntou Leo, olhando para baixo. – Marcianos?

– É isso que eles são – disse Jack.

– Eu não acredito! – disse Leo, rindo. – Então esses são os marcianos... eles mais parecem negros aborígenes, iguais aos boximanes.

– Eles têm um parentesco bastante próximo – disse Jack.

Manfred ficara muito empolgado. Seus olhos brilhavam e ele ficava indo de um lado a outro, de janela em janela, acompanhando o movimento abaixo e balbuciando.

O que aconteceria se Manfred vivesse com uma família de bleeks por um tempo?, imaginou Jack. Eles se movem mais lentamente do que nós, a vida deles é menos complexa e agitada. Possivelmente, a noção de tempo dos nativos é próxima da dele... Para os bleeks, nós, terráqueos, podemos muito bem ser uns sujeitos hipomaníacos que ficam correndo por aí a grande velocidade, despendendo quantidades imensas de energia por absolutamente nada.

Mas isso de colocar Manfred no meio dos bleeks não o traria para sua própria sociedade. Na verdade, ele percebeu, isso poderia afastá-lo tanto de nós que perderíamos qualquer chance de algum dia nos comunicar com ele.

Pensando nisso, ele decidiu não pousar o helicóptero.

– Esses camaradas aí, esses marcianos, trabalham com alguma coisa? – perguntou Leo.

– Alguns deles foram domesticados, como diz o ditado – disse Jack –, mas a maioria continua existindo do mesmo jeito de sempre, caçando e colhendo frutas. Eles ainda não atingiram o estágio de cultivo agrícola.

Quando chegaram ao cânion Henry Wallace, Jack pousou o helicóptero e os três desceram naquele solo ressecado e rochoso. Deram a Manfred papéis e giz de cera para ele se divertir e foram procurar um local adequado para fincar a estaca.

O local, um platô baixo, foi encontrado, e a estaca, devidamente colocada, principalmente por Jack. Seu pai ficou andando por ali, inspecionando as plantas e as formações rochosas, com uma careta claramente irritada e impaciente. Leo não parecia estar gostando dessa região inabitada – entretanto, ele não disse nada, apenas reparou em uma formação fóssil que Jack tinha lhe apontado.

Eles tiraram fotos da estaca e da área em volta e, então, findos os negócios, voltaram ao helicóptero. Lá estava Manfred, sentado no chão, entretido desenhando com giz de cera. A desolação daquela região parecia não o incomodar, decidiu Jack. O garoto, fechado em seu próprio mundo, continuava desenhando e os ignorava. Ele olhava para o alto de vez em quando, mas não para os dois. Seus olhos estavam inexpressivos.

O que ele está desenhando?, perguntou-se Jack, e começou a andar atrás do garoto para ver.

Manfred, olhando em volta aqui e ali para espreitar cegamente a paisagem do entorno, tinha desenhado prédios grandes e achatados.

– Olha isso, pai – disse Jack, enquanto tentava manter a voz calma e estável.

Juntos, os dois homens ficaram parados atrás do garoto observando-o desenhar, assistindo àqueles prédios ficarem cada vez mais nítidos no papel.

Bom, não tem erro, pensou Jack. O garoto está desenhando os prédios que existirão aqui. Ele está desenhando a paisagem que está por vir, não a paisagem visível a nossos olhos.

– Fico pensando se ele não viu a foto que eu te mostrei – disse Leo –, aquela dos modelos.

– Talvez sim – disse Jack.

Isso explicaria as coisas. O menino tinha entendido a conversa deles, visto os papéis e se inspirado nisso. Mas aquela foto mostrava os prédios de cima, era uma perspectiva diferente. O garoto desenhara os prédios como eles se mostrariam a um observador no nível do chão. Como eles se mostrariam a alguém sentado onde nós estamos agora, Jack se deu conta.

– Eu não ficaria surpreso se você encontrasse algo nessa teoria do tempo – disse Leo, e bateu o olho em seu relógio de pulso. – Agora, falando no tempo, eu diria que...

– Sim – concordou Jack, pensativo –, vamos começar a tomar o rumo de volta.

Ele tinha notado algo mais no desenho do menino, e se perguntava se seu pai também vira. Aqueles prédios, os imensos conjuntos habitacionais da cooperativa que o garoto desenhava, começaram a assumir um aspecto ameaçador diante dos olhos deles. Enquanto assistiam àquilo, notaram alguns detalhes finais que fizeram os olhos de Leo flamejar; ele bufava e olhava para seu filho.

Os prédios eram velhos, estavam se desfazendo com o tempo. Suas fundações mostravam rachaduras imensas que subiam para o topo. As janelas estavam quebradas. E algo que se parecia com ervas daninhas firmes e compridas crescia no terreno em volta. Era uma cena de ruína e desespero, de uma opressão pesada, atemporal, inerte.

– Jack, ele está desenhando uma favela! – exclamou Leo.

Era isso, uma favela decadente. Prédios que ficaram de pé por anos, talvez décadas, que passaram por seu auge e decaíam em sua penumbra, atingindo a senilidade e o abandono parcial.

Apontando para uma rachadura que se abria, que ele acabara de desenhar, Manfred disse:

– Nhaca. – Sua mão desenhava as ervas daninhas, as janelas quebradas. Mais uma vez ele disse: – Nhaca. – E olhava para elas, com um sorriso meio aterrorizado.

– O que isso significa, Manfred? – perguntou Jack.

Nenhuma resposta. O garoto continuava a desenhar. E à medida que desenhava, os prédios iam ficando mais e mais velhos, mais arruinados a cada momento que passava, bem diante dos olhos deles.

– Vamos embora – disse Leo, com um tom austero.

Jack pegou os papéis e o giz do garoto e o pôs de pé. Os três retornaram ao helicóptero.

– Olhe, Jack – disse Leo, examinando atentamente o desenho do garoto –, veja o que ele escreveu na entrada do prédio.

Com letras retorcidas e hesitantes, Manfred tinha escrito:

AM-WEB

– Deve ser o nome do prédio – disse Leo.

– É sim – afirmou Jack, reconhecendo aqueles dizeres; era a sigla do slogan da cooperativa: "*Alle Menschen werden Brüder*". – Todas as pessoas se tornam irmãs – disse ele, ofegante. – Está no papel timbrado da cooperativa. – Ele se lembrava disso muito bem.

Agora, pegando o giz mais uma vez, Manfred continuou seu trabalho. Enquanto os dois homens assistiam, o garoto desenhava algo no topo da imagem. Jack viu pássaros negros. Pássaros enormes e sombrios que pareciam abutres.

Em uma das janelas quebradas do prédio, Manfred desenhou um rosto redondo com olhos, nariz e uma boca triste, desesperadora. Alguém dentro do prédio olhava para fora de maneira silenciosa e desesperançosa, como se estivesse preso lá dentro.

– Bem, interessante – disse Leo. Sua expressão era de severa afronta. – Agora, por que ele desenharia isso? Não acho que seja uma atitude muito íntegra ou positiva. Por que ele não pode desenhar as coisas como elas vão ser, novas e impecáveis, com crianças brincando, animais de estimação e pessoas felizes?

– Talvez ele desenhe o que está vendo – respondeu Jack.

– Bom, se ele vê isso, está bem doente – rebateu Leo. – Tem tantas coisas belas e maravilhosas que ele podia enxergar... por que ele ia querer ver isso?

– Quem sabe ele não tenha escolha – disse Jack.

Nhaca, pensou ele. Fico pensando, será que *nhaca* pode significar tempo? A força que, para o garoto, significa decadência, deterioração, destruição e, por fim, morte? A força que opera em todos e por toda parte no universo?

E isso é tudo o que ele vê?

Se for, pensou Jack, não é de admirar que ele seja autista, que não consiga se comunicar com a gente. Uma visão tão parcial assim do universo... Não é sequer uma visão completa do tempo. Porque o tempo também traz a existência de coisas novas, também é o processo de amadurecimento e crescimento. E, evidentemente, Manfred não percebe o tempo dessa maneira.

Será que ele é doente porque vê isso? Ou será que ele vê isso porque é doente? Uma pergunta que talvez seja insignificante ou, de todo modo, que não pode ser respondida. Essa é a visão que Manfred tem da realidade e, de acordo com a gente, ele está desesperadamente doente, não percebe o restante da realidade que nós percebemos. E é um recorte assombroso o que ele vê de fato: a realidade em seu aspecto mais repulsivo.

E as pessoas ainda falam de doenças mentais como uma fuga!, pensou Jack. Sentiu um arrepio. Não era fuga nenhuma. Era uma contração, um estreitamento da vida rumo ao que, por fim, não passava de um túmulo frio e úmido, apodrecido, um lugar aonde nada ia ou vinha. Um lugar de morte total.

Aquela pobre criança condenada, pensou. *Como ele consegue viver um dia após o outro tendo que encarar a realidade desse jeito?*

Com um ar sombrio, Jack voltou à sua função de pilotar o helicóptero. Leo olhava pela janela, contemplando o deserto lá embaixo. Manfred, sem a expressão tensa e assustada em seu rosto, continuava desenhando.

As nhacas não paravam de aparecer. Ele colocou as mãos nos ouvidos, mas aquela coisa subia rastejando por seu nariz. Então ele viu o lugar. Foi onde ele se desfez. Eles o jogaram ali, e tinha pilhas de nhaca até a altura da cintura, nhaca dominando o ar.

– Qual o seu nome?

– Steiner, Manfred.

– Idade?

– Oitenta e três.

– Vacinado contra varíola?

– Sim.

– Alguma doença venérea?

– Bem, só um pouco de gonorreia.

– Clínica de DST para este homem.

– Senhor, meus dentes. Eles estão no saco, junto com meus olhos.

– Ah sim, seus olhos. Devolvam os olhos e os dentes deste homem antes de levá-lo até a clínica de DST. E as suas orelhas, Steiner?

– Estou com elas, senhor. Obrigado, senhor.

Amarraram as mãos de Manfred com faixas de gaze nas laterais da cama porque ele tentou tirar o cateter. Ele se deitou encarando a janela, vendo através do vidro empoeirado e quebrado.

Do lado de fora, um inseto de pernas compridas percorria aquelas pilhas. Ele comia, então algo o comprimia continuamente, deixando-o esmagado com os dentes mortos enfiados naquilo que estava tentando comer. Por fim, os dentes mortos se erguiam e se arrastavam para fora da boca em diferentes direções.

Ele ficou deitado ali por cento e vinte e três anos, até que seu fígado artificial parou de funcionar, fazendo-o se esvair e morrer. A essa altura, já haviam removido os dois braços e pernas dele até a altura da pelve, porque tinham apodrecido.

De todo modo, ele não os usava mais. E sem os braços ele não tentava tirar o cateter, o que os agradava.

Eu estive na AM-WEB por muito tempo, disse ele. Talvez vocês possam me arrumar um rádio transistor para eu sintonizar o Clube do Café da Manhã do Camarada Fred. Gosto de ouvir as músicas, eles tocam várias das minhas favoritas de longa data.

Algo lá fora está me dando rinite. Talvez sejam essas ervas daninhas amarelas florescendo. Por que deixam elas ficarem tão grandes?

Uma vez eu vi um jogo de beisebol.

Por dois dias ele ficara deitado no chão, em um grande lamaçal, e então a proprietária do local o encontrou e chamou o caminhão para levá-lo até ali. Ele veio roncando ofegante o caminho todo, aquilo o acordara. Quando tentaram lhe dar suco de toranja, ele só conseguia mexer um dos braços; o outro nunca mais voltou a funcionar. Ele desejava ainda poder fazer aqueles cintos de couro, era algo divertido e que tomava bastante tempo. Às vezes, ele os vendia para pessoas que apareciam no fim de semana.

– Você sabe quem sou eu, Manfred?

– Não.

– Eu sou Arnie Kott. Por que você não sorri ou dá uma risada de vez em quando, Manfred? Você não gosta de correr por aí e brincar?

Enquanto ele falava, nhaca saía de ambos os olhos do sr. Kott.

– É óbvio que ele não gosta, Arnie, mas não é isso o que nos preocupa aqui, de todo modo.

– O que você vê, Manfred? Deixe-nos entrar no que você vê. Todas essas pessoas vão viver ali, é isso? Isso está certo, Manfred? Você consegue ver muitas pessoas vivendo ali?

Ele cobriu o rosto com as mãos, e a nhaca parou.

– Não entendo por que essa criança nunca sorri.

Nhaca, nhaca.

10

Dentro da pele do sr. Kott havia ossos mortos, ainda lustrosos e úmidos. O sr. Kott era um saco de ossos imundos, mas ainda lustrosos e úmidos. Sua cabeça era um crânio que absorvia plantas e as mastigava. Dentro dele, essas plantas apodreciam à medida que alguma coisa as comia e matava.

Ele conseguia ver tudo o que acontecia dentro do sr. Kott, aquele punhado de nhacas vivas. Enquanto isso, o lado de fora dizia: "Adoro Mozart, vou colocar esta fita para tocar". Na caixa, lia-se: "Sinfonia 40 em Sol bemol, K 550". O sr. Kott mexia nos botões do amplificador.

– É o Bruno Walter regendo – dizia o sr. Kott a seus convidados. – Uma raridade da era de ouro do disco.

Uma barulheira horrenda de arranhões e chiados saía pelas caixas de som, como se fossem cadáveres convulsivos. O sr. Kott, então, desligou o toca-fitas.

– Desculpe – murmurou ele.

Era uma antiga mensagem codificada, enviada por Rockingham ou Scott Temple ou Anne, enfim, por alguém, o sr. Kott sabia disso. Ele sabia que, por acidente, aquilo fora parar em sua coleção de músicas.

– Nossa, que susto – disse Doreen Anderton, enquanto bebericava seu drinque. – Você devia poupar a gente, Arnie. Esse seu senso de humor...

– Foi um acidente – disse Arnie Kott irritado, e começou a revirar tudo em busca de outra fita. *Pro inferno isso tudo*, pensou. – Ouça, Jack – disse ele, virando-se –, desculpe por fazer você vir até aqui mesmo sabendo que seu pai o está visitando, mas o tempo está se esgotando para mim. Mostre-me os avanços que fez com o menino Steiner, ok? – A ansiedade e a preocupação o fizeram gaguejar, e ele olhava para Jack cheio de expectativa.

Porém, Jack Bohlen não o ouvira. Dizia algo para Doreen no sofá, onde eles estavam sentados juntos.

– Acabou a bebida – disse Jack, acomodando seu copo vazio.

– Meu Deus – disse Arnie –, preciso saber o que você tem feito, Jack. Você não pode me liberar nada? Vocês dois vão simplesmente ficar aí se agarrando e cochichando? Não estou me sentindo bem. – E foi cambaleando até a cozinha, onde Heliogabalus estava sentado num banquinho, lendo uma revista feito um idiota. – Prepare um copo com água morna e bicarbonato de sódio para mim.

– Sim, Senhor. – Heliogabalus fechou a revista e desceu do banquinho. – Ouvi a conversa por acaso. Por que o senhor não os manda embora? Eles não são boas pessoas, nem um pouco, Senhor. – E, do armarinho em cima da pia, sacou a embalagem de bicarbonato de sódio, da qual pegou uma colher de chá cheia.

– Quem liga para a sua opinião? – disse Arnie.

Doreen entrou na cozinha, com o rosto macilento e cansado:

– Arnie, acho que vou para casa. Não aguento ficar perto do Manfred por muito tempo. Ele nunca para de se mexer, nunca fica quieto. Não suporto isso. – Indo na direção de Arnie, ela lhe deu um beijo na orelha. – Boa noite, querido.

– Eu li sobre uma criança que pensava ser uma máquina – disse Arnie. – Ela dizia que tinha que ser ligada na tomada para funcionar. Quer dizer, você precisa conseguir aguentar esses fedelhos. Não vá embora. Fique, por mim. O Manfred fica muito mais calmo quando tem uma mulher por perto, não sei por quê. Tenho a impressão de que o Bohlen não conseguiu fazer nada ainda. Vou até lá dizer isso na cara dele. – Um copo de água morna com bicarbonato de sódio foi colocado em sua mão direita pelo bleek domesticado. – Obrigado. – E bebeu o conteúdo, agradecido.

– Jack Bohlen fez um bom trabalho em condições difíceis – disse Doreen. – Não quero ouvir nenhum comentário contra ele. – Ela se sacudiu suavemente, sorrindo. – Estou um pouco bêbada.

– Quem não está? – disse Arnie, colocando o braço em volta da cintura dela e dando-lhe um abraço. – Bebi tanto que estou passando mal. Mas admito, essa criança mexe comigo também. Nossa, eu pus para tocar aquela fita codificada, devo estar ficando louco. – Acomodando seu copo, ele começou a desabotoar a blusa dela pela parte de cima. – Olhe para lá, Helio. Leia o seu livro. – O bleek olhou para longe e Arnie, segurando Doreen contra si, terminou de desabotoar a blusa dela e começou a fazer o mesmo com a saia. – Eu sei que estão passando na minha frente, esses escrotos da Terra que chegam por todos os cantos, onde quer que você olhe. O meu funcionário que fica no terminal nem consegue mais contar quantos são. Eles não param de chegar, o dia todo. Vamos para a cama. – Ele a beijou na altura da clavícula e foi esfregando a cara cada vez mais para baixo, até que ela levantou o rosto dele com a força de suas mãos.

Na sala, o exímio técnico de consertos, que ele surrupiara do sr. Yee, fuçava no toca-fitas, colocando uma bobina nova meio desajeitado. Ele tinha derrubado seu copo vazio.

O que vai acontecer se chegarem lá antes de mim?, Arnie Kott se perguntou conforme agarrava Doreen, perambulando pela cozinha com ela, enquanto Heliogabalus lia em voz alta para si mesmo. E se eu não conseguir comprar nada? Seria melhor estar morto também. Ele inclinou Doreen para trás, sem parar de pensar um instante sequer. Tem que haver um lugar para mim. Eu amo este planeta.

A música retumbava. Jack Bohlen tinha colocado a fita para funcionar.

Doreen beliscou Arnie com ferocidade, e ele a largou. Andando de volta da cozinha para a sala, ele abaixou o volume e disse:

– Jack, vamos falar de trabalho.

– Certo – concordou Jack Bohlen.

Vinda da cozinha atrás dele e abotoando a blusa, Doreen fez um grande percurso para evitar Manfred, que estava engatinhando. O garoto espalhara um grande pedaço de papel pardo e colava recortes de revista nele com cola de farinha. Manchas brancas se anunciavam no tapete onde ele se aninhara.

Indo na direção do garoto, Arnie se inclinou perto dele e disse:

– Você sabe quem sou eu, Manfred?

Não houve resposta. Nada indicava que o menino tinha sequer ouvido.

– Eu sou Arnie Kott – disse ele. – Por que você não sorri ou dá uma risada de vez em quando, Manfred? Você não gosta de correr por aí e brincar? – Ele sentia pena do menino, pena e aflição.

– É óbvio que ele não gosta, Arnie – disse Jack Bohlen com a voz hesitante e grossa –, mas não é isso o que nos preocupa aqui, de todo modo. – Seu olhar estava confuso, e a mão que segurava o copo tremia.

Mas Arnie continuou:

– O que você vê, Manfred? Deixe-nos entrar no que você vê. – Ele esperou por alguma resposta, mas só obteve silêncio; o garoto estava concentrado nas colagens que fazia no papel: uma faixa verde picotada, depois uma elevação perpendicular cinza e densa, ameaçadora.

– O que isso significa? – perguntou Arnie.

– É um lugar – disse Jack –, um prédio. Eu trouxe comigo. – E ele saiu dali, voltando com um envelope pardo de onde tirou um grande desenho de criança, amarrotado e feito com giz de cera, e ergueu-o para que Arnie pudesse examinar. – Aí está – disse Jack –, é isso. Você queria que eu estabelecesse comunicação com ele. Bom, eu fiz isso. – Ele tinha dificuldade com aquelas duas palavras compridas, a língua parecia estar enrolada.

Arnie, no entanto, não ligava para o quanto ele estava bêbado. Acostumara-se com seus convidados de pileque. Álcool destilado era raridade em Marte, e quando as pessoas deparavam com isso, como acontecia na casa de Arnie, geralmente reagiam da mesma maneira como Jack Bohlen reagira. O que importava era a tarefa atribuída a Jack. Arnie pegou o desenho e se pôs a estudá-lo.

– É isso? – ele perguntou para Jack. – O que mais?

– Mais nada.

– E a câmara que reduz a velocidade das coisas?

– Nada – respondeu Jack.

– O menino consegue ver o futuro?

– Definitivamente – disse Jack –, não há dúvidas disso. Esse desenho aí é prova disso, a menos que ele tenha ouvido a nossa conversa. – Voltando-se para Doreen, disse com uma voz lenta e carregada: – Você acha que ele ouviu a gente? Não, você não estava lá. Era o meu pai. Ouça, Arnie. Você não poderia ver isso, mas acho que tudo bem. Agora já é tarde demais. Essa é uma imagem que ninguém poderia ver. É assim que vai ser daqui a um século, quando tudo estiver em ruínas.

– Que porra é essa? – exclamou Arnie. – Não consigo entender o desenho pirado desse moleque. Explique para mim.

– Isso é a AM-WEB – disse Jack –, um conjunto habitacional imenso. Com milhares de moradores. O maior de Marte. Exceto pelo fato de que está se desfazendo em entulho, de acordo com a imagem.

Fez-se silêncio. Arnie estava perplexo.

– Talvez você não esteja interessado – disse Jack.

– Claro que estou – refutou Arnie, irritado, e recorreu a Doreen, que estava de pé ao lado, com ar pensativo. – Você entende isso?

– Não, querido – disse ela.

– Jack – disse Arnie –, eu chamei você para ter um relatório. E tudo o que você me mostra é esta porcaria de desenho. Onde fica esse grande conjunto habitacional?

– Nas Montanhas Franklin Roosevelt – respondeu Jack.

Arnie sentiu sua pulsação baixar. Então, com dificuldade, retomou:

– Ah sim, estou vendo – disse ele. – Entendi.

– Imaginei que você fosse entender – falou Jack, com um sorriso irônico. – Você está interessado nisso. Sabe, Arnie, você acha que eu sou esquizofrênico, a Doreen também acha, meu pai também acha... mas eu me importo *de fato* com os seus motivos. Posso conseguir um monte de informação para você sobre o projeto da ONU nas Montanhas Franklin Roosevelt. O que mais você quer saber sobre isso? Não é uma usina de energia nem um parque. É uma parceria com a cooperativa. É uma estrutura infinitamente grande, com várias unidades, com supermercados e padarias, bem no meio do cânion Henry Wallace.

– Você ficou sabendo disso tudo por essa criança?

– Não – disse Jack –, pelo meu pai.

Eles se encararam por um longo momento.

– Seu pai é um especulador? – perguntou Arnie.

– Sim – disse Jack.

– Ele chegou da Terra por esses dias?

– Sim – disse Jack.

– Jesus – Arnie disse a Doreen. – Jesus, é o pai desse cara. E ele já entrou na jogada.

– Sim – disse Jack.

– Sobrou alguma coisa? – disse Arnie.

Jack balançou a cabeça.

– Ah, Jesus Cristo – disse Arnie –, e ele está na minha folha de pagamento. Nunca tive tanto azar assim.

– Eu não sabia até pouco tempo atrás que era isso que você queria descobrir, Arnie.

– Sim, é verdade – disse Arnie, e voltou-se para Doreen –, eu nunca contei para ele, então ele não tem culpa – e pegou o desenho do menino, meio desorientado. – E vai ser desse jeito.

– Com o tempo – disse Jack –, não a princípio.

– Você tinha mesmo a informação, mas conseguimos acessá-la tarde demais – disse Arnie a Manfred.

– Tarde demais – repetiu Jack; ele demonstrava entender o que estava acontecendo, parecia arrasado. – Sinto muito, Arnie. Sinto muito mesmo. Você devia ter me contado.

– Não culpo você – disse Arnie –, ainda somos amigos, Bohlen. É só um caso de azar. Você foi totalmente honesto comigo, eu sei.

Caramba, com certeza isso é uma porcaria mesmo. Ele já deu entrada na papelada, o seu pai? Bom, é assim que as coisas funcionam.

– Ele representa um grupo de investidores – disse Jack, meio rouco.

– Naturalmente – disse Arnie. – Com capital ilimitado. O que eu poderia fazer, de todo jeito? Não posso competir. Sou um cara só. – E dirigiu-se a Manfred, apontando o desenho: – Todas essas pessoas... vão viver ali, é isso? Isso está certo, Manfred? Você consegue ver muitas pessoas vivendo ali? – E aumentou o tom de voz, perdendo o controle.

– Por favor, Arnie – disse Doreen –, fique calmo. Estou vendo como está decepcionado, e você não deveria ficar assim.

Levantando a cabeça, Arnie disse com a voz baixa:

– Não entendo por que essa criança nunca sorri.

Então o garoto soltou, repentinamente:

– Nhaca, nhaca.

– Sim, é verdade – disse Arnie, com amargor –, é isso mesmo. Isso é que é boa comunicação, menino. Nhaca, nhaca. – E disse a Jack: – Você estabeleceu uma bela comunicação, estou vendo.

Jack não disse nada. Agora ele parecia austero e apreensivo.

– Estou vendo que ainda vai demorar um bom tempo – disse Arnie – para trazer esse garoto para a realidade e conseguir falar com ele. Certo? Pena que a gente não possa continuar. Não vou continuar com essa história.

– Não há motivos para fazer isso, mesmo – disse Jack, com uma voz abafada.

– Certo – disse Arnie. – Então é isso. É o fim do seu trabalho.

– Mas você ainda pode usá-lo para... – Doreen ia dizendo.

– Ah, claro – concordou Arnie –, preciso de um técnico de conserto habilidoso de todo jeito, para cuidar de coisas como aquele codificador. Tenho mil coisas estragando todo santo dia. Só estou falando deste trabalho específico. Mande esse menino de volta para o B-G. AM-WEB. É, os prédios da cooperativa têm esses nomes engraçados, mesmo. A cooperativa vindo aqui para Marte! É uma estrutura e tanto essa cooperativa. Eles vão pagar caro por esses terrenos. Eles têm grana. Diga ao seu pai por mim que ele é um homem de negócios bem esperto.

– Você pode me dar um aperto de mãos, Arnie? – perguntou Jack.

– Claro, Jack. – Arnie esticou a mão e eles deram um longo e firme aperto de mãos, olhando nos olhos um do outro. – Ainda espero me encontrar bastante com você, Jack. Isto aqui não é o fim entre a gente. É só o começo. – Ele soltou a mão de Jack Bohlen, andou de volta até a cozinha e ficou lá sozinho, pensando.

Até que Doreen se juntou a ele:

– Essas notícias foram um baque para você, não? – disse ela, envolvendo-o com o braço.

– E como – disse Arnie. – As piores que recebi em muito tempo. Mas vou ficar bem. Não me assusto com o movimento da cooperativa. Lewistown e o Sindicato dos Funcionários das Águas chegaram aqui primeiro e vão continuar por muito mais tempo. Se eu tivesse começado esse projeto com o garoto Steiner antes, as coisas teriam funcionado de um jeito diferente, e eu certamente não culpo o Jack por isso.

Mas lá dentro, em seu coração, ele pensou: *Você estava trabalhando contra mim, Jack. O tempo todo. Você estava trabalhando com seu pai. Desde o começo. Desde o dia em que contratei você.*

Ele voltou para a sala. Jack estava parado perto do toca-fitas, com um ar moroso e em silêncio, mexendo nos botões.

– Não leve tão a sério – Arnie disse a ele.

– Obrigado, Arnie – disse Jack, seus olhos estavam entorpecidos. – Sinto que decepcionei você.

– Não a mim – Arnie o tranquilizou. – Você não me decepcionou, Jack. Porque ninguém me decepciona.

No chão, Manfred continuava fazendo colagens, ignorando todos à sua volta.

Enquanto voava de volta para a casa com o pai, deixando as Montanhas Franklin Roosevelt para trás, Jack pensou: *Será que devo mostrar o desenho do garoto para o Arnie? Será que devo levar isso até Lewistown e entregar para ele? É tão pouco... e não se parece nada com o que eu deveria ter produzido.*

Ele sabia que, naquela noite, teria que encontrar Arnie, de qualquer jeito.

– É muito desolado aqui – disse seu pai, indicando o deserto lá embaixo. – É impressionante que vocês tenham feito tantos trabalhos de recuperação, deviam se orgulhar disso. – Mas sua atenção estava concentrada nos mapas; ele falava de um jeito superficial, era mera formalidade.

Jack acionou seu rádio transmissor e ligou para Arnie, em Lewistown.

– Desculpe, pai, preciso falar com meu chefe.

O rádio emitiu uma série de ruídos, o que atraiu Manfred momentaneamente. Ele parou de se debruçar sobre o desenho e ergueu a cabeça.

– Vou levar você junto – Jack disse ao garoto.

– Oi, Jack – agora ele estava na linha com Arnie, cuja voz surgiu estridente. – Estava tentando te achar. Você pode...

– Vou passar para te ver hoje à noite – disse Jack.

– Não pode ser antes? Que tal hoje à tarde?

– Receio que à noite seja o mais cedo que eu consiga chegar aí hoje – disse Jack. – Vou ter... – E hesitou. – Não vou ter nada para te mostrar antes de hoje à noite. – Se eu me aproximar dele, vou acabar contando do projeto da ONU com a cooperativa, pensou, ele vai conseguir arrancar todas as informações de mim; vou esperar até meu pai dar entrada na papelada do pedido, daí isso não vai mais importar.

– Hoje à noite, então – concordou Arnie. – Estou ansioso, Jack. Não vejo a hora. Sei que você vai ter algo para mostrar. Tenho muita confiança em você.

Jack o agradeceu, despediu-se e desligou.

– Seu chefe parece ser um cavalheiro – disse o pai, depois que encerraram a conexão. – E, com certeza, ele te respeita. Imagino que você seja de valor inestimável para a empresa dele, um homem com as suas capacidades.

Jack não disse nada. Ele já estava se sentindo culpado.

– Faça um desenho para mim – ele disse para Manfred –, de como vai ser hoje à noite meu encontro com o sr. Kott. – E tirou o papel em que o garoto estava desenhando, dando-lhe uma folha em branco. – Você pode fazer isso, Manfred? Você consegue ver como vai ser hoje à noite? Você, eu, o sr. Kott, no apartamento dele.

O garoto pegou um giz azul e começou a desenhar. Jack assistia àquilo enquanto pilotava o helicóptero.

Com muito cuidado, Manfred desenhava sem parar. A princípio, Jack não conseguia distinguir. Depois veio a entender o que mostrava aquela cena. Dois homens. Um acertando o olho do outro.

Manfred deu uma risada longa, aguda e nervosa; de repente, passou a segurar o desenho contra si.

Sentindo um calafrio, Jack voltou a atenção novamente aos controles diante de si. Estava sentindo sua transpiração, um suor úmido de ansiedade. Será que vai ser assim?, perguntou ele para si mesmo, silenciosamente. Uma briga entre Arnie e mim? E você vai presenciar isso, talvez... ou pelo menos sabe que isso vai acontecer, um dia.

– Jack – Leo ia dizendo –, você vai me levar até a empresa fictícia, não é mesmo? E me deixar lá? Quero dar entrada na minha papelada. A gente não pode ir direto para lá, em vez de voltar para casa? Devo admitir que estou apreensivo. Deve haver operadores locais assistindo a tudo isso, e nunca serei cuidadoso o suficiente.

– Só posso repetir: isso que você está fazendo é imoral – disse Jack.

– O problema é meu – retrucou seu pai. – É o meu jeito de fazer negócios, Jack. Não pretendo mudar.

– Exploração – insistiu Jack.

– Não vou discutir com você – disse seu pai. – Isso não é da sua conta. Se você não está com vontade de me ajudar depois de eu ter percorrido milhões de quilômetros da Terra até aqui, acho que consigo me virar com transporte público – ele tinha um tom manso, mas o rosto estava todo vermelho.

– Vou te levar até lá – disse Jack.

– Não suporto que sejam moralistas comigo – concluiu o pai.

Jack não falou nada, apenas orientou o helicóptero rumo ao sul, em direção aos prédios da ONU em Pax Grove.

Sem parar de desenhar com o giz azul, Manfred fez com que um dos homens de seu desenho, aquele que fora acertado no olho, caísse morto. Jack viu isso, viu a figura tombar e, em seguida, ficar inerte. Será que esse sou eu?, imaginou ele. Ou será que é o Arnie?

Algum dia – talvez em breve – vou saber disso.

Dentro da pele do sr. Kott havia ossos mortos, ainda lustrosos e úmidos. O sr. Kott era um saco de ossos imundos, mas ainda lustrosos e úmidos. Sua cabeça era um crânio que absorvia plantas e as mastigava. Dentro dele, essas plantas apodreciam à medida que alguma coisa as comia e matava.

Jack Bohlen também era um saco sem vida, apinhado de nhaca. Sua parte de fora, que enganava quase todo mundo, tinha uma bela pintura e cheirava bem; ele estava debruçado sobre a srta. Anderton, e Manfred via aquilo. Ele via que Jack a queria de uma maneira horrível. Ia se derramando, úmido e pegajoso, cada vez mais perto dela, e palavras feito insetos mortos pululavam de sua boca.

– Adoro Mozart – ia dizendo o sr. Kott. – Vou colocar esta fita para tocar. – E mexeu nos botões do amplificador. – É o Bruno Walter regendo, uma raridade da era de ouro do disco.

Uma barulheira horrenda de arranhões e chiados saía pelas caixas de som, como se fossem cadáveres convulsivos. O sr. Kott, então, desligou o toca-fitas.

– Desculpe – murmurou Arnie Kott.

Fazendo cara feia para a música, Jack Bohlen farejava o corpo da mulher ao lado dele e via o suor brilhante sobre o lábio superior dela, onde um borrão de batom fazia com que sua boca parecesse ter um corte. Ele queria morder a boca dela, fazê-la sangrar ali mesmo. Seus dedos queriam se enfiar nos sovacos dela fazendo um círculo para cima de maneira a moldar seus seios, e então ele sentiria que eles pertenciam a ele, que poderia fazer com eles o que bem entendesse. Ele já tinha brincado com aqueles seios, aliás; era divertido.

– Nossa, que susto – disse ela. – Você devia poupar a gente, Arnie. Esse seu senso de humor...

– Foi um acidente – disse Arnie, e começou a revirar tudo em busca de outra fita.

Esticando a mão, Jack Bohlen tocou o colo da moça. Não havia calcinha por baixo da saia dela. Ele esfregou aquelas pernas, ao que ela as levantou e virou-se na direção dele, para que seus joelhos o pressionassem. Ela estava sentada feito um animal, acocorada e tomada por expectativas. Mal posso esperar para sair daqui com você e ir para algum lugar onde a gente possa ficar sozinhos, pensou Jack. Meu Deus, como eu quero te sentir, e não por cima das roupas. Ele apertou os dedos no tornozelo nu dela, que vociferou de dor e sorriu na direção dele.

– Ouça, Jack – disse Arnie Kott, virando-se –, desculpe por... – E sua voz se interrompeu.

Jack não ouviu o resto. A mulher a seu lado estava lhe dizendo algo. Rápido, dizia ela. Também não aguento mais esperar. Ela respirava em sibilos curtos e intensos, encarando-o fixamente com o rosto bem próximo do dele e os olhos imensos, como se estivesse empalada. Nenhum deles dava ouvidos a Arnie. Agora, a sala estava em silêncio.

Teria ele perdido algo que o Arnie dissera? Jack esticou o braço e alcançou seu copo, mas ele estava vazio.

– Acabou a bebida – disse Jack, acomodando o copo na mesa de centro.

– Meu Deus – disse Arnie –, preciso saber o que você tem feito, Jack. Você não pode me liberar nada? – Sem parar de falar, ele foi se afastando, indo da sala para a cozinha. Sua voz foi esmaecendo. Ao lado de Jack, a mulher não parava de encará-lo; sua boca estava frouxa, como se ele a estivesse segurando forte junto de si a ponto de mal deixá-la respirar. *Precisamos sair deste lugar e ficar sozinhos,* Jack se deu conta. Então, olhando em volta, ele notou que já estavam sozinhos. Arnie tinha saído da sala e não mais os via. Na cozinha, ele falava com o bleek doméstico. Naquele momento, ele já estava sozinho com ela.

– Aqui não – disse Doreen.

Mas seu corpo palpitava. Não resistia quando ele a apertava na altura da cintura. E ela não se incomodava de ser apertada, porque também queria isso. Ela tampouco conseguia se conter.

– Sim. Mas rápido – disse ela, enfiando as unhas nos ombros dele e fechando os olhos bem apertados, gemendo e sentindo arrepios. – Do lado. Minha saia abre do lado.

Inclinando-se sobre ela, ele viu a beleza lânguida de Doreen, quase degenerada, desaparecer. Rachaduras amarelas se espalhavam pelos dentes dela, os quais se rompiam e afundavam nas gengivas que, por sua vez, ficavam verdes e secavam feito couro. Daí ela tossia e cuspia punhados de poeira na cara dele. Ele se deu conta de que aquela Nhaca a havia tomado, antes que ele pudesse fazê-lo. Então, soltou-a. Ela se recostou; seus ossos iam se quebrando e fazendo uns barulhinhos agudos de estilhaço.

Os olhos dela se fundiam em opacidade e, atrás de um deles, os cílios se tornaram pés peludos e tateantes de um inseto de pelos grossos, preso lá atrás e tentando sair. Os olhinhos vermelhos, parecendo cabeças de alfinetes, espreitavam para além da borda solta do olho dela que nada via, e então se recolheram. Depois disso, o inseto se contorceu, fazendo inchar o olho morto daquela mulher; em seguida, por um instante, o inseto espiou pelas lentes do olho dela, olhando para cá e para lá, e viu Jack, mas não era capaz de identificar do que ou de quem se tratava. Ele não conseguia fazer um uso pleno do mecanismo deteriorado atrás do qual vivia.

Feito cogumelos passando do ponto, os peitos dela bufavam à medida que se esvaziavam até ficarem planos, e de seu interior ressequido, através de uma rede de rachaduras que se espalhavam na extensão deles, uma nuvem de esporos se erguia e se movia no rosto de Jack, com aquele cheiro de mofo e velhice da Nhaca, que tinha chegado e se instalado ali havia muito tempo e agora encontrava um caminho até a superfície.

A boca morta se contorcia e, vindo bem do fundo dela, no fundo do cano que era a garganta, uma voz balbuciava:

– Vocês não foram rápidos o suficiente.

Até que a cabeça caiu por inteiro, projetando a extremidade do pescoço toda branca e pontuda, que mais parecia um pedaço de pau.

Jack soltou-a e ela foi se esgrouvinhando até virar um montinho seco de camadas achatadas, quase transparentes, igual à pele descartada de uma cobra, quase desprovida de peso. Ele afastou aquilo de si com a mão. Ao mesmo tempo, para sua surpresa, ele ouviu a voz dela vindo da cozinha.

– Arnie, acho que vou para casa. Não aguento ficar perto do Manfred por muito tempo. Ele nunca para de se mexer, nunca fica quieto. – Virando a cabeça, ele viu que ela estava lá, junto com Arnie, bem perto dele, dando-lhe um beijo na orelha. – Boa noite, querido – disse ela.

– Eu li sobre uma criança que pensava ser uma máquina – disse Arnie, e então a porta da cozinha se fechou, Jack não podia ouvi-los nem vê-los.

Esfregando a mão na testa, ele pensou: Tô muito bêbado mesmo. *O que tem de errado comigo?* Minha mente está se partindo... e piscou os olhos, tentando recuperar as faculdades. No tapete, não muito longe do sofá, Manfred Steiner recortava um retrato de uma revista com uma tesoura cega, sorrindo sozinho. O papel fazia barulho enquanto ele cortava, um som que distraía Jack, embaralhando ainda mais o foco de sua atenção dispersa.

Vindo de trás da porta da cozinha, ele ouviu uma respiração forte, seguida de grunhidos forçados e prolongados. O que eles estão fazendo?, ele se perguntou. Os três: ela e o Arnie e aquele bleek doméstico, todos juntos... Os grunhidos foram ficando mais lentos até que pararam. Não havia mais nenhum som.

Quem me dera estar em casa, Jack disse para si mesmo, tomado por uma confusão desesperada e absoluta. Quero sair daqui, mas de que jeito? Ele se sentia fraco e terrivelmente mal, e continuava no sofá onde estava, incapaz de fugir, de se mover ou pensar.

Uma voz dentro de sua mente disse: Nhaca nhaca nhaca, é isso que eu sou, nhaca nhaca nhaca nhaca.

Pare, ele disse àquela coisa.

Nhaca, nhaca, nhaca, nhaca foi o que ele obteve de resposta.

Caía poeira das paredes em cima dele. Aquela sala soltava chiados de pó e velhice, apodrecendo ao redor dele. Nhaca, nhaca, nhaca, a sala dizia. A Nhaca está aqui para fazer nhaca nhaca com você e te transformar em nhaca.

Meio cambaleante, ele ficou de pé e deu um jeito de andar, passo por passo, até chegar ao amplificador e toca-fitas de Arnie. Pegou um rolo de fita e abriu a caixa. Depois de vários esforços fracos e errôneos, conseguiu colocá-la no eixo para tocar.

A porta da cozinha abriu uma rachadura, e um olho o observava. Ele não conseguia identificar de quem era.

Preciso sair daqui, Jack Bohlen pensou. Ou enfrentá-lo. Preciso acabar com isso, mandar essa coisa para longe de mim ou então deixar que me coma.

Já está me comendo.

Ele foi girando o controle de volume convulsivamente até que a música ressoou e o ensurdeceu, retumbando pela sala, derramando-se pelas paredes, pelos móveis, chicoteando a porta entreaberta da cozinha, atacando tudo e todos que estavam em seu campo de visão.

A porta da cozinha caiu para a frente, com suas dobradiças rangendo. Ela desabou e uma coisa se apressou pela lateral da cozinha, sendo expulsa com algum atraso pelo bramido da música. Aquela coisa foi se arrastando até ele e ultrapassou-o, intuindo a direção do botão de controle de volume. A música foi baixando.

Mas ele se sentia melhor. Mais uma vez, ele se sentia são, graças a Deus.

Jack Bohlen deixou seu pai na tal empresa fictícia e então, junto de Manfred, voou para Lewistown, rumo ao apartamento de Doreen Anderton.

Ao abrir a porta e vê-lo, ela disse:

– O que houve, Jack? – Ela segurou a porta aberta, e ele e Manfred entraram.

– Vai ser horrível hoje à noite – ele falou.

– Você tem certeza? – Ela sentou-se diante dele. – Você precisa mesmo ir até lá? É, eu imagino que sim. Mas talvez você esteja errado.

– O Manfred já me contou – disse Jack. – Ele já viu o que vai acontecer.

– Não fique assustado – disse Doreen, com suavidade.

– Mas eu estou – disse ele.

– *Por que* vai ser ruim?

– Não sei, o Manfred não me contou isso.

– Mas... – Ela gesticulou. – Então você fez contato com ele, isso é maravilhoso. É isso o que Arnie quer.

– Espero que você também esteja lá.

– Sim, eu estarei lá. Mas... não posso fazer muita coisa. Minha opinião vale alguma coisa? Porque estou certa de que o Arnie vai ficar satisfeito. Acho que você está tendo um ataque de ansiedade sem motivo.

– Hoje à noite vai ser o fim dessa história entre o Arnie e mim. Eu sei disso, e não sei por quê. – Ele sentiu um incômodo no estômago. – Tenho um pouco a impressão de que o Manfred faz algo mais do que simplesmente saber o futuro: de alguma maneira, ele *controla* isso, ele pode fazer as coisas acontecerem da pior maneira possível porque isso lhe parece natural, é assim que ele vê a realidade. É como se, por estar perto do Manfred, a gente esteja se afundando na realidade dele. Isso está começando a se infiltrar na gente e a substituir a nossa própria maneira de ver as coisas, e o tipo de acontecimento que a gente está acostumado a ver acontecer, agora, por algum motivo, *não* acontece. Não é natural para mim me sentir assim, eu nunca tive essa sensação sobre o futuro antes.

Então, ele ficou em silêncio.

– Você está passando tempo demais com ele – disse Doreen –, e tendências suas que estão... – Ela hesitou. – Tendências instáveis, Jack. Ligadas às dele. Você deveria trazê-lo para o nosso mundo, para a realidade compartilhada da nossa sociedade... em vez disso, será que ele não te arrastou para a dele? Não acho que exista isso de precognição. Acho que foi um erro, desde o início. Tudo deve melhorar se você sair dessa história, se você deixar esse garoto... – Ela lançou um olhar na direção de Manfred, que tinha ido até a janela do apartamento dela para olhar a rua lá embaixo. – Se você não tiver mais nada para fazer com ele.

– É tarde demais para isso – disse Jack.

– Você não é médico nem terapeuta – disse Doreen. – Uma coisa é o Milton Glaub ficar em contato próximo, dia após dia, com pessoas autistas e esquizofrênicas, mas você... você é um técnico de conserto que entrou de gaiato nessa por causa de um impulso maluco do Arnie. Você simplesmente calhou de estar lá, na mesma sala que ele, consertando aquele codificador, e acabou indo parar nisso. Você não devia ser tão passivo, Jack. Você está deixando sua vida ser moldada pelo acaso e, pelo amor de Deus... você não reconhece essa passividade?

– Imagino que sim – disse ele, depois de uma pausa.

– Diga.

– Indivíduos esquizofrênicos têm tendência a ser passivos, eu sei disso – disse ele.

– Seja decidido. Não continue com essa história. Ligue para o Arnie e diga a ele que você simplesmente não tem competência para lidar com o Manfred. Ele tem que voltar para o Acampamento B-G, onde o Milton Glaub pode trabalhar com ele. Eles podem construir essa câmara de velocidade reduzida lá. Inclusive estavam começando a fazer isso, não estavam?

– Eles nunca vão fazer isso. Estão falando em importar os equipamentos lá da Terra, você sabe o que significa.

– E você nunca vai fazer também – disse Doreen –, porque muito antes de você conseguir, vai acabar tendo um surto da cabeça. Eu também consigo ver o futuro. E sabe o que eu vejo? Você tendo uma crise muito mais séria do que antes. Vejo... uma crise psicológica total para você, Jack, se continuar trabalhando nisso. Você já está sendo maltratado por uma ansiedade esquizofrênica aguda, por *pânico*, não é verdade? Não é isso?

Ele concordou com a cabeça.

– Eu vi isso acontecer com o meu irmão, esse pânico esquizofrênico – disse Doreen. – E depois que você vê uma pessoa surtando assim, nunca mais consegue esquecer. O colapso da realidade em volta deles... o colapso da percepção que têm de tempo e espaço, causa e efeito... e não é isso que está acontecendo com você? Você está falando como se essa reunião com o Arnie não pudesse ser alterada por nada que venha a fazer... c isso é uma regressão profunda da sua responsabilidade e maturidade de adulto. Isso não é você, nem um pouco. – Com uma respiração intensa que fazia seu peito subir e descer dolorosamente, ela continuou: – Vou ligar para o Arnie e dizer que você está caindo fora, que ele vai ter que encontrar outra pessoa para resolver essa história com o Manfred. E vou dizer para ele que você não progrediu nada, que não faz sentido nem para você nem para ele continuar com isso. Já vi o Arnie encasquetado desse jeito antes, ele fica mastigando a história por alguns dias ou semanas, depois esquece. Ele vai conseguir esquecer isso.

– Desta vez ele não vai esquecer – disse Jack.

– Tente – pediu ela.

– Não – respondeu ele. – Eu preciso ir lá hoje à noite e fazer meu relatório de andamento. Eu disse que ia. Eu devo isso a ele.

– Você é um belo idiota – disse Doreen.

– Eu sei disso – admitiu Jack –, mas não pelo motivo que você está pensando. Não sou idiota porque aceitei um trabalho sem olhar para as futuras consequências disso. Eu... – E ele parou de falar. – Talvez seja isso que você disse, mesmo. Não sou competente para trabalhar com o Manfred. É isso, ponto final.

– Mas você ainda vai continuar. O que vai mostrar para o Arnie hoje à noite? Mostre para mim, agora mesmo.

Sacando um envelope pardo, Jack pôs a mão lá dentro e tirou o desenho dos prédios que Manfred fizera. Doreen o examinou por um longo período. Então devolveu-o para ele.

– É um desenho perverso e doentio – disse ela, com uma voz quase inaudível. – Eu sei o que é isso. É o mundo tumular, não é? Foi isso que ele desenhou. O mundo após a morte. É o que ele vê e, através dele, é o que você também está começando a ver. Você quer mostrar essa coisa para o Arnie? Você perdeu a noção da realidade. Acha que o Arnie quer ver uma aberração dessas? Queime isso.

– Não é tão ruim assim – disse ele, profundamente perturbado pela reação dela.

– É sim – disse Doreen. – E é um indício espantoso que isso não te atinja desse jeito. Não te atingiu nem da primeira vez?

Ele teve que acenar que sim.

– Então você sabe que eu estou certa – disse ela.

– Eu preciso continuar – ele falou. – Vejo você no apartamento dele hoje à noite. – Indo até a janela, ele deu um tapinha no ombro de Manfred. – Nós temos que ir agora. Vamos encontrar essa moça hoje à noite, junto com o sr. Kott.

– Tchau, Jack – disse Doreen, acompanhando-o até a porta; seus grandes olhos escuros carregavam um peso desesperado. – Estou vendo que não há nada que eu possa dizer que vá te impedir.

Você está mudado. Está tão menos... vivo agora do que estava um mero dia atrás ou coisa assim... Você notou?

– Não – disse ele –, eu não percebi. – Mas tampouco o surpreendia ouvir aquilo, dava para sentir algo pesando sobre seus membros, sufocando seu coração; inclinando-se na direção dela, ele deu um beijo naqueles lábios cheios e gostosos. – Te vejo hoje à noite.

Ela ficou parada na porta, observando silenciosamente enquanto ele e o garoto iam embora.

No tempo que restava até a noite, Jack Bohlen decidiu passar na Escola Pública e buscar seu filho. Bem ali, naquele lugar que ele temia mais do que qualquer outro, ele descobriria se Doreen estava certa. Ele ia saber se sua moral e sua capacidade de distinguir a realidade e as projeções de seu próprio inconsciente tinham sido danificadas mesmo ou não. Para ele, a Escola Pública era um lugar crucial. E à medida que dirigia o helicóptero da Companhia Yee para lá, ele sentia bem fundo, dentro de si, que seria capaz de aguentar uma segunda visita ao local.

Ele também estava morrendo de curiosidade para ver a reação de Manfred àquele lugar e a seus simulacros, as máquinas de aprendizado. Há algum tempo ele já tinha um palpite insistente de que Manfred, quando confrontado com os Professores da Escola, mostraria alguma resposta significativa, talvez similar à que ele próprio experimentara, talvez totalmente oposta. Independentemente do caso, haveria alguma reação, ele tinha certeza disso.

Até que pensou, resignado: Será que não é tarde demais? Esse trabalho não acabou? O Arnie já não cancelou isso porque não serve de nada?

Será que eu já não passei no apartamento dele hoje à noite? Que horas são?

Perdi toda a noção de tempo, pensou ele, assustado.

– Estamos indo para a Escola Pública – ele cochichou para Manfred. – Você gosta dessa ideia? Vamos ver a escola onde David estuda.

Os olhos do garoto brilharam de ansiedade. Sim, era o que ele parecia dizer. Eu gostaria de fazer isso. Vamos lá.

– Muito bem – disse Jack, apresentando grande dificuldade em operar os controles do helicóptero; ele sentia como se estivesse no fundo de um grande oceano estagnado, fazendo força até para poder respirar, quase incapaz de se mover... mas por quê?

Ele não sabia. E continuou, da melhor maneira que pôde.

11

Dentro da pele do sr. Kott havia ossos mortos, ainda lustrosos e úmidos. O sr. Kott era um saco de ossos imundos, mas ainda lustrosos e úmidos. Sua cabeça era um crânio que absorvia plantas e as mastigava. Dentro dele, essas plantas apodreciam à medida que alguma coisa as comia e matava. Jack Bohlen também era um saco sem vida, apinhado de nhaca. Sua parte de fora, que enganava quase todo mundo, tinha uma bela pintura e cheirava bem; ele estava debruçado sobre a srta. Anderton, e Manfred via aquilo. Ele via que Jack a queria de uma maneira imunda. Ia se derramando, úmido e pegajoso, cada vez mais perto dela, e palavras feito insetos mortos pululavam de sua boca e caíam nela. Essas palavras, que eram como insetos mortos, irrompiam das dobras das roupas dela e alguns se enfiavam em sua pele, entrando em seu corpo.

– Adoro Mozart – ia dizendo o sr. Kott. – Vou colocar esta fita para tocar.

Suas próprias roupas lhe davam coceira, estavam cheias de cabelos e poeira e restos daquelas palavras-insetos. Ela foi se coçar e as roupas rasgaram em tiras. Enfiando os dentes naquelas tiras, ela as mastigava e arrancava.

Mexendo nos botões do amplificador, o sr. Kott disse:

– É o Bruno Walter regendo, uma raridade da era de ouro do disco.

Uma barulheira horrenda de arranhões e chiados saía de algum lugar naquela sala, e depois de um tempo ele se deu conta de que vinham dela. Ela estava convulsionando por dentro, todas aquelas coisas-cadáveres dentro dela estavam arfando e rastejando, fazendo força para ganhar a luz da sala. Meu Deus, o que ela podia fazer para impedir isso? Elas estavam emergindo de seus poros e se afundando, caindo em teias pegajosas rumo ao chão, para então desaparecer nas rachaduras que havia no assoalho.

– Desculpe – murmurou Arnie Kott.

– Nossa, que susto – disse ela. – Você devia poupar a gente, Arnie. – Levantando-se do sofá, ela empurrou para longe aquele objeto sombrio e fétido que se agarrava a ela. – Esse seu senso de humor...

Ele se virou e a observou tirando a última peça de roupa. Ele tinha posto de lado o rolo de fita e agora estava indo na direção dela, tentando pegá-la.

– Faça isso – disse ela.

Então os dois estavam juntos no chão. Ele usava os pés para se livrar da própria roupa, enfiando os dedos no tecido e puxando até que tivesse saído. Com os braços enganchados um no outro, eles foram rolando pela escuridão até parar embaixo do forno e lá ficaram, suando e emitindo baques surdos, tragando a poeira, o calor e a umidade de seus próprios corpos.

– Faça mais – disse ela, enfiando os joelhos nas costelas dele para machucá-lo.

– Foi um acidente – disse ele, empurrando-a contra o chão e ofegando na cara dela.

Olhos apareceram no outro canto do forno. Alguma coisa os espreitava enquanto eles estavam deitados naquela escuridão – algo os assistia. Algo que tinha colocado de lado a cola e a tesoura e as revistas, deixara tudo de lado para assistir àquilo, devorando com os olhos e saboreando cada estocada que eles davam.

– Saia daqui – ela arquejou para aquilo, mas a coisa não ia embora. – Mais – disse ela, então, e a coisa pôs-se a rir dela, rir sem parar enquanto ela e aquele peso que a esmagava continuavam; eles não tinham como parar.

Faz mais nhaca comigo, disse ela. Nhaca nhaca nhaca comigo, enfia sua nhaca em mim, enfia na minha nhaca, seu Nhaca. Nhaca nhaca, eu gosto de nhaca! Não pare. Nhaca, nhaca nhaca nhaca, *nhaca*!

Enquanto Jack Bohlen descia com o helicóptero da Companhia Yee rumo ao campo de aterrissagem da Escola Pública que estava logo abaixo, lançou um olhar para Manfred e ficou imaginando o que o garoto estava pensando. Envolto em seus pensamentos, Manfred Steiner encarava cegamente o lado de fora, com seus traços contraídos em uma espécie de careta que repeliu Jack e o fez olhar instantaneamente para outro lado.

Por que ele estava se metendo com aquele garoto?, Jack pensou. Doreen tinha razão. Ele estava preso dentro de sua cabeça, e os aspectos instáveis e esquizofrênicos de sua própria personalidade estavam sendo remexidos de volta à vida por essa presença próxima. Ainda assim, ele não sabia como sair disso; de algum jeito, era tarde demais, como se o tempo tivesse desabado, deixando-o ali por toda a eternidade, tomado por uma simbiose com aquela criatura muda e infeliz que não fazia nada além de revirar e inspecionar seu mundo privado repetidamente.

Em algum nível, ele tinha se embebido na visão de mundo de Manfred, e isso, obviamente, estava causando uma desintegração furtiva da sua própria visão.

Hoje à noite, pensou ele. Tenho que continuar levando até hoje à noite: de algum jeito, preciso aguentar o tranco até me encontrar com Arnie Kott. Depois posso mandar tudo isso para longe e voltar para o meu próprio espaço, para o meu mundo. Nunca mais vou ter que olhar para Manfred Steiner de novo.

Arnie, pelo amor de Deus, me salve, pensou ele.

– Estamos aqui – disse ele, enquanto estacionava no heliponto e desligava o motor.

Imediatamente, Manfred foi para a porta, ansioso para sair.

Então você quer ver esse lugar, pensou Jack. Fico imaginando por quê. Ele ficou de pé e foi abrir a porta do helicóptero. De pronto, Manfred saltou para o heliponto e se esgueirou em direção à rampa de descida, quase como se conhecesse o caminho de cor.

Enquanto Jack descia da aeronave, o garoto desaparecera de seu campo de visão. Por conta própria, ele tinha descido a rampa desembestado e precipitou-se escola adentro.

Doreen Anderton e Arnie Kott, Jack pensou. As duas pessoas que mais importam para mim, os amigos em quem minhas interações e minha intimidade com a própria vida encontram mais força. Ainda assim, foi bem nesse lugar que o garoto conseguiu se infiltrar. Ele me desprendeu dos meus relacionamentos justo no ponto em que eles são mais fortes.

O que sobrou?, ele se perguntou. Depois de me deixar isolado nesse lugar, todo o resto – meu filho, minha mulher, meu pai, o sr. Yee – vai seguir a mesma toada quase automaticamente, sem nem tentar resistir.

Eu consigo ver o que espera por mim se eu continuar a me entregar, passo a passo, para esse garoto completamente psicótico. Agora entendo o que é a psicose: uma alienação extrema da percepção dos objetos do mundo externo, especialmente dos objetos que importam: as pessoas generosas que existem lá. E o que assume o lugar delas? Uma preocupação doentia com... os intermináveis altos e baixos do próprio sujeito. As mudanças que emanam de dentro e que atingem somente o mundo interno. É uma separação dos dois mundos, o de dentro e o de fora, de maneira que nenhum deles se dê conta do outro. Os dois continuam existindo, mas cada um toma seu rumo.

É o cessar do tempo. O fim da experiência, de qualquer coisa nova. Depois que a pessoa vira psicótica, nada nunca mais lhe acontece.

E eu estou bem no limiar disso, percebeu ele. Talvez sempre tenha estado, era algo implícito em mim desde o início. Mas esse garoto me fez percorrer um longo caminho. Ou melhor, por causa dele acabei percorrendo um longo caminho.

Um sujeito coagulado, estagnado e imenso, que apaga todo o resto e ocupa o espaço inteiro. Aí, a menor mudança é examinada com a mais dedicada atenção. Esse é o atual estado do Manfred; sempre foi, desde o começo. O estágio derradeiro do processo de esquizofrenia.

– Manfred, espere – ele chamou, e foi descendo a rampa lentamente atrás do garoto, entrando no prédio da Escola Pública.

Sentada na cozinha de June Henessy e tomando um café, Silvia Bohlen discursava sobre seus problemas recentes.

– A pior coisa dessa gente é que, sejamos francas, elas são vulgares – disse Silvia, referindo-se a Erna Steiner e seus filhos. – Não se deve falar nesses termos, mas fui forçada a ver tanta coisa delas que não consigo ignorar. É como se minha cara fosse esfregada nisso todos os dias.

June Henessy, usando shorts brancos e uma frente única minúscula, saltitava para cá e para lá regando as várias plantas que tinha dentro de casa com um jarro de vidro.

– Aquele menino é realmente muito estranho. Ele é o pior de todos, né?

– E ele fica o dia inteiro lá em casa – disse Silvia, estremecendo um pouco. – O Jack está trabalhando com ele, sabe, tentando fazer com que ele seja parte da raça humana. Eu tenho para mim que eles deveriam simplesmente se livrar de gente louca e pinel. Deixar essa gente viver é algo terrivelmente destrutivo no longo prazo. É uma falsa compaixão, tanto com eles quanto com a gente. Vão ter que tomar conta desse menino pelo resto da vida; ele nunca vai viver fora de uma instituição.

Voltando para a cozinha com o jarro vazio, June disse:

– Quero te contar o que o Tony fez outro dia. – Tony era seu atual amante; já fazia seis meses que June estava tendo um caso com ele, e ela mantinha as amigas, Silvia especialmente, atualizadas sobre o assunto. – A gente foi almoçar juntos em Genebra II, em um restaurante francês que ele conhece. A gente comeu *escargots*, aqueles caramujos, você sabe. Eles são servidos na própria concha e você tem que tirar o bicho lá de dentro com um garfo horrível que tem dentes de uns trinta centímetros. Claro, tudo isso é coisa do mercado negro. Você sabia disso? Que tem restaurantes que só servem iguarias do mercado negro? Eu não sabia até o Tony me levar lá. E, claro, eu não lembro o nome do lugar.

– Caramujos – disse Silvia, tomada por aversão, pensando em todos os pratos maravilhosos que ela teria pedido se tivesse um amante e eles saíssem juntos.

Como seria isso de ter um caso? Algo difícil, mas que, com certeza, valeria a pena, se ela conseguisse esconder do marido. O problema, claro, era David. E agora Jack estava trabalhando boa parte do tempo em casa, e tinha ainda o sogro visitando. Além do mais, ela nunca poderia receber uma visita do amante em casa, por causa da Erna Steiner logo ao lado: aquela *Hausfrau* desajeitada e grandalhona iria ver, entender e, provavelmente, com seu senso de dever prussiano, iria na hora contar para Jack. Mas o risco também não fazia parte da coisa toda? Não era isso que dava aquele... gostinho?

– O que o seu marido faria se descobrisse? – ela perguntou a June. – Picadinho de você? O Jack faria isso.

– O Mike já teve vários casos desde que nos casamos – respondeu June. – Ele ficaria chateado e, provavelmente, me deixaria de olho roxo e desapareceria por uma semana ou algo assim com uma das sirigaitas dele, mantendo-me presa aqui com as crianças, claro. Mas ele ia acabar superando.

Pensando consigo, Silvia imaginava se Jack teria tido uma amante alguma vez. Não parecia provável. Ela imaginava como se sentiria se fosse o caso e ela descobrisse. Será que isso acabaria com o casamento? *Sim,* pensou ela. *Eu providenciaria um advogado de cara. Mas será mesmo? Não dá para saber de antemão...*

– E você e seu sogro, estão se dando bem? – perguntou June.

– Ah, nada mal. Ele, o Jack e o menino Steiner foram para algum lugar hoje, uma viagem de trabalho. Não vejo muito o Leo, na verdade; ele veio mais para fazer negócios... June, quantos casos você já teve?

– Seis – disse June Henessy.

– Minha nossa – disse Silvia. – E eu nunca tive nenhum.

– Algumas mulheres simplesmente não são feitas para isso.

– O que você quer dizer com isso? – Aquilo mais parecia um insulto pessoal, se não claramente anatômico.

– Não têm essa constituição psicológica – explicou June, sem hesitar. – Tem que ser um determinado tipo de mulher, capaz de criar e sustentar uma ficção complexa dia após dia. Eu gosto de fazer isso, as coisas que eu invento para contar ao Mike. Você é diferente. Você tem uma cabeça mais simples, meio que direta. A decepção não é o que te atrai. De todo modo, você tem um marido bacana. – E enfatizou a autoridade de seu julgamento levantando uma das sobrancelhas.

– O Jack costumava ficar fora a semana toda – disse Silvia. – Eu devia ter arrumado alguém nessa época. Agora seria muito mais difícil.

Ela desejava com fervor ter algo criativo ou útil ou excitante para fazer que preenchesse aquelas tardes longas e vazias. Ficava entediada a ponto de morrer quando estava sentada na cozinha de alguma amiga tomando café por horas e horas. Não era de espantar que tantas mulheres tivessem amantes. Era isso ou ficar louca.

– Se você limita suas experiências emocionais ao seu marido – ia dizendo June Henessy –, acaba ficando sem base de julgamento, fica mais ou menos presa ao que ele tem a oferecer. Mas se você já foi para a cama com outros homens, consegue identificar melhor quais são as deficiências do seu marido, e acaba ficando muito mais possível ser objetiva com ele. Você pode, também, insistir para que ele mude as coisas que precisam ser mudadas. E quanto a si própria, você consegue ver onde não deu tão certo com esses outros homens e pode se aprimorar, para proporcionar mais satisfação ao seu marido. Acho difícil ver quem sai perdendo com isso.

Colocada daquela maneira, com certeza parecia uma ideia boa e saudável para todas as pessoas envolvidas. Até mesmo o marido saía ganhando.

Enquanto estava sentada tomando seu café e refletindo a respeito daquilo, Silvia olhou pela janela e, para sua surpresa, viu um helicóptero pousando.

– Quem é? – ela perguntou à amiga.

– Minha nossa, não sei – disse June, espiando lá fora.

O helicóptero pousou perto da casa; a porta se abriu e, lá de dentro, saiu um homem bonitão de cabelo escuro, usando uma camisa brilhante de náilon e gravata, calças e um mocassim europeu todo estiloso. Atrás dele vinha um bleek carregando duas malas pesadas.

Dentro de si, Silvia Bohlen sentiu o coração palpitar enquanto observava aquele homem de cabelos escuros caminhando na direção da casa, com o bleek logo atrás carregando as malas. Era assim que ela imaginava o Tony de sua amiga June.

– Nossa – disse June –, quem será esse cara? Um vendedor? – Ouviu-se uma batida na porta da frente e ela foi abrir; Silvia deixou sua xícara e a seguiu. Chegando à porta, June hesitou: – Estou me sentindo meio... pelada demais. – E colocou a mão nos shorts, toda nervosa. – Fale você com ele enquanto eu corro para o quarto e me troco. Não estava esperando que nenhum estranho passasse por aqui. Sabe, a gente tem que tomar cuidado, nós ficamos tão isoladas, nossos maridos estão fora... – E apressou-se rumo ao quarto, com os cabelos esvoaçantes.

Silvia abriu a porta.

– Bom dia – disse aquele homem bem-apessoado, com um sorriso revelando dentes perfeitos, brancos e mediterrâneos; ele tinha um leve sotaque. – A senhorita é a dona desta casa?

– Acho que sim – disse Silvia, sentindo-se tímida e um pouco desconfortável; ela olhou para baixo, mirando a si mesma e se perguntando se estaria vestida com recato suficiente para ficar lá fora conversando com aquele homem.

– Eu gostaria de apresentar uma linha excelente de alimentos saudáveis que a senhorita talvez conheça – disse o homem.

Ele conservava os olhos fixos no rosto dela, mas, ainda assim, Silvia tinha a impressão distinta de que, de algum jeito, ele conseguia avaliar o corpo dela como um todo, tintim por tintim. A percepção que possuía de si própria cresceu, mas ela não estava nada ressentida; o homem tinha modos charmosos e era, ao mesmo tempo, tímido e estranhamente franco.

– Alimentos saudáveis... – murmurou ela. – Bom, eu...

O homem fez um aceno com a cabeça e o bleek se aproximou, apoiou uma das malas e abriu-a. Cestas, garrafas, embalagens... Silvia estava mesmo bastante interessada.

– Pasta de amendoim integral – disse o homem. – E também doces dietéticos sem calorias, para manter sua adorável silhueta. Gérmen de trigo. Levedura. Vitamina E, a vitamina da *vitalidade*... Mas é claro que uma mulher jovem como a senhorita ainda não precisa disso. – A voz do homem ia ronronando conforme ele passava de um item a outro. Ela se viu inclinando-se na direção dele; na verdade, estavam tão próximos que seus ombros se tocavam. Ela se afastou rapidamente, espantada e retomando o ar apreensivo.

June surgiu momentaneamente à porta, agora usando saia e blusa de lã. Ela rodeou os dois por um instante e depois voltou para dentro e fechou a porta. O homem nem chegou a notá-la.

– Além disso – ele ia dizendo –, tem muita coisa na nossa linha *gourmet* que pode interessar à senhorita... como este aqui. – E ergueu um pote; a respiração dela fugiu por um instante: era caviar.

– Minha nossa – disse ela, hipnotizada. – Onde você conseguiu isso?

– É caro, mas vale muito a pena – e os olhos escuros daquele homem penetraram os dela. – A senhorita não concorda? Uma lembrança dos tempos lá na Terra, à luz de velas e com uma orquestra tocando música para dançar... dias de romance em um turbilhão de lugares encantadores para os olhos e os ouvidos. – Ele abriu um sorriso largo e rasgado para ela.

Mercado negro, ela se deu conta.

Ela sentia a própria pulsação chegando na garganta quando disse:

– Olhe, esta casa não é minha. Eu vivo a uns dois quilômetros seguindo o canal. – E indicou a direção. – Eu... estou muito interessada mesmo.

O sorriso daquele homem a atingiu queimando.

– Você nunca esteve por aqui antes, não é? – disse ela, agora atrapalhada e balbuciando. – Eu nunca o vi por aqui. Qual o seu nome? O nome da sua empresa.

– Eu sou o Otto Zitte. – E deu um cartão a ela, para o qual ela mal olhou; Silvia não conseguia tirar os olhos do rosto dele. – Meus negócios existem há bastante tempo, mas foram totalmente reorganizados recentemente, por causa de uma circunstância imprevista, e agora estou buscando novos clientes sem mediação. Como a senhorita.

– Você pode passar lá?

– Sim, um pouco mais tarde... e aí, sem pressa, podemos nos debruçar sobre uma variedade impressionante de iguarias importadas sobre as quais eu tenho exclusividade de distribuição. Boa tarde. – E ele se pôs de pé, feito um gato.

June Henessy reaparecera.

– Olá – disse ela, com uma voz baixa, cuidadosa e interessada.

– Meu cartão – e Otto Zitte esticou aquele pedaço de papel branco timbrado na direção dela; agora, as duas mulheres tinham o cartão dele, e cada uma lia o seu atentamente.

Mostrando seu sorriso astuto, insinuante e brilhante, Otto Zitte acenou para o bleek aparecer e abrir a outra mala.

Sentado em seu consultório no Acampamento Ben-Gurion, o dr. Milton Glaub ouviu, vindo do corredor, uma voz de mulher meio rouca e cheia de autoridade, mas indubitavelmente feminina. De ouvido, pôde acompanhar uma enfermeira atendendo-a, e soube que se tratava de Anne Esterhazy vindo visitar seu filho Sam.

Abrindo o arquivo, logo chegou à letra *E*, e agora tinha nas mãos a pasta *Esterhazy, Samuel* aberta sobre a mesa diante de si.

Era um caso interessante. O garoto nascera fora do casamento, coisa de um ano e pouco depois que a sra. Esterhazy se divorciara de Arnie Kott. E o menino dera entrada no Acampamento B-G também sob o nome dela. No entanto, era inquestionavelmente prole de Arnie Kott. A pasta continha um tanto considerável de informações sobre Arnie, pois os médicos responsáveis davam por certa essa relação consanguínea ao longo do dossiê.

Evidentemente, embora o casamento dos dois tivesse acabado há tempos, Arnie e Anne Esterhazy ainda se encontravam; na verdade, o suficiente para fazerem um filho. Portanto, a relação entre eles não se limitava a negócios.

Por um momento, o dr. Glaub ficou ruminando quanto aos possíveis usos que podia fazer dessas informações. Será que Arnie tinha inimigos? Nenhum que ele soubesse, todo mundo gostava do Arnie – quer dizer, todo mundo exceto ele mesmo, dr. Milton Glaub. Obviamente, o dr. Glaub era a única pessoa em Marte que sofrera nas mãos de Arnie, uma percepção que fez com que o doutor não ficasse nada feliz.

Aquele homem me tratou da maneira mais desumana e arrogante, ele pensou pela milionésima vez. Mas o que poderia ser feito acerca disso? Ele ainda podia cobrar Arnie... esperando conseguir alguma ninharia por seus serviços. Isso, no entanto, não ajudaria. Ele queria muito mais – e tinha direito a isso. Mais uma vez, o dr. Glaub estudou a pasta. Um alienado excêntrico esse Samuel Esterhazy; não conhecia nenhum outro caso exatamente como aquele. O garoto parecia ser um retrocesso a uma linhagem antiga de quase-homens, ou a alguma variante que não tinha sobrevivido e que vivia parcialmente na água. Isso lembrava Glaub da teoria que vinha sendo defendida por uma série de antropólogos, alegando que o homem descendia de símios aquáticos que viviam em arrebentações e baixios.

O QI de Sam, ele observou, era de apenas 73. Uma vergonha.

Especialmente pelo fato de que Sam podia, sem sombra de dúvida, ser classificado como retardado mental, em vez de anômalo, pensou ele, repentinamente. O Acampamento B-G não fora pensado como uma instituição para pessoas puramente retardadas, e sua diretora, Susan Haynes, tinha mandado de volta para seus pais diversas crianças pseudoautistas que provaram ser nada além de imbecis padrão. O problema de diagnóstico dificultara a triagem deles, claro. No caso do garoto Esterhazy, havia ainda os estigmas físicos...

Não restam dúvidas quanto a isso, decidiu o dr. Glaub. Tenho argumentos para tanto: posso enviar o menino Esterhazy de volta para casa. A Escola Pública podia ensiná-lo sem problemas, adaptar-se ao nível dele. Ele só pode ser chamado de "anômalo" do ponto de vista físico, e não é nossa função aqui cuidar de portadores de deficiência física.

Mas qual é o meu motivo para tanto?, ele se perguntou.

Possivelmente, estou fazendo isso para revidar a forma cruel como Arnie Kott me tratou.

Não, decidiu ele, acho que não é isso. Não sou desse tipo psicológico que buscaria vingança – isso seria mais característico de alguém anal-expulsivo, ou talvez sádico-oral. E há muito ele classificara a si próprio como sendo do tipo genital tardio, dedicado aos empenhos genitais da maturidade.

Por outro lado, sua rusga com Arnie Kott fizera com que ele, reconhecidamente, fosse sondar a pasta do filho de Esterhazy... então, havia mesmo um conectivo causal pequeno, ainda que finito.

Percorrendo o conteúdo da pasta, ele ficou mais uma vez boquiaberto pela relação bizarra que aquilo implicava. Lá estavam eles, levando uma interação sexual anos depois de findo o casamento. Por que tinham se divorciado? Talvez tivessem travado uma grande queda de braço ligada a poder. Anne Esterhazy era claramente uma fêmea do tipo dominante com fortes componentes masculinos, o que Jung chamava de mulheres "dominadas pelo *animus*". Ao lidar sucessivamente com um tipo desses, era preciso desempenhar um papel definido e assumir a posição de autoridade de início, sem nunca abrir mão dela. Era preciso atuar como seu ancestral ou, senão, entregar-se rapidamente à derrota.

O dr. Glaub pôs a pasta de lado e então percorreu o corredor até a sala de brinquedos. Ele localizou a sra. Esterhazy brincando de cinco-marias com seu filho. Ele andou na direção deles e ficou ali parado observando-os, até que ela se deu conta da presença do médico e fez uma pausa.

– Olá, dr. Glaub – disse ela, alegremente.

– Boa tarde, sra. Esterhazy. Hum, quando a senhora tiver encerrado a visita, pode passar no meu consultório?

Era recompensador ver a expressão competente e cheia de si daquela mulher esmorecer de preocupação.

– Claro, dr. Glaub.

Vinte minutos depois, ela estava sentada na frente dele, em sua mesa.

– Sra. Esterhazy, quando o seu garoto chegou ao Acampamento B-G, havia muitas dúvidas quanto à natureza do problema dele. Acreditou-se por algum tempo que fazia parte do domínio das perturbações mentais, possivelmente uma neurose traumática ou...

– Doutor – a mulher o interrompeu com firmeza –, o senhor vai me dizer que, como o Sam não tem problemas exceto pela capacidade deficiente de aprendizado, ele não deve ficar aqui. Estou certa?

– E o problema físico – emendou o dr. Glaub.

– Mas isso não é da sua conta.

Ao que ele fez um gesto de resignação e concordância.

– Quando preciso levá-lo para casa? – Ela estava com o rosto branco e trêmulo, e as mãos agarradas à bolsa, espremendo-a.

– Ah, em uns três ou quatro dias. Uma semana.

Mordendo os nós dos dedos, a sra. Esterhazy encarava cegamente o carpete do consultório. Algum tempo passou. Então, com a voz vacilante, ela disse:

– Doutor, como o senhor deve saber, faz algum tempo que eu sou ativa na luta contra um projeto que agora está nas mãos da ONU e que pode vir a fechar o Acampamento B-G. – A voz dela ganhou vigor. – Se eu for forçada a tirar o Sam, vou retirar o auxílio dedicado a esse assunto, e o senhor pode ter certeza de que o projeto será aprovado. E ainda vou informar Susan Haynes dos motivos que me fizeram voltar atrás com meu apoio.

Fria e lentamente, uma onda de choque percorreu a mente do dr. Glaub. Ele não conseguia pensar em nada a dizer.

– O senhor entendeu, doutor? – disse a sra. Esterhazy.

Ele tentou acenar que sim com a cabeça.

Ficando de pé, a sra. Esterhazy disse:

– Doutor, há tempos estou envolvida na política. Arnie Kott me considera uma filantropa, uma amadora, mas eu não sou. Acredite em mim, para alguns assuntos, tenho bastante perspicácia política.

– Sim – disse o dr. Glaub –, estou vendo isso mesmo. – E, automaticamente, ele também se levantou e foi acompanhá-la até a porta do consultório.

– Por favor, nunca mais traga essa questão do Sam para a discussão de novo – disse a mulher, enquanto abria a porta. – Eu acho isso muito doloroso. É bem mais fácil para mim encará-lo como anômalo. – Ela encarou o médico diretamente. – Não faz parte das minhas capacidades pensar nele como um retardado. – Virando-se, ela foi embora, andando depressa.

Isso acabou não funcionando muito bem, pensou o dr. Glaub enquanto fechava a porta de seu consultório, todo trêmulo. Essa mulher é obviamente uma sádica – fortes impulsos de hostilidade aliados a agressão aguda.

Sentando-se à sua mesa, ele acendeu um cigarro e tragou-o com desalento enquanto se esforçava para recuperar o prumo.

* * *

Quando Jack Bohlen desceu até o fim da rampa, não viu nem sinal de Manfred. Várias crianças corriam por ali, sem dúvida indo ao encontro de seus Professores. Ele começou a percorrer o local, imaginando aonde o garoto podia ter ido. E por que tão rápido assim? Isso não era bom sinal.

Mais adiante, um grupo de crianças se reunia em torno de um Professor, um cavalheiro alto de cabelos brancos e sobrancelhas generosas, que Jack reconheceu como sendo Mark Twain. Manfred, no entanto, não estava entre elas.

Enquanto Jack passava por Mark Twain, ele interrompeu o monólogo que fazia para as crianças, deu várias tragadas em seu charuto e chamou Jack:

– Meu amigo, posso lhe oferecer alguma ajuda?

Fazendo uma pausa, Jack disse:

– Estou procurando um garotinho que veio até aqui comigo.

– Eu conheço todos esses jovens – respondeu a Máquina de Aprendizado Mark Twain. – Qual o nome dele?

– Manfred Steiner. – E Jack descreveu o garoto enquanto a máquina de aprendizado ouvia atentamente.

– Humm – disse a máquina, depois que ele terminou; ela continuou fumando por um instante até que, mais uma vez, deixou de lado o charuto. – Acredito que você vá encontrar esse garoto mais adiante, proseando com o imperador romano Tibério. Ou, pelo menos, assim fui informado pelas autoridades aos cuidados das quais esta instituição foi confiada. Estou falando da mestre dos circuitos, senhor.

Tibério. Ele não sabia que essas figuras eram representadas aqui na Escola Pública: essas personagens desatinadas que compunham a base da história. Pela expressão que fez, evidentemente, Mark Twain estava entendendo seus pensamentos.

– Aqui na escola – a máquina informou-o –, no papel de exemplos a não ser emulados, e sim evitados com o mais escrupuloso desvelo, o senhor descobrirá, quando peregrinar por esses corredores, que muitos patifes, corsários e infames estão à mostra, pregando em tom doloroso e lamentável os sermões que trazem suas histórias edificantes para iluminar as crianças. – E Mark Twain, dando mais uma tragada em seu cigarro, piscou para ele, ao que Jack, desconcertado, saiu apressadamente.

Ao cruzar com Immanuel Kant, ele parou para pedir informações. Vários pupilos, todos adolescentes, ficaram de lado, esperando.

– O Tibério – disse-lhe a máquina com um sotaque inglês bastante carregado – pode ser encontrado nesta direção. – E apontou com absoluta autoridade; ele não tinha a menor dúvida, e Jack logo se apressou descendo aquele corredor específico.

Instantes depois, notou que se acercava da tal figura delgada, de cabelos brancos e aspecto frágil, do Império Romano. Ele parecia estar meditando quando Jack se aproximou, mas antes mesmo que conseguisse falar, a máquina virou a cabeça em sua direção.

– O garoto que você está procurando passou direto por aqui. Ele está com você, não? Uma beleza excessivamente atraente. – E então ficou em silêncio, como se comungasse consigo mesmo; na verdade, e Jack sabia disso, ele estava se reconectando com a mestre dos circuitos da escola, que agora se valia de todas as máquinas de aprendizado na tentativa de encontrar Manfred para ele. – O menino não está conversando com ninguém neste momento – disse, então, Tibério.

Jack, por sua vez, seguiu em frente. Uma figura feminina cega e de meia-idade sorriu ao passar por ele. Ele não sabia quem era aquela, que não conversava com nenhuma criança. Mas, de pronto, a máquina lhe disse:

– O garoto que você quer está com Felipe II da Espanha. – E apontou para o corredor à direta, para então dizer com uma voz bastate peculiar: – Faça a gentileza de se apressar. Nós agradeceríamos se você pudesse tirá-lo daqui o quanto antes. Muito obrigada. – E se interrompeu, ficando em silêncio; Jack se apressou a descer o corredor que ela apontara.

Quase imediatamente, virou em um corredor e deparou com a figura barbada e ascética de Felipe II. Manfred não estava lá, mas algo de intangível da sua essência parecia ainda pairar na área.

– Ele acaba de ir embora, caro senhor – disse a máquina de aprendizado com uma voz que guardava o mesmo tom peculiar de urgência que a daquela figura feminina pouco antes. – Faça a gentileza de encontrá-lo e tirá-lo daqui, ficaríamos agradecidos.

Sem esperar mais nem um instante, Jack começou a percorrer o corredor, e um temor gélido mordiscava-o enquanto ele corria.

– Muito agradecidos... – ia dizendo uma figura toda de branco, sentada, quando ele cruzou por ela. Então, Jack passou por um homem grisalho de sobretudo que também assumia a ladainha de urgência da escola: – ... o quanto antes possível.

Ele virou uma quina. E lá estava Manfred.

O garoto estava sozinho, sentado no chão, encostado na parede com a cabeça baixa, parecendo profundamente absorto em seus pensamentos.

Inclinando-se na direção dele, Jack disse:

– Por que você saiu correndo?

O garoto não respondeu. Jack encostou nele, mas ainda assim não houve reação.

– Você está bem? – Jack perguntou.

De um só golpe, o menino se agitou e ficou de pé, parado, encarando-o.

Não houve resposta. Mas o rosto do garoto se mostrava nublado por uma emoção turva e distorcida que não encontrava saída; ele fitava Jack como se não o visse. Totalmente absorvido em si próprio, incapaz de escapar para o mundo externo.

– O que aconteceu? – perguntou Jack.

Mas ele sabia que jamais descobriria. Não havia meios de a criatura diante dele se expressar. Havia apenas silêncio, a total ausência de comunicação entre os dois, um vazio que não podia ser preenchido.

O garoto, então, desviou o olhar e tornou a se acomodar sobre uma pilha de coisas que estavam no chão.

– Você, fique aqui – Jack disse a ele –, vou pedir para eles irem buscar David para mim. – E se afastou cautelosamente do garoto, mas Manfred sequer se mexeu; ao encontrar uma máquina de aprendizado, Jack disse: – Por favor, eu vim buscar David Bohlen. Sou o pai dele, vou levá-lo embora.

Era a Máquina de Aprendizado Thomas Edison, um homem de idade que olhou para o alto, fez cara de susto e colocou a mão em concha junto ao ouvido. Jack repetiu o que dissera.

Acenando com a cabeça, a máquina disse:

– Nhaca, nhaca.

Jack ficou encarando-a. E então tornou a olhar para Manfred. O garoto ainda estava ali sentado, afundado, com as costas apoiadas na parede.

Mais uma vez a Máquina de Aprendizado Thomas Edison abriu a boca e disse para Jack:

– Nhaca, nhaca.

E não havia mais nada, ela se calou.

Será que sou eu?, Jack se perguntou. Será este o meu derradeiro surto psicótico? Ou será...

Ele não conseguia acreditar em uma alternativa. Isso simplesmente não era possível.

Na outra ponta do corredor, outra máquina de aprendizado estava se dirigindo a um grupo de crianças; sua voz vinha ecoando metálica de certa distância. Jack fez força para escutá-la.

– Nhaca, nhaca – ela ia dizendo às crianças.

Ele fechou os olhos. Num momento de plena consciência, ele soube que sua própria psique, suas próprias percepções não tinham lhe dado a pista errada. Aquilo estava mesmo acontecendo, as coisas que ele estava vendo e ouvindo.

A presença de Manfred Steiner invadira a estrutura da Escola Pública, penetrando no mais profundo de sua existência.

12

Ainda à mesa de seu escritório no Acampamento B-G, remoendo o comportamento de Anne Esterhazy, o dr. Milton Glaub recebeu uma chamada de emergência. Era a mestre dos circuitos da Escola Pública da ONU.

– Doutor – declarou aquela voz monótona –, sinto muito incomodá-lo, mas nós precisamos de auxílio. Tem um cidadão do sexo masculino perambulando por nossas instalações em um estado de evidente confusão mental. Gostaríamos que o senhor viesse até aqui para removê-lo.

– Certamente – murmurou o dr. Glaub. – Vou agora mesmo.

Logo ele estava percorrendo os ares em seu helicóptero sobre o deserto, indo de Nova Israel rumo à Escola Pública.

Ao chegar, a mestre dos circuitos o encontrou e acompanhou-o em ritmo ligeiro pelo prédio até alcançarem um corredor secreto.

– Achamos que deveríamos manter as crianças afastadas dele – explicou a mestre dos circuitos, e empurrou a parede, revelando o corredor.

Ali, com uma expressão atordoada no rosto, estava um homem que era familiar para o dr. Glaub. O médico teve uma reação imediata de satisfação, que não conseguiu controlar. Então a esquizofrenia de Jack Bohlen voltara, finalmente. Os olhos de Bohlen estavam desfocados, era óbvio que estava num estado de estupor catatônico, provavelmente alternado com momentos de excitação – ele parecia exausto. Junto dele havia outra pessoa que o dr. Glaub reconheceu. Manfred Steiner estava sentado, todo enrolado no chão, inclinado para a frente, igualmente em estado avançado de alheamento.

A associação de vocês não foi próspera para nenhum dos dois lados, o dr. Glaub observou para si mesmo.

Com ajuda da mestre dos circuitos, colocou tanto Bohlen como o menino Steiner em seu helicóptero, e então alçaram voo de volta para Nova Israel e para o Acampamento B-G.

Curvado, com as mãos cerradas, Bohlen disse:

– Deixe-me contar o que aconteceu.

– Por favor, faça isso – disse o dr. Glaub, sentindo-se, enfim, no controle.

Jack Bohlen emendou, com uma voz intermitente:

– Fui até a escola buscar o meu filho. Levei o Manfred comigo. – E virou-se em seu assento para olhar o garoto Steiner, que não saíra de seu estado cataléptico; o menino estava deitado todo enrolado no chão do helicóptero, tão inerte quanto uma escultura. – Manfred escapou de mim. Daí minha comunicação com a escola pifou. Só o que eu conseguia ouvir era... – E parou de falar.

– *Folie à deux* – murmurou Glaub, loucura compartilhada.

– Em vez de ouvir a escola, eu ouvia a *ele* – disse Bohlen. – Ouvia as palavras dele saindo dos Professores. – Então, ficou em silêncio.

– Manfred tem uma personalidade poderosa – disse o dr. Glaub. – Ficar perto dele por muito tempo suga as energias de uma pessoa. Acho que seria bom para você, para a sua própria saúde, abandonar esse projeto. Acho que você se arrisca demais.

– Eu preciso encontrar o Arnie hoje à noite – disse Bohlen, num suspiro áspero e rouco.

– E você? O que vai ser de você?

Bohlen não disse nada.

– Eu posso tratar de você nesse atual estágio de dificuldade – falou o dr. Glaub. – Depois disso, não tenho tanta certeza assim.

– Lá dentro, naquela porcaria de escola, eu fiquei completamente confuso – retomou Bohlen. – Eu não sabia o que fazer. Continuei andando, procurando alguém com quem ainda conseguisse falar. Alguém que não fosse... ele. – E fez um gesto na direção do garoto.

– Ter que se relacionar com a escola é um problema imenso para esquizofrênicos – disse Glaub. – Pessoas esquizofrênicas, como é o seu caso, muitas vezes lidam com as pessoas através de seu inconsciente. E as máquinas de aprendizado, claro, não têm uma personalidade de sombra; tudo o que elas são está na superfície. Como os esquizofrênicos estão acostumados a ignorar constantemente a superfície e olhar além, eles estabelecem um vazio. E ficam simplesmente incapacitados de entendê-las.

– Eu não conseguia entender nada do que eles diziam. Era tudo... aquela fala sem significado do Manfred. Aquela linguagem própria dele – disse Bohlen.

– Você tem sorte de ter conseguido sair disso – falou o dr. Glaub.

– Eu sei.

– Então, como vai ser agora, Bohlen? Repouso e recuperação? Ou vai insistir nesse contato perigoso com uma criança tão instável que...

– Eu não tenho escolha – interrompeu Jack Bohlen.

– É isso mesmo. Você não tem escolha, você tem que se afastar.

– Mas eu aprendi algo – disse Bohlen. – Aprendi o quanto está em jogo para mim, pessoalmente, nessa coisa toda. Agora eu sei como seria viver afastado do mundo, isolado, igual é para o Manfred. Eu faria qualquer coisa para evitar isso. Não tenho nenhuma intenção de desistir agora. – Com as mãos trêmulas, ele sacou um cigarro do bolso e acendeu-o.

– O prognóstico para você não é nada bom – disse o dr. Glaub.

Jack Bohlen assentiu com a cabeça.

– Houve uma baixa na sua dificuldade, sem dúvida porque você foi removido do ambiente da escola. Posso ser direto? Não há como dizer por quanto tempo você vai ser capaz de agir normalmente. Talvez mais uns dez minutos, talvez uma hora... possivelmente até hoje à noite, quando você poderá muito bem enfrentar uma crise ainda pior. As horas da noite são especialmente ruins, não é?

– Sim – disse Bohlen.

– Eu posso fazer duas coisas para você. Posso levar o Manfred de volta para o Acampamento B-G e posso te representar como psiquiatra oficial. Faço isso o tempo todo, é o meu trabalho. É só me dar um adiantamento que eu te levo para casa.

– Talvez depois de hoje à noite – disse Bohlen. – Talvez você possa me representar mais adiante, se isso vier a piorar. Mas hoje à noite eu vou levar o Manfred comigo para encontrar o Arnie Kott.

O dr. Glaub deu de ombros. Impermeável a sugestões, notou ele. Um indício de autismo. Jack Bohlen não se deixava persuadir; ele próprio já estava muito alheio à realidade para conseguir ouvir e entender. A linguagem se tornara um ritual oco para ele, algo que não significava nada.

– Meu filho, David – disse Bohlen, repentinamente –, preciso voltar lá na escola e buscá-lo. E meu helicóptero da Companhia Yee está lá também. – Os olhos dele tinham ficado mais nítidos agora, como se estivesse voltando daquele estado.

– Não volte lá – clamou o dr. Glaub.

– Você tem que me levar de volta.

– Então não desça até a escola. Fique no ponto de aterrissagem. Vou pedir para mandar seu filho subir, e você pode ficar no helicóptero até que ele chegue. Talvez assim seja seguro para você. Vou lidar com a mestre dos circuitos. – O dr. Glaub sentia um impulso de simpatia por aquele homem, por seus instintos obstinados em continuar do seu próprio jeito.

– Obrigado – disse Bohlen –, eu te agradeço por isso. – E lançou um sorriso para o doutor, ao que Glaub sorriu de volta.

* * *

– Onde está Jack Bohlen? – perguntou Arnie Kott, em tom queixoso.

Eram seis horas da tarde, e Arnie estava sentado sozinho na sala de sua casa tomando um Old Fashioned, um pouco adocicado demais, que Helio preparara.

Nesse momento, seu bleek doméstico estava na cozinha aprontando um jantar só com iguarias do mercado negro, tudo do novo estoque de Arnie. Pensando que agora ele conseguia seu suprimento a preço de custo, Arnie se sentiu bem. Uma melhora e tanto em relação ao sistema antigo, em que Norbert Steiner ficava com todo o lucro! Arnie bebericou o drinque e ficou esperando que seus convidados chegassem. No canto da sala, a música dos alto-falantes emergia sutil, ainda que penetrante; ela ia preenchendo a sala e acalentando o benfeitor Kott.

Ele ainda estava naquele clima meio de transe quando o barulho do telefone o acordou num sobressalto.

– Arnie, aqui é o Scott.

– Ahn? – disse Arnie, não muito satisfeito; ele preferia falar de trabalho através de seu ardiloso sistema de codificação. – Olhe, tenho uma reunião de negócios importantíssima aqui, hoje à noite. E a menos que você tenha...

– É muito importante, com certeza – disse Scott. – Tem alguém metendo o bedelho no nosso pedaço.

– Como assim? – disse Arnie, intrigado, antes de entender o que Scott Temple queria dizer. – Você está falando das guloseimas?

– Sim – respondeu Scott –, e ele está todo equipado. Tem campos de aterrissagem, foguetes chegando, uma rota... Ele deve ter assumido as atividades do Stein...

– Não diga mais nada – interrompeu Arnie. – Venha até aqui agora mesmo.

– Estou indo. – E ouviu-se um clique no telefone quando Scott desligou.

Só me faltava essa, Arnie pensou. Agora que estou começando e que as coisas estão ficando boas, vem um pentelho se intrometer. Bom, e eu nem queria entrar nessa atividade de mercado negro, para começo de conversa – por que esse cara não me disse que queria assumir os negócios do jeito que o Steiner tinha deixado? Mas agora é tarde demais. Estou dentro, e ninguém vai me obrigar a sair.

Meia hora depois, Scott apareceu na porta, bem agitado; ele ficava indo e vindo pela sala de Arnie Kott, comendo acepipes e falando sem parar.

– Esse cara é um profissional de verdade. Deve ter trabalhado com isso em algum momento antes... Ele já passou por todo canto de Marte oferecendo produtos para praticamente todo mundo, incluindo aquelas residências isoladas lá nos cafundós, para aquelas donas de casa que compram só um pote de alguma coisa. Ele não está deixando pedra sobre pedra. Não vai sobrar espaço para nós, e a gente mal começou a botar nossa operação para funcionar. Esse cara está dando um baile na gente, falando sério.

– Estou entendendo – disse Arnie, passando a mão pela parte careca do seu couro cabeludo.

– A gente precisa fazer alguma coisa a respeito disso, Arnie.

– Você sabe onde fica a base de operações dele?

– Não, mas, provavelmente, fica nas Montanhas Franklin Roosevelt. Era lá que o Norb Steiner tinha o campo de aterrissagem dele. Vamos olhar lá primeiro. – E Scott tomou nota disso em seu caderno de anotações.

– Encontre esse campo de aterrissagem – disse Arnie – e me mantenha informado. Vou mandar o pessoal da polícia de Lewistown até lá.

– Aí ele vai ficar sabendo quem está contra ele.

– Isso mesmo. Quero que ele saiba que é com Arnie Kott que ele vai ter de brigar, e não com outro adversário qualquer. Vou pedir que uma nave da polícia solte uma bomba atômica tática ou alguma outra arma de menor impacto destrutivo para dar um basta no campo dele. Aí esse pentelho vai ver que estamos verdadeiramente cansados dele por essa afronta. E a história é essa mesma, ele chega para concorrer comigo, sendo que eu nem queria entrar nesse negócio! Já é uma situação ruim o bastante sem ele para dificultar as coisas.

Em seu caderno de notas, Scott registrou tudo aquilo: *sem ele para dificultar as coisas etc.*

– Você me arruma a localização e eu providencio alguém para tomar conta dele – concluiu Arnie. – Não vou mandar a polícia prendê-lo, só pegar os equipamentos dele. Nós também não queremos arrumar encrenca com a ONU. Tenho certeza que isso iria parar no ventilador na hora. E você acha mesmo que é só um cara? Será que não é uma grande aparelhagem lá da Terra?

– A história que chegou até mim é de que é um cara só, com certeza.

– Tudo bem – disse Arnie, e mandou Scott embora.

A porta se fechou depois que ele partiu e, mais uma vez, Arnie Kott estava sozinho em sua sala enquanto seu bleek doméstico se distraía na cozinha.

– Como está ficando esse *bouillabaisse*? – Arnie chamou a atenção dele.

– Bom, Senhor – disse Heliogabalus. – Posso questionar sobre quem está vindo hoje à noite para comer tudo isso? – Ele estava todo ocupado perto do forno, cercado de vários tipos de peixe, além de diversas ervas e temperos.

– É o Jack Bohlen, a Doreen Anderton e uma criança autista com quem o Jack está trabalhando e que foi recomendada pelo dr. Glaub... o filho de Norb Steiner.

– Tudo gentinha – murmurou Heliogabalus.

Bom, iguais a você, pensou Arnie.

– Apenas cuide direito da comida – disse ele, com irritação.

Arnie fechou a porta da cozinha e voltou para a sala. Seu preto lazarento, foi você quem me colocou nessa, ele disse a si mesmo. Você e aquela sua pedra supersticiosa que me deram essa ideia. E é melhor que tenha dado certo, porque tudo está dependendo disso. Além do mais...

A campainha da porta soou, sobrepondo-se à música dos alto-falantes.

Ao abrir a porta, Arnie se viu encarando Doreen. Ela lhe deu um sorriso acolhedor e foi entrando na sala de salto alto e usando uma pele em volta dos ombros.

– Oi. O que é que está cheirando tão bem?

– Alguma porcaria de peixe aí – e Arnie pegou a echarpe dela que, uma vez retirada, deixava à mostra os ombros suaves, bronzeados e salpicados de sardas. – Não – disse ele de pronto. – Não é uma noite dessas. Vá lá dentro e coloque uma blusa decente. – E a foi conduzindo ao banheiro. – Fica para a próxima.

Parado na porta do banheiro e assistindo enquanto ela se trocava, ele pensou: que mulher incrível e de alta classe essa que eu tenho aqui. À medida que ela colocava um tomara-que-caia cuidadosamente sobre a cama, Arnie lembrou que fora presente dele. Lembrava-se até da modelo que aparecera na loja de departamentos usando aquela peça. Mas ficava muito melhor em Doreen. Ela tinha aqueles cabelos vermelhos flamejantes que se lançavam de sua cabeça feito uma garoa de fogo.

– Arnie – disse ela, virando-se para encará-lo enquanto ia abotoando a blusa –, pegue leve com o Jack Bohlen hoje à noite.

– Ah, que inferno – protestou ele. – Comassim? Só o que eu quero do nosso velho Jack são alguns resultados. Quer dizer, ele teve tempo suficiente... agora já esgotou!

– Pegue leve, Arnie – repetiu Doreen. – Senão, eu nunca vou te perdoar.

Resmungando, ele se afastou até chegar ao aparador da sala e começou a preparar um drinque para ela.

– O que você vai beber? Tenho uma garrafa desse uísque irlandês de dez anos. Ele é bom.

– Vou tomar isso, então – disse Doreen, saindo do quarto; ela se acomodou no sofá e alisou a saia sobre as pernas cruzadas.

– Você fica linda com qualquer coisa – disse Arnie.

– Obrigada.

– Olhe, o que você está fazendo com o Bohlen tem o meu aval, claro, como você já sabe. Mas isso que vocês estão fazendo é tudo superficial, certo? Lá no fundo, você está se guardando para mim.

– O que você quer dizer com "lá no fundo"? – disse Doreen com um tom zombeteiro, e ficou encarando-o até ele rir. – Preste atenção – disse ela –, sim, é claro que sou sua, Arnie. Tudo aqui em Lewistown é seu, das paredes até as menores ninharias. Toda vez que jogo uma água pelo ralo da cozinha eu penso em você.

– Por que em mim?

– Porque você é o rei do desperdício de água. – E deu um sorriso para ele. – É uma piadinha, só isso. Estava pensando na sua sauna a vapor e no desperdício de água.

– É... – disse Arnie. – Você se lembra daquela vez que eu e você fomos até lá bem tarde, eu abri com a minha chave e a gente entrou igual dois pivetes... a gente entrou de fininho, ligou os chuveiros de água quente até o lugar inteiro ficar tomado de vapor. Daí tiramos as nossas roupas... acho que a gente estava bebendo... e saímos correndo pelados, se escondendo um do outro no vapor... – E ele arreganhou os dentes. – Aí eu te peguei bem onde está aquela bancada em que a massagista fica te esmurrando para diminuir a sua bunda. A gente se divertiu muito naquela bancada.

– Bastante primitivo – disse Doreen, lembrando-se.

– Eu me senti com dezenove anos de novo naquela noite – disse Arnie. – Até que sou jovem, mesmo para um velhote. Quer dizer, ainda estou em forma, se é que você me entende. – E se pôs a andar pela sala. – Quando é que o Bohlen vai chegar aqui, pelamor?

O telefone tocou.

– Senhor – chamou Heliogabalus da cozinha –, não posso atender desta vez. Devo pedir que o senhor atenda.

– Se for o Bohlen ligando para dizer que não vem... – Arnie disse a Doreen, fazendo um movimento severo de "cabeças vão rolar" e indo pegar o aparelho.

– Arnie – disse uma voz de homem –, desculpe incomodá-lo, aqui é o dr. Glaub.

– Oi, dr. Glaub – disse Arnie, aliviado; e voltou-se para Doreen. – Não é o Bohlen.

– Arnie, sei que você está esperando o Jack Bohlen hoje à noite – disse o dr. Glaub. – Ele ainda não chegou aí, certo?

– Nah.

– Arnie – continuou Glaub, hesitante –, por acaso acabei passando um tempo com o Jack hoje e, apesar de...

– Qual o problema, ele teve um ataque de esquizofrenia? – Com sua intuição afiada, Arnie sabia que era por isso, era esse o motivo da ligação do médico. – Tudo bem, ele está sob tensão, sentindo a pressão do tempo, é isso mesmo. Mas todos nós estamos. Tenho que te decepcionar se você quer que eu o dispense como se ele fosse uma criança que está muito doente para ir à escola. Não posso fazer isso. O Bohlen sabia onde estava se metendo. Se ele não tiver nenhum resultado para me mostrar hoje à noite, vou dar um jeito nele e nunca mais ele vai consertar uma torradeira que seja em Marte pelo resto da vida.

O dr. Glaub ficou em silêncio, e então disse:

– São pessoas como você, com essas exigências rigorosas, que criam os esquizofrênicos.

– E daí? Eu tenho meus padrões, e ele tem que cumprir com eles, é só isso. São padrões muito elevados, eu sei.

– Ele também tem padrões muito elevados.

– Não tão elevados quanto os meus – disse Arnie. – Bom, você tem mais alguma coisa a dizer, dr. Glaub?

– Não. Exceto que... – disse Glaub, e sua voz tremeu. – Mais nada, não. Obrigado pelo seu tempo.

– Obrigado por ter ligado. – E Arnie desligou. – Aquele prodígio frouxo. Ele é covarde demais para dizer o que estava pensando. – Sentindo repulsa, afastou-se do telefone. – Ele tem medo de bancar as coisas em que acredita. Eu só posso sentir pena dele. Por que ligar se não tem coragem?

– Estou impressionada que ele tenha ligado – disse Doreen. – Está colocando o próprio pescoço em jogo. O que ele disse sobre o Jack? – Os olhos dela escureceram de preocupação; ela ficou de pé e se aproximou de Arnie, colocando a mão em seu braço para que ele parasse de andar um pouco. – Conte para mim.

– Ah, ele só disse que passou um tempo com o Bohlen hoje. Imagino que o Bohlen tenha tido algum troço, aquela doença dele, essas coisas.

– Ele está vindo?

– Meu Deus, eu não sei. Por que tudo tem que ser tão complicado? Médicos ligando, você me dando patadas feito um cachorro atacado ou sei lá o quê. – Tomado de ressentimento e aversão, ele soltou os dedos dela de seu braço e a empurrou para o lado. – E ainda aquele preto louco na cozinha. Meu Deus! Será que ele está fazendo alguma sopa de feiticeiro lá dentro? Ele está preparando isso há horas.

– Arnie, ouça – disse Doreen, com uma voz fraca, mas controlada. – Se você pegar muito pesado com Jack e ele sair machucado, eu nunca mais vou para a cama com você. É uma promessa.

– Todo mundo fica protegendo ele, não é de estranhar que esteja doente.

– Ele é uma boa pessoa.

– É melhor que ele seja um bom técnico também. É melhor que ele tenha a mente daquela criança escancarada igual a um mapa de estrada para eu conseguir ler tudo.

Eles se encararam.

Balançando a cabeça, Doreen virou-se para o outro lado, pegou seu drinque e se afastou, dando as costas para Arnie.

– Tudo bem, eu não posso te dizer o que fazer. Você pode pegar uma dúzia de mulheres tão boas de cama quanto eu. O que eu significo para o grande Arnie Kott? – Sua voz estava sem vida e envenenada, e ele foi atrás dela de um modo meio desajeitado.

– Caramba, Dora, você é única, eu juro, você é incrível, assim como suas belas costas macias que ficavam à mostra no vestido quando você chegou aqui. – Ele fez um carinho no pescoço dela. – Um nocaute até mesmo para os padrões da Terra.

A campainha soou.

– É ele – disse Arnie, indo de imediato na direção da porta.

Ele abriu a porta e lá estava Jack Bohlen, com cara de cansado. Junto com ele estava um garoto que dançava incessantemente na ponta dos pés, indo de um lado de Jack a outro, os olhos brilhando e absorvendo tudo, ao mesmo tempo que não focava em nenhuma coisa específica. O garoto se arrastou, deixando Jack para trás, e entrou na sala, onde Arnie o perdeu de vista.

– Entre – disse Arnie a Jack Bohlen, meio desconcertado.

– Obrigado, Arnie – agradeceu Jack, entrando na casa; Arnie então fechou a porta e os dois ficaram procurando Manfred.

– Ele entrou na cozinha – disse Doreen.

Obviamente, quando Arnie abriu a porta da cozinha, lá estava o garoto, extasiado, observando Heliogabalus.

– Qual o problema? – Arnie perguntou ao garoto. – Você nunca viu um bleek antes?

O garoto não disse nada.

– O que é essa sobremesa que você está fazendo, Helio? – perguntou Arnie.

– Flã – respondeu Heliogabalus. – Um prato filipino, um pudim com calda de caramelo. Do livro de receitas da sra. Rombauer.

– Manfred, este aqui é o Heliogabalus – disse Arnie.

Parados na porta da cozinha, Doreen e Jack assistiam à cena também. O garoto parecia estar profundamente afetado pelo bleek, notou Arnie. Como se estivesse enfeitiçado, ele ia acompanhando com os olhos cada movimento que Helio fazia. Com um cuidado esmerado, Helio estava colocando o flã em forminhas, levando-as até o congelador da geladeira.

Quase timidamente, Manfred disse:

– Olá.

– Opa – disse Arnie –, ele falou uma palavra de verdade.

– Devo pedir que todos os Senhores se retirem da cozinha –

pediu Helio, com uma voz zangada. – Sua presença me deixa constrangido, de modo que não consigo trabalhar. – O bleek ficou olhando para eles até que, um de cada vez, foram saindo da cozinha; a porta, cerrada por dentro, bateu e fechou atrás deles, interrompendo a visão que tinham de Helio executando seu trabalho.

– Ele é meio esquisito – Arnie se desculpou –, mas, com certeza, sabe cozinhar.

Para Doreen, Jack disse:

– Esta é a primeira vez que ouço o Manfred fazer isso. – Ele parecia impressionado, e foi andando sozinho para o outro lado, ignorando o restante deles, para ficar na janela.

– O que você quer beber? – perguntou Arnie, juntando-se a ele.

– Bourbon e água.

– Vou providenciar. Não posso incomodar o Helio com bobagens assim – disse Arnie, e deu uma risada, mas Jack não fez o mesmo.

Os três ficaram ali sentados com seus drinques por um tempo. Manfred, a quem deram umas revistas velhas para ler, se esticou no tapete completamente absorto.

– Espere só até você experimentar essa comida – disse Arnie.

– O cheiro está maravilhoso – comentou Doreen.

– É tudo do mercado negro – acrescentou Arnie.

Tanto Doreen quanto Jack, juntos no sofá, acenaram com a cabeça.

– Esta é uma grande noite – disse Arnie.

E mais uma vez eles assentiram com a cabeça. Levantando o copo, Arnie convocou:

– Um brinde à comunicação. Sem ela, não haveria porcaria nenhuma.

– Um brinde a isso – disse Jack, com um tom meio sombrio; no entanto, ele já tinha terminado seu drinque e estava encarando o copo, evidentemente meio perdido.

– Vou fazer outro para você – disse Arnie, pegando o copo dele.

No aparador, enquanto preparava um drinque novo para Jack, ele viu que Manfred ficara entediado com as revistas. Mais uma vez, o garoto estava de pé, perambulando pela sala. Talvez ele queira ficar recortando e colando, decidiu Arnie. Ele deu o novo drinque para Jack e depois entrou na cozinha.

– Helio, arrume cola e tesoura para o menino, e também um pouco de papel para ele colar as coisas.

Helio tinha terminado o flã. Seu trabalho, obviamente, acabara, e ele estava sentado com uma revista *Life*. Relutante, ele se levantou e foi em busca de cola, tesoura e papel.

– Que criança engraçada, não? – Arnie disse a Helio quando o bleek voltou. – O que você pensa dele, a mesma coisa que eu?

– Crianças são todas iguais – disse Helio, e saiu da cozinha, deixando Arnie sozinho.

Arnie continuou:

– Vamos comer em breve – anunciou ele. – Todo mundo já experimentou aqueles aperitivos de queijo azul dinamarquês? Alguém precisa de alguma coisa?

O telefone tocou. Doreen, que estava mais perto, atendeu. E passou para Arnie:

– É para você. Um homem.

Era o dr. Glaub mais uma vez.

– Sr. Kott – disse o dr. Glaub com uma voz aguda e atípica –, é essencial para a minha integridade proteger os meus pacientes. Vou devolver a ameaça na mesma moeda. Como o senhor sabe, Sam Esterhazy, seu filho fora do matrimônio, está no Acampamento B-G, onde eu atendo.

Arnie resmungou.

– Se o senhor não tratar o Jack Bohlen honestamente – continuou Glaub –, se aplicar suas táticas desumanas, cruéis, agressivas e dominadoras com ele, vou sair em retaliação e liberar Sam Esterhazy do Acampamento B-G com o argumento de que ele é retardado mental. Entendido?

– Meu Deus, como quiser – resmungou Arnie. – Falo com você sobre isso amanhã. Vá dormir ou qualquer coisa assim. Tome um comprimido. Apenas saia do meu pé. – E bateu o telefone.

A fita que estava tocando chegara ao fim. A música tinha parado há tempos, e Arnie foi cautelosamente até sua coleção e sacou uma caixa aleatoriamente. Aquele médico, ele pensou. Eu vou pegá-lo, mas não agora. Agora não dá tempo. Não sei qual é o problema dele, deve estar com algum pepino enfiado no rabo.

Examinando a caixa, ele leu:

W. A. MOZART, SINFONIA 40 EM SOL BEMOL, K 550

– Adoro Mozart – disse ele para Doreen, Jack Bohlen e o garoto Steiner. – Vou colocar esta fita para tocar. – Ele tirou o rolo da caixa e colocou para tocar, depois ficou mexendo nos botões do amplificador até conseguir ouvir o assobio da fita conforme ela passava pelo cabeçote. – É o Bruno Walter regendo – ele disse a seus convidados. – Uma raridade da era de ouro do disco.

Uma barulheira horrenda de arranhões e chiados saiu pelas caixas de som. Esses barulhos parecem cadáveres convulsivos, pensou Arnie, horrorizado. E foi correndo desligar o toca-fitas.

Sentado no tapete, cortando imagens das revistas com a tesoura e colando-as em novas configurações, Manfred Steiner ouviu aquele barulho e olhou para cima. Viu o sr. Kott correndo até o toca-fitas para desligá-lo. Como o sr. Kott ficava borrado, notou Manfred. Era difícil vê-lo quando ele se mexia tão rapidamente; era como se, de algum jeito, ele conseguisse desaparecer da sala para reaparecer em outro lugar. O garoto ficou assustado.

O barulho também o assustava. Ele olhou para o sofá em que o sr. Bohlen estava sentado, para ver se ele estava triste. Mas o sr. Bohlen continuava onde estava com Doreen Anderton, interligado a ela de um jeito que fez o garoto se retrair, tomado de preocupação. Como duas pessoas podiam suportar ficar tão próximas assim? Para Manfred, era como se suas identidades separadas tivessem confluído, e a simples ideia de que tal embaralhamento pudesse existir o aterrorizava. Ele fingia não estar vendo; ele enxergava além deles, naquela parede segura e maciça.

A voz do sr. Kott irrompeu sobre o garoto em tons ásperos e cheios de arestas que ele não entendia. Depois Doreen Anderton falou, e depois Jack Bohlen. Todos eles estavam papeando em pleno caos agora, e o garoto colocou as mãos sobre as orelhas. Num repente, sem qualquer aviso, o sr. Kott disparou pela sala e desapareceu completamente.

Onde será que ele foi? Independentemente de para onde olhasse, o garoto não conseguia encontrá-lo. Ele começou a tremer, imaginando o que ia acontecer. Então ele viu, para seu espanto, que o sr. Kott reaparecera na sala onde estava a comida, ele estava lá conversando com aquela figura escura.

A figura escura, com uma graciosidade rítmica, escorreu do lugar onde estava em um banquinho alto, foi fluindo passo a passo pela sala e pegou um copo no armário. Impressionado pelo movimento daquele homem, Manfred olhou diretamente para ele e, naquele instante, o homem escuro olhou de volta, e seus olhares se cruzaram.

– Você tem que morrer – o homem escuro disse a ele com uma voz longínqua. – Então você irá renascer. Você entende, garoto? Não há nada para você do jeito que você é agora, porque alguma coisa deu errado e você não consegue ver nem ouvir nem sentir. Ninguém pode ajudá-lo. Você entende, garoto?

– Sim – disse Manfred.

A figura escura deslizou até a pia, colocou um certo pó e um pouco de água no copo e entregou-o ao sr. Kott, que bebeu todo o conteúdo ao mesmo tempo que conversava. Como era bela aquela figura escura. *Por que eu não posso ser desse jeito?*, pensou Manfred. *Ninguém mais* era *daquele jeito*.

Seu vislumbre, seu contato com aquele homem que parecia uma sombra, foi interrompido. Doreen Anderton tinha passado entre eles enquanto corria para a cozinha e, então, começou a falar em tons muito agudos. Mais uma vez, Manfred colocou as mãos nas orelhas, mas não conseguia interromper aquele barulho.

Ele olhou para a frente, para fugir. Esquivou-se do som e daquele vaivém severo e borrado.

Diante dele, uma trilha de montanha se esticava. O céu acima estava pesado e vermelho, então ele viu pontos: centenas de manchas que cresciam e se aproximavam. Coisas choviam na direção dele, homens com pensamentos antinaturais. Os homens acertavam o chão e se arremessavam por toda parte em círculos. Eles desenhavam linhas, e então coisas imensas que pareciam lesmas pousaram uma após a outra, sem pensamentos de nenhum tipo, e começaram a cavar.

Ele viu um buraco tão grande quanto um mundo. A terra desaparecia e ficava preta, vazia, e nada... Para dentro do buraco, os homens iam pulando um de cada vez, até que não sobrou nenhum deles. Ele estava sozinho, com aquele buraco-mundo silencioso.

Na beirada do buraco, ele espreitou lá embaixo. No fundo, no meio do nada, uma criatura retorcida se desenrolava como se tivesse sido solta. Ela subiu serpenteando e se tornou um espaço quadrado amplo e limitado, ganhando cor.

Eu estou em você, pensou Manfred. Mais uma vez.

– Ele está aqui na AM-WEB há mais tempo do que qualquer outro – disse uma voz. – Já estava aqui quando o resto de nós chegou. Ele é extremamente velho.

– Ele gosta daqui?

– Quem sabe? Ele não consegue andar nem comer sozinho. Os registros foram perdidos naquele incêndio. Possivelmente, ele tem uns duzentos anos de idade. Seus membros foram amputados e, claro, a maioria dos órgãos internos foi retirada ao dar entrada aqui. A maior parte do tempo ele reclama que tem alergia a pólen.

Não, pensou Manfred. Eu não consigo suportar isso, meu nariz está queimando. Eu não consigo respirar. Será que este é o começo da vida que aquela sombra escura me prometeu? Um novo começo em que vou ser diferente e alguém vai poder me ajudar?

Por favor, me ajude, disse ele. Eu preciso de alguém, qualquer pessoa. Não posso ficar esperando aqui para sempre, isso tem que ser feito logo ou nunca mais. Se isso não for feito, vou crescer e virar esse buraco-mundo, e o buraco vai engolir todas as coisas.

O buraco, abaixo da AM-WEB, esperou para ser todos aqueles que andavam por cima dele, ou que tivessem andado antes; ele esperou para se tornar todas as pessoas e todas as coisas. E somente Manfred Steiner conseguia contê-lo.

Acomodando seu copo vazio, Jack Bohlen sentiu todas as peças de seu corpo se desmantelando.

– Acabou a bebida – foi o que ele tentou dizer para a garota a seu lado.

Sussurrando, Doreen disse a ele, rapidamente:

– Jack, você tem que se lembrar de que tem amigos. Eu sou sua amiga, o dr. Glaub ligou... ele também é seu amigo. – E olhou ansiosa para a cara dele. – Você vai ficar bem?

– Meu Deus – gritou Arnie –, preciso saber o que você tem feito, Jack. Você não pode me liberar nada? – E encarou os dois, tomado de inveja; Doreen foi se afastando de Jack imperceptivelmente. – Vocês dois vão simplesmente ficar aí se agarrando e cochichando? Não estou me sentindo bem. – E foi até a cozinha, deixando-os.

Inclinando-se na direção de Jack até que seus lábios quase tocassem os dele, Doreen sussurrou:

– Eu te amo.

Ele tentou sorrir para ela, mas seu rosto ficara paralisado; ele não queria se entregar. Ele disse um "obrigado", querendo comunicar o quanto aquilo era importante para ele. E deu-lhe um beijo na boca. Os lábios dela estavam quentes e macios de amor. Eles ofereciam tudo o que tinham para ele, não economizavam nada.

– Sinto você se afastando para cada vez mais longe dentro de si mesmo, mais uma vez.

– Não – disse ele –, eu estou bem. – Mas não era verdade, ele sabia disso.

– Nhaca, nhaca – disse a garota.

Jack fechou os olhos. Eu não consigo escapar, pensou ele. Já tomou conta de mim.

Ao abrir os olhos, ele viu que Doreen tinha se levantado do sofá e estava indo em direção à cozinha. As vozes dela e de Arnie chegavam até ali onde ele estava sentado.

– Nhaca nhaca nhaca.

– Nhaca.

Virando na direção do garoto, que estava ali sentado cortando suas revistas no tapete, Jack disse:

– Você consegue me ouvir? Me ajude.

Não houve resposta.

Ficando de pé, Jack foi até o toca-fitas e começou a examiná-lo, dando as costas para a sala. Será que eu estaria vivo agora se tivesse dado ouvidos ao dr. Glaub?, ele se perguntou. Se eu não tivesse vindo até aqui, se tivesse deixado que ele me representasse? Provavelmente, não. Igual ao ataque que tive mais cedo: teria acontecido de qualquer jeito. É um processo que precisa se desenrolar, precisa encontrar um caminho até chegar à sua própria conclusão.

A próxima coisa de que ele se lembrava era de estar de pé numa calçada escura e vazia. A sala e as pessoas em volta dele tinham desaparecido. Ele estava sozinho.

Prédios, superfícies verticais de cor cinza dos dois lados. *Isso era a AM-WEB?* Olhava em volta desesperadamente. Havia luzes aqui e ali. Ele estava em uma cidade, e agora a reconhecia como sendo Lewistown. Começou a andar.

– Espere – ouviu uma voz chamar, uma voz de mulher.

Da entrada de um prédio, uma mulher com uma echarpe de pele se apressou, com os saltos batendo na calçada e ecoando. Jack parou.

– Não foi tão mal assim, no fim das contas – disse ela, alcançando-o, sem fôlego. – Graças a Deus que acabou. Você estava tão tenso... senti isso a noite toda. O Arnie está terrivelmente decepcionado com as notícias sobre a cooperativa. Eles são tão ricos e poderosos... fazem com que ele se sinta muito pequeno.

Juntos, eles foram andando sem rumo específico, a garota se apoiando em seu braço.

– E ele disse mesmo – ela continuou – que vai te manter como técnico de conserto dele. Tenho certeza de que está falando sério. Mas ele está chateado, Jack. Totalmente chateado. Eu o conheço, posso dizer isso.

Ele tentou se lembrar, mas não conseguia.

– Diga alguma coisa – insistiu Doreen.

Depois de um tempo, ele disse:

– Ele... daria um péssimo inimigo.

– Suspeito que sim. – Ela levantou o olhar até o rosto dele. – Será que a gente vai para o meu apartamento? Ou você quer parar em algum lugar para tomar um drinque?

– Vamos só ficar andando – disse Jack Bohlen.

– Você ainda me ama?

– É claro – respondeu ele.

– Você tem medo do Arnie? Ele pode tentar se vingar de você por... Ele não entende essa história do seu pai. Ele acha que, em algum nível, você deve... – E ela balançou a cabeça. – Jack, ele vai tentar retrucar. Ele culpa você, sim. Caramba, ele é tão primitivo.

– Sim – disse Jack.

– *Diga* alguma coisa – exigiu Doreen. – Você está igualzinho a um pedaço de pau, você não está vivo. Foi tão terrível assim? Não foi, né? Você parecia ter se recomposto.

Fazendo um esforço, ele conseguiu dizer:

– Eu... não tenho medo do que ele possa fazer.

– Você deixaria a sua mulher por mim, Jack? Você disse que me ama. Talvez a gente possa emigrar de volta para a Terra, ou algo assim.

Juntos, eles continuaram caminhando.

13

Para Otto Zitte, era como se, uma vez mais, a vida tivesse se aberto. Desde a morte de Norbert Steiner, ele vinha percorrendo Marte como nos velhos tempos, fazendo suas entregas, vendendo, encontrando as pessoas cara a cara e papeando com elas.

E, mais especificamente, já tinha encontrado várias mulheres bonitas, donas de casa solitárias abandonadas em seus lares no meio do deserto dia após dia, desejosas de uma companhia, por assim dizer.

Até então, ele não conseguira aparecer na casa da sra. Bohlen, mas sabia exatamente onde ficava, marcara o local em seu mapa.

Hoje ele pretendia ir até lá.

Para a ocasião, vestiu seu melhor terno: um paletó inglês de abotoamento simples em couro de tubarão cinza, que ele não usava havia anos. Os sapatos, lamentavelmente, eram locais, assim como a camisa. Mas a gravata: ah! Acabara de chegar de Nova York, o que havia de mais moderno em cores vivas e alegres, dividindo-se na extremidade em forma de forquilha selvagem. Segurando-a diante de si, ele se pôs a admirá-la. Depois vestiu-a e continuou admirando-a mais um pouco.

Seus cabelos longos e escuros estavam brilhosos. Ele se sentia feliz e confiante. *Este dia significa um recomeço para mim, com uma mulher como Silvia,* ele pensou, enquanto vestia seu sobretudo de lã, pegava as malas e saía andando do galpão de armazenamento – agora confortavelmente transformado em moradia – em direção ao helicóptero.

Traçando um grande arco crescente, ele alçou o helicóptero rumo ao céu e tomou a direção leste. As desoladas Montanhas Franklin Roosevelt foram ficando para trás. Ele estava percorrendo o deserto até que, por fim, viu o canal George Washington, que lhe servia de orientação. Seguindo-o, ele se aproximou do sistema de canais um pouco menor que embocava dali, e logo estava sobre a junção dos canais William Butler Yeats e Heródoto, perto de onde os Bohlen viviam.

As duas mulheres são atraentes, ruminou ele, tanto essa tal de June Henessy quanto Silvia Bohlen, mas, entre as duas, Silvia faz mais o meu tipo. Ela tem aquele jeito meio apático e lascivo que é típico das mulheres profundamente emotivas. A June é muito atrevida e fogosa, do tipo que fala sem parar, como se fosse um cara sabichão. Eu quero uma mulher que saiba ouvir.

Então ele se lembrou do problema que tivera no passado. Fico só imaginando como é o marido dela, pensou ele. Preciso descobrir. Muitos desses homens levam a vida de pioneiro muito a sério, especialmente os que vivem bem longe da cidade; eles têm armas em casa e tudo o mais.

No entanto, era o risco que se corria, e valia a pena.

Caso algum problema acontecesse, Otto Zitte tinha sua própria arma, uma pequena pistola de calibre .22 que ele guardava escondida em um bolso lateral de uma das malas. Estava lá agora, e com o pente carregado.

Ninguém sacaneia comigo, ele disse a si próprio. Se eles querem encrenca... vão encontrar logo, logo.

Animado com esse pensamento, ele mergulhou com o helicóptero, averiguou o terreno abaixo – não havia nenhum veículo estacionado na casa dos Bohlen – e preparou-se para pousar.

Foi uma precaução inata que o fez estacionar seu helicóptero a quase dois quilômetros de distância da casa dos Bohlen, bem na entrada de um canal de assistência. De lá, ele seguiu a pé, aguentando o peso da mala com boa vontade. Não havia alternativa. Existiam várias casas até chegar nos Bohlen, mas ele não parou para bater em nenhuma dessas portas, simplesmente seguiu direto pelo canal sem se interromper.

Ao se aproximar de seu destino, Otto reduziu o ritmo, recuperando o fôlego. Ele fitou cuidadosamente as casas ao redor... Da porta logo ao lado ouvia-se uma algazarra de crianças pequenas. Tem gente em casa, nessa aí. Então ele se acercou da casa dos Bohlen pela direção oposta, andando silenciosamente por um caminho que o mantinha totalmente escondido da casa de onde vinham as vozes de crianças.

Ele chegou, subiu na varanda e tocou a campainha.

Alguém espiou na direção dele por detrás das cortinas vermelhas da janela da sala de estar. Otto manteve um sorriso formal e correto no rosto, que passaria batido em qualquer eventualidade.

A porta da frente se abriu e lá estava Silvia Bohlen, os cabelos arrumados com esmero, de batom, usando uma blusa de malha e calça capri justa cor-de-rosa, calçando sandálias. As unhas dos pés estavam pintadas com um tom escarlate bem vivo, ele pôde notar de canto de olho. Obviamente, ela tinha se embonecado esperando pela visita dele. Apesar disso, ela assumiu uma pose neutra e distante, claro; ela o observava com um silêncio indiferente, apoiada na maçaneta da porta.

– Sra. Bohlen – disse ele com seu tom de voz mais íntimo, e inclinou-se: – Percorrer quilômetros de deserto ermo traz sua justa recompensa ao finalmente deparar com a senhora mais uma vez. Estaria interessada em conhecer nossa sopa especial de cauda de canguru? É incrível e deliciosa, uma iguaria nunca antes encontrada em Marte, independentemente de quanto se pague. Eu a trouxe até aqui para a senhora, notando que tem cacife para avaliar essas mercadorias finas e distinguir o que vale a pena sem se importar com o valor. – E o tempo todo, enquanto desenrolava o discurso pronto, ele foi se aproximando com seus artigos na direção da porta.

Com certa frivolidade, entre rígida e hesitante, Silvia disse:

– Hum, entre. – E deixou a porta aberta, ao que ele foi para dentro de uma só vez e acomodou suas malas no chão, perto da mesa de centro da sala.

Um arco de criança com sua aljava de flechas chamou a atenção dele:

– Seu filho está em casa? – indagou Otto.

– Não – disse Silvia, andando pela sala um pouco tensa, de braços cruzados. – Ele está na escola hoje. – Ela tentou dar um sorriso. – E meu sogro foi para a cidade também, só deve voltar bem tarde.

Bom, pensou Otto, estou entendendo.

– Por favor, sente-se – ele pediu a ela. – Assim posso lhe mostrar os produtos adequadamente, não acha? – De um só gesto, ele pegou uma cadeira e Silvia se empoleirou na beirada dela, ainda envolvida em seus próprios braços e com os lábios contraídos.

Como ela está tensa, observou ele. Era um bom sinal, porque revelava que ela estava totalmente ciente do significado de tudo o que estava acontecendo, a visita dele ali, a ausência do filho, o fato de ela ter fechado cuidadosamente a porta da frente; ele ainda notou que as cortinas da sala continuavam fechadas.

Até que Silvia irrompeu:

– O senhor gostaria de um café? – Ela escapou da cadeira e foi direto para a cozinha; momentos depois, reapareceu com uma bandeja sobre a qual estavam uma garrafa de café, açúcar, leite e duas xícaras de porcelana.

– Obrigado – ronronou Otto; durante a ausência de Silvia, ele tinha colocado outra cadeira ao lado da primeira.

Eles tomaram o café.

– A senhora não fica assustada de viver sozinha aqui a maior parte do tempo? – perguntou ele. – Nessa região desolada?

– Nossa, acho que estou acostumada com isso. – E fitou-o meio de lado.

– De que parte da Terra a senhora é, originalmente?

– Saint Louis.

– Aqui é muito diferente. Uma vida nova, mais livre. Onde é possível se libertar das amarras e ser você mesmo. A senhora não acha? A moral e os bons costumes, um Mundo Antigo obsoleto, é melhor deixá-los de lado, envoltos em sua própria poeira. Aqui... – Ele lançou um olhar para a sala em volta, decorada de forma trivial; ele já tinha visto aquelas cadeiras, tapetes e outras quinquilharias centenas de vezes em casas muito parecidas. – Aqui a gente vê um encontro extraordinário, sra. Bohlen, a pulsação das oportunidades que pegam de jeito as pessoas corajosas uma vez, uma só vez em toda a vida.

– O que mais o senhor tem além da sopa de cauda de canguru?

– Bem – disse ele, franzindo as sobrancelhas –, ovos de codorna, muito bons. Manteiga de leite de vaca de verdade. Creme de leite. Ostras defumadas. E aqui... se a senhora puder trazer uma bolacha salgada comum, eu ofereço a manteiga e o caviar, como cortesia. – E deu-lhe um sorriso, que foi retribuído com um sorriso espontâneo e radiante em troca; os olhos de Silvia brilhavam de ansiedade e ela ficou de pé num só salto, impulsivamente, para ir às pressas até a cozinha, feito uma criança.

Agora eles estavam sentados lado a lado, acotovelados sobre a mesa, passando aquelas ovas pretas e oleosas de peixe do potinho sobre as bolachas.

– Nada como um genuíno caviar – disse Silvia, suspirando. – Só comi isso uma vez na vida, em um restaurante em San Francisco.

– Veja só o que mais tenho aqui. – Ele sacou uma garrafa da mala. – Um Green Hungarian, da vinícola Buena Vista, lá na Califórnia, a vinícola mais antiga daquele Estado!

Eles bebericaram o vinho em taças longas que ele também trouxera. Silvia se encostou no sofá, com os olhos semicerrados:

– Ah, meu caro. Isso é como um sonho. Não pode estar acontecendo de verdade.

– Mas está. – Então Otto colocou sua taça na mesa e inclinou-se sobre ela.

Ela tinha uma respiração lenta e constante, como se estivesse adormecida. Mas observava-o com atenção. Ela sabia exatamente o que estava acontecendo. E à medida que ele foi se aproximando cada vez mais, ela não se mexeu, nem tentou deslizar para longe dele.

O vinho e o caviar, calculou ele enquanto a dominava, representavam um gasto de quase cem dólares da ONU, em preço de varejo. Mas valia muito a pena, pelo menos para ele.

A velha história se repetindo. Mais uma vez, não era algo da esfera de ação do sindicato. *Era muito mais,* pensou Otto alguns momentos depois, quando eles tinham passado da sala para o quarto com as persianas abaixadas. Aquele quarto em meia-luz inalterável, tão silencioso e receptivo a eles, era perfeito, como ele bem sabia, para ocasiões como aquela.

– Nada parecido com isso – sussurrou Silvia – aconteceu em minha vida inteira. – Sua voz estava repleta de alegria e consentimento, como se viesse bem do fundo. – Será que estou bêbada? Ai, meu Deus.

Por um longo período, ela ficou em silêncio.

– Será que estou ficando louca? – ela veio a sussurrar muito depois. – Devo estar maluca. Simplesmente não consigo acreditar, eu sei que isso não é real. Então, que diferença faz? Como algo feito em sonho poderia ser errado?

Depois disso, ela não disse mais nada.

Silvia era exatamente do tipo que ele gostava: daquelas que não falam muito.

O que é a loucura?, pensou Jack Bohlen. Para ele, era o fato de que, em algum lugar, ele perdera Manfred Steiner e não se lembrava como nem quando. Ele não se lembrava de quase nada da noite anterior, na casa de Arnie Kott. Juntando peça por peça do que Doreen lhe dissera, ele conseguiu compor uma imagem fragmentada do que acontecera. Loucura é ter que construir um retrato da sua vida fazendo perguntas para outras pessoas.

Mas o lapso de memória era sintoma de uma perturbação mais profunda. Indicava que a psique dele tinha dado um salto abrupto no tempo. E isso tudo aconteceu depois de um período em que ele experienciara várias vezes e num nível inconsciente aquele exato pedaço que agora estava faltando.

Ele se deu conta de que sentara na sala de Arnie Kott repetidamente, vivenciando aquela noite antes mesmo de ela acontecer. Então, quando ela finalmente aconteceu de fato, ele a ignorou. Aquela perturbação essencial na percepção do tempo, que o dr. Glaub acreditava ser a base da esquizofrenia, chegara para incomodá-lo.

Aquela noite na casa do Arnie tinha acontecido e existido para ele... mas fora de sequência.

Fosse qual fosse o caso, não havia meios de recuperá-la. Porque ela agora fazia parte do passado. E a perturbação da noção do tempo passado não era sintomática de esquizofrenia, e sim de neurose obsessivo-compulsiva. O problema dele, enquanto esquizofrênico, estava inteiramente no futuro.

E seu futuro, como ele o via então, consistia basicamente em Arnie Kott e na motivação instintiva por vingança que o movia.

Que chance nós temos contra o Arnie?, ele se perguntou.

Quase nenhuma.

Afastando-se da janela da sala de Doreen, ele foi andando lentamente para o quarto e encarou-a ainda deitada e adormecida naquela grande cama de casal toda amarrotada.

Enquanto ele estava parado observando-a, ela acordou, notou sua presença e lhe deu um sorriso.

– Eu estava tendo um sonho muito esquisito – disse ela. – No sonho eu estava regendo uma Missa de Bach em Si menor, a parte do Kyrie. O tempo era em compasso quatro por quatro. Mas aí, quando eu estava bem no meio, apareceu alguém que pegou minha batuta e disse que não era em compasso quatro por quatro.

– Ela franziu o cenho. – Mas é, sim. Por que eu estaria regendo isso? Eu nem gosto da Missa do Mozart em Si menor. O Arnie tem uma fita disso que ele põe para tocar o tempo todo, sempre tarde da noite.

Ele pensou nos sonhos que vinha tendo nos últimos tempos, formas vagas que se deslocavam e escapuliam, algo a ver com um prédio bem alto com várias salas e uns gaviões ou abutres rodeando acima, interminavelmente. E alguma coisa terrível em um armário... ele não a vira, apenas sentira sua presença ali.

– Sonhos geralmente se relacionam com o futuro – disse Doreen. – Eles têm a ver com o potencial de uma pessoa. O Arnie quer começar uma orquestra sinfônica em Lewistown, anda negociando com o Bosley Touvim em Nova Israel. Talvez eu seja a regente, talvez seja esse o significado do meu sonho. – E ela deslizou da cama, ficando de pé toda nua, esbelta e suave.

– Doreen – disse ele, com firmeza –, eu não me lembro de ontem à noite. O que aconteceu com o Manfred?

– Ele ficou com o Arnie. Porque agora ele tem que voltar para o Acampamento B-G, e o Arnie disse que o levaria. Arnie vai para Nova Israel o tempo todo para visitar o filho que está lá, Sam Esterhazy. E ele vai para lá hoje, ele te disse. – Depois de uma pausa, ela emendou: – Jack... você já teve amnésia antes?

– Não – disse ele.

– Provavelmente, é por causa do choque de brigar com o Arnie. É terrivelmente difícil alguém se meter com o Arnie, já notei isso.

– Talvez seja isso – disse ele.

– Que tal um café da manhã? – Agora ela estava pegando roupas limpas em suas gavetas, uma blusa, calcinha. – Vou preparar bacon e ovos, um bacon enlatado dinamarquês delicioso. – Ela hesitou, então continuou: – Mais uma das iguarias do mercado negro do Arnie. Mas tudo é realmente muito bom.

– Por mim, tudo bem – disse ele.

– Depois que a gente foi para a cama ontem à noite, eu fiquei acordada por horas pensando no que o Arnie vai fazer. Com a gente, quero dizer. Acho que vai ser o seu emprego, Jack. Ele vai pressionar o sr. Yee para mandar você embora. Você tem que estar preparado para isso. Nós dois temos. E, claro, ele vai simplesmente me descartar, é óbvio. Mas eu não ligo, eu tenho você.

– Sim, isso é verdade, você tem a mim – disse ele, como que por reflexo.

– A vingança de Arnie Kott – disse Doreen, enquanto lavava o rosto no banheiro. – Mas ele é muito humano, não é tão assustador assim. Prefiro ele ao Manfred; e realmente não conseguia suportar aquele menino. A noite passada foi um pesadelo. Eu não parava de sentir umas trepadeiras horríveis, frias e meio molengas passando pela sala e pela minha mente... indícios de uma imundície e de uma maldade que não pareciam estar em mim nem fora de mim, só por perto mesmo. Eu sei de onde isso vinha. – E depois de um momento, arrematou: – Era aquele menino. Eram os pensamentos dele.

Agora ela estava fritando o bacon e esquentando o café. Ele pôs a mesa e, em seguida, eles se sentaram para comer. A comida cheirava bem, e ele estava se sentindo muito melhor ao comer e ver e sentir o cheiro daquilo, e também ao se dar conta daquela garota diante dele, com seus cabelos vermelhos compridos e pesados e macios, amarrados para trás com um elástico vistoso.

– O seu filho tem alguma coisa parecida com o Manfred? – perguntou ela.

– Nossa, não, credo.

– Ele puxou mais a você ou...

– Silvia – disse ele. – Ele puxou à mãe.

– Ela é bonita, não é?

– Eu diria que sim.

– Sabe, Jack, na noite passada eu fiquei acordada na cama e pensando... Pensei que talvez o Arnie não devolva o Manfred para o Acampamento B-G. O que ele faria com o garoto, com uma criatura daquelas? O Arnie é cheio de imaginação. Agora que acabou esse esquema de comprar terras nas Montanhas Franklin Roosevelt, talvez ele encontre uma nova utilidade para a precognição do Manfred.

Cheguei até a pensar que... Você vai rir de mim. Talvez ele consiga fazer contato com o Manfred através do Heliogabalus, aquele bleek doméstico dele. – Então ela se calou, tomando o café da manhã e encarando o prato.

– Você pode estar certa – disse Jack, e ele se sentia muito mal só de ouvi-la dizer aquilo; parecia tão verdadeiro, era tão plausível.

– Você nunca falou com o Helio – disse Doreen. – Ele é a pessoa mais cínica e amarga que já conheci. Ele é sarcástico até com o Arnie. Ele odeia todo mundo. Quer dizer, ele é todo esquisito por dentro.

– Eu pedi ao Arnie para levar o garoto? Ou foi ideia dele?

– Foi o Arnie quem sugeriu. A princípio você não queria concordar. Mas daí acabou ficando tão... inerte e retraído. Estava tarde e todos nós tínhamos bebido muito... Você se lembra disso?

Ele assentiu com a cabeça.

– O Arnie fica servindo aquele Jack Daniel's Black Label. Eu devo ter tomado quase um litro sozinha. – E ela balançou a cabeça, como que se lamentando. – Ninguém mais em Marte tem as bebidas que o Arnie tem. Vou sentir falta disso.

– A gente não pode fazer muita coisa quanto a isso – disse Jack.

– Eu sei. E tudo bem. Eu não espero isso de você. Não espero nada, na verdade. Tudo aconteceu tão rápido ontem à noite. Em um momento estávamos todos trabalhando juntos, você, o Arnie e eu. Depois, parece que, do nada, ficou óbvio que estávamos em lados opostos, que nunca mais ficaríamos juntos de novo, nem mesmo como amigos. É triste isso. – Ela ergueu a mão e passou-a perto do olho; uma lágrima escorreu por sua bochecha. – Jesus, eu estou chorando – disse ela, irritada.

– Se a gente pudesse voltar atrás e reviver a noite passada...

– Eu não mudaria nada – replicou ela. – Não me arrependo de nada. E você também não deveria.

– Obrigado – disse ele, e pegou na mão dela. – Vou fazer o melhor que puder por você. Como disse aquele cara, eu não sou grande coisa, mas sou tudo o que tenho.

Ela sorriu e, depois de um instante, voltou a tomar seu café da manhã.

No balcão de sua loja, Anne Esterhazy embrulhava um pacote para mandar pelo correio. Quando ela começou a escrever o endereço, um homem entrou na loja a passos largos. Ela ergueu os olhos e o viu, era um homem alto e magro, que usava óculos um pouco grandes demais. Sua memória lhe trouxe certo desgosto quando reconheceu o dr. Glaub.

– Sra. Esterhazy – disse o dr. Glaub –, quero falar com a senhora, se me permite. Eu me arrependo muito pelo nosso desentendimento, comportei-me de maneira regressiva, como se estivesse na fase oral, e queria me desculpar por isso.

– O que o senhor quer, doutor? Estou ocupada – disse ela, friamente.

Baixando seu tom de voz, ele disse de maneira monótona e rápida:

– Sra. Esterhazy, isso tem a ver com Arnie Kott e um projeto dele que envolve um garoto anômalo que ele tirou lá do acampamento. Gostaria que a senhora usasse a influência que tem sobre o sr. Kott, e todo o seu fervor pelas causas humanitárias, para impedir que uma grave crueldade seja feita a um indivíduo esquizoide inocente e introvertido que foi arrastado para o plano do sr. Kott por causa de sua linha de trabalho. Esse homem...

– Espere – interrompeu ela. – Não estou entendendo. – E acenou para que ele a acompanhasse até os fundos da loja, onde nenhuma pessoa que entrasse os escutaria.

– Esse homem, o Jack Bohlen – disse o dr. Glaub ainda mais rápido do que antes –, ele pode ficar permanentemente psicótico como resultado da sede por vingança do Kott, e eu lhe peço, sra. Esterhazy... – E continuou suas súplicas sem parar.

Ah, minha nossa, pensou ela. Estão querendo me recrutar para mais uma causa... eu já não tenho o bastante?

Mas ouviu o que ele tinha a dizer, ela não tinha escolha. E era da sua natureza.

O dr. Glaub continuou resmungando sem parar até que, gradualmente, ela começou a ter uma ideia da situação que ele estava tentando descrever. Era claro que ele guardava rancor pelo Arnie. Mas ainda assim... tinha mais coisa. O dr. Glaub era uma mistura curiosa de idealista com invejoso infantil, uma pessoa meio esquisita, pensou Anne Esterhazy, enquanto o ouvia.

– Sim – disse ela num dado momento –, isso parece mesmo coisa do Arnie.

– Pensei em ir até a polícia – divagou o dr. Glaub – ou recorrer às autoridades da ONU, e aí pensei na senhora, por isso vim até aqui. – Ele encarou-a de maneira meio dissimulada, mas com determinação.

Às dez da manhã, Arnie Kott entrou na recepção da Companhia Yee, em Bunchewood Park. Um chinês comprido e com cara de inteligente, com seus trinta e tantos anos, aproximou-se dele e perguntou o que ele procurava ali.

– Eu sou o sr. Yee. – E eles deram um aperto de mão.

– Esse rapaz, o Bohlen, que estou pegando emprestado de você.

– Ah, sim. Ele não é, de fato, um técnico de conserto de primeira linha? Claro que é. – E o sr. Yee encarou-o com um cuidado sagaz.

– Eu gosto tanto dele que quero comprar de você esse contrato – disse Arnie, sacando seu talão de cheques. – É só me dizer o preço.

– Ah, a gente precisa do sr. Bohlen – protestou o sr. Yee, levantando as mãos nos ares. – Não, senhor, só podemos emprestá-lo, jamais abrir mão dele.

– Diga quanto. – Seu magrelo malandro, pensou Arnie.

– Para abrir mão do sr. Bohlen... nós não temos como substituí-lo.

Arnie ficou esperando.

Repensando, o sr. Yee disse:

– Imagino que eu possa rever nossos registros. Mas levariam horas para definir um valor, mesmo que aproximado, para o sr. Bohlen.

Arnie ficou esperando, com o talão de cheque nas mãos.

Depois de ter comprado o contrato de trabalho de Jack da Companhia Yee, Arnie Kott voou de volta para casa, em Lewistown. Lá encontrou Helio junto com Manfred na sala de estar; Helio estava lendo um livro em voz alta para o garoto.

– Que algazarra é essa? – indagou Arnie.

Abaixando o livro, Helio disse:

– Esta criança tem uma dificuldade de fala que eu estou resolvendo.

– Balela – disse Arnie –, você nunca vai resolver isso. – Ele tirou o casaco e o esticou na direção de Helio; após uma pausa, o bleek deixou o livro relutantemente e aceitou o casaco, indo até o armário do corredor para pendurá-lo.

De canto de olho, Manfred parecia estar olhando para Arnie.

– Como vai você, pequeno? – perguntou Arnie com uma voz amigável, e deu um tapinha nas costas do garoto. – Olhe, você quer voltar para aquele hospício, aquele tal de Acampamento B-G nada agradável? Ou você quer ficar comigo? Vou te dar dez minutos para decidir.

Arnie pensou: Você vai ficar comigo, independentemente do que decidir. Seu moleque louco, biruta, idiota. Você e essa sua dancinha na ponta dos pés e isso de não falar com ninguém nem notar presença alguma. E também esse talento de ver o futuro que eu sei que você tem enfiado nesse seu cérebro de biruta, e que ontem à noite foi provado, sem sombra de dúvidas.

Voltando, Helio disse:

– Ele quer ficar com o senhor, Senhor.

– Claro que ele quer – disse Arnie, cheio de si.

– Os pensamentos dele são tão claros quanto plástico para mim, e os meus para ele, da mesma maneira – falou Helio. – Somos ambos prisioneiros, Senhor, em uma terra hostil.

Arnie deu uma risada bem alta e longa depois disso.

– A verdade sempre diverte o ignorante – disparou Helio.

– Ok, então eu sou ignorante – disse Arnie. – Só acho divertido você se entendendo com esse menino destrambelhado, só isso. Sem ofensas. Então quer dizer que vocês dois têm algo em comum, é isso? Não fico nada surpreso – e levantou o livro que Helio estava lendo. – Pascal – leu ele –, *Cartas provinciais*. Por Cristo na cruz, qual o sentido disso? Tem algum sentido?

– Os ritmos – disse Helio, com paciência. – A boa prosa cria uma cadência que atrai e capta a atenção errante do garoto.

– Errante por quê?

– Por pavor.

– Pavor de quê?

– Da morte – afirmou Helio.

Retomando a sobriedade, Arnie disse:

– Ah. Bem. A morte dele? Ou só a morte em geral?

– Esse garoto vivencia sua própria velhice, seu confinamento em um estado arruinado, a décadas de agora, num abrigo para idosos que ainda vai ser construído aqui em Marte, um lugar de decadência que ele abomina além do que é possível expressar. Nesse lugar do futuro ele passa anos vazios e exaustivos, acamado. Um objeto, não uma pessoa, mantido vivo através de legalidades estúpidas. Quando ele tenta firmar seus olhos no presente, é castigado quase de supetão por essa visão pavorosa de si mesmo, repetidamente.

– Conte-me mais sobre esse lar para idosos – demandou Arnie.

– Deve ser construído em breve – disse Helio. – Não com esse propósito, mas como um amplo dormitório para imigrantes recém-chegados a Marte.

– Ah sim – disse Arnie, entendendo do que se tratava. – Nas Montanhas Franklin Roosevelt.

– As pessoas chegam, se instalam, vivem ali e tiram os bleeks selvagens de seu último refúgio. Em troca, os bleeks rogam uma praga no terreno, estéril como é. Os colonos da Terra fracassam, seus prédios vão se deteriorando ano após ano. Os colonos voltam para a Terra mais rápido do que chegaram aqui. Por fim, acabam fazendo esse outro uso do prédio. Ele se torna um lar para idosos, pobres, senis e enfermos.

– Por que ele não fala? Explique isso.

– A fim de fugir de sua visão tenebrosa, ele recua para dias mais felizes, os dias passados dentro do corpo de sua mãe, onde não existe mais ninguém, não há mudanças, nem tempo, nem sofrimento. A vida uterina. Ele se dirige até lá, a única felicidade que pôde conhecer. Senhor, ele se recusa a deixar esse local tão querido.

– Estou entendendo – disse Arnie, acreditando parcialmente no que o bleek dizia.

– O sofrimento dele é como o nosso, como o de todas as outras pessoas. Mas para ele é pior, pois detém esse conhecimento antecipado, que nos falta. É um conhecimento horrível de se ter. Não é de estranhar que ele tenha se tornado... escuro por dentro.

– Sim, ele é tão escuro quanto você – disse Arnie. – E não do lado de fora, mas por dentro, como você mesmo disse. Como consegue suportá-lo?

– Eu suporto tudo – respondeu o bleek.

– Quer saber o que eu penso? – disse Arnie. – Acho que ele faz mais do que apenas ver o futuro. Acho que ele consegue controlar o tempo.

Os olhos do bleek ficaram opacos. Ele deu de ombros.

– Não é verdade? – insistiu Arnie. – Ouça, Heliogabalus, seu preto lazarento. Esse menino ficou de bobeira por aí ontem à noite. Eu sei disso. Ele viu tudo antes e tentou adulterar as coisas. Ele estava tentando fazer com que as coisas não acontecessem? Ele estava tentando interromper o tempo?

– Talvez – disse Helio.

– Esse é um talento e tanto – disse Arnie. – Talvez ele possa voltar ao passado, como ele quer, e alterar o presente. Você vai continuar trabalhando com ele, indo atrás disso. Olhe, a Doreen Anderton ligou ou passou por aqui hoje de manhã? Quero falar com ela.

– Não.

– Você acha que eu estou maluco por causa do que eu imagino sobre esse menino e suas possíveis habilidades?

– O senhor é movido pela raiva, Senhor – disse o bleek. – Um homem movido pela raiva pode tropeçar na própria paixão a caminho da verdade.

– Quanta porcaria – disse Arnie, enojado. – Você não pode simplesmente dizer sim ou não? Tem que ficar balbuciando desse jeito?

– Senhor, vou lhe dizer algo sobre o sr. Bohlen, a quem quer ferir – disse Helio. – Ele é muito venerável...

– Vulnerável – corrigiu Arnie.

– Obrigado. Ele é frágil, se magoa facilmente. Não seria difícil para o senhor dar um fim nele. No entanto, ele traz consigo um amuleto, que lhe foi dado por alguém que o ama ou, talvez, por várias pessoas que o amam. Um amuleto bleek, a feiticeira da água. Isso pode garantir a segurança dele.

Depois de um intervalo, Arnie disse:

– Isso nós vamos ver.

– Sim – disse Helio, com uma voz que Arnie nunca ouvira antes. – Nós vamos ter que esperar para ver a força que ainda existe dentro desses itens ancestrais.

– Uma prova viva de que essas porcarias não passam de um lixo desprezível é você mesmo. O fato de que você prefere permanecer aqui, acatando minhas ordens, servindo minhas refeições, varrendo o chão e pendurando o meu casaco, em vez de ficar perambulando pelo deserto marciano como fazia quando te encontrei, por exemplo. Lá fora, igual um bicho agonizando, implorando por água.

– Hum... – sussurrou o bleek. – Possivelmente.

– E pense bastante nisso – disse Arnie.

Senão você pode acabar lá fora novamente, com seus ovos de paka e suas flechas, cambaleando por aí a caminho de lugar nenhum, sem rumo, ele pensou. *Estou te fazendo um grande favor ao deixá-lo viver aqui como se fosse um humano.*

No começo da tarde, Arnie recebeu uma mensagem de Scott Temple, colocou-a no eixo de seu equipamento de decodificação e logo estava ouvindo o conteúdo.

"Localizamos o campo daquele sujeito bem nas Montanhas Franklin Roosevelt, Arnie, onde imaginamos. Ele não estava lá, mas um foguete auxiliar tinha acabado de pousar. Na verdade, foi por isso que a gente achou o lugar de cara – fomos seguindo o rastro de entrada do foguete. De todo modo, o cara tem um galpão de armazenamento lotado de guloseimas. Pegamos todas elas, e estão no nosso depósito agora. Depois plantamos uma arma atômica de propagação e explodimos o campo todo e o galpão e todos os equipamentos que estavam por perto."

Bela jogada, pensou Arnie.

"E, como você disse, para ele entender com quem está lidando, deixamos um recado. Afixamos um lembrete nas ruínas da torre de comando do campo de aterrisagem dizendo: *Arnie Kott não gosta do que você representa.* O que acha, Arnie?"

– Isso me parece uma boa –, disse Arnie em voz alta, embora ele achasse que aquilo era, de fato, um pouco... como se diz mesmo? Vulgar.

A mensagem continuava:

"E ele vai encontrar isso quando voltar. E eu pensei – isso é ideia minha, pode me corrigir – que a gente devia dar um pulo lá no fim da semana para garantir que ele não esteja reerguendo as estruturas. Esses operadores independentes são meio esquisitos, iguais àqueles caras do ano passado que tentaram construir um sistema próprio de telefonia. De todo modo, acho que isso dá conta da situação. E, além disso, ele estava usando os equipamentos antigos do Norb Steiner. Encontramos uns registros por lá com o nome do Steiner. Então você tinha razão. Foi bom a gente ir direto para cima desse cara, porque ele podia virar um problema."

E a mensagem acabava ali. Arnie colocou um rolo no codificador, se posicionou diante do microfone e respondeu:

– Scott, você fez bem. Obrigado. Acredito que não vamos mais ouvir falar desse cara, e aprovo sua iniciativa de ter confiscado o estoque dele, podemos usar tudo. Passe por aqui qualquer noite dessas para tomar um drinque. – E desligou o mecanismo, para então rebobinar o rolo.

Vindo da cozinha, escutava-se o som insistente e abafado de Heliogabalus lendo em voz alta para Manfred Steiner. Ao ouvir isso, Arnie sentiu certa irritação, e o ressentimento que ele nutria pelo bleek subiu com tudo. *Por que você deixou que eu me metesse com o Jack Bohlen, sendo que podia muito bem ler a mente do garoto?*, ele se perguntou. *Por que você não falou nada?*

Ele sentia um ódio flagrante por Heliogabalus. *Você também me traiu*, disse para si próprio. *Igual a todos os outros, Anne, Jack e Doreen, todos eles.*

Indo até a porta da cozinha, ele gritou:

– Você está conseguindo algum resultado aí ou o quê?

– Senhor, isto demanda tempo e esforço – respondeu Heliogabalus, abaixando seu livro.

– Tempo! – disse Arnie. – Caramba, esse é todo o problema. Mande-o de volta para o passado, uns dois anos atrás, e faça-o comprar o Henry Wallace em meu nome. Você consegue fazer isso?

Não houve nenhuma resposta. Para Heliogabalus, a pergunta era absurda demais para que fosse sequer levada em conta. Ficando vermelho, Arnie bateu a porta da cozinha e foi pisando duro de volta para a sala.

Então faça com que ele me mande de volta ao passado, Arnie falou sozinho. *Essa capacidade de viajar no tempo tem que prestar para alguma coisa. Por que não consigo atingir o resultado que eu quero? Qual o problema com todo mundo?*

Eles estão me enrolando só para me irritar, ele falou sozinho. *Então, não vou esperar muito mais*, decidiu.

Por volta de uma da tarde, nenhuma chamada de trabalho fora recebida da Companhia Yee. Jack Bohlen, esperando ao lado do telefone no apartamento de Doreen Anderton, sabia que havia algo de errado.

À uma e meia ele ligou para o sr. Yee.

– Imaginei que o sr. Kott fosse lhe informar, Jack – disse o sr. Yee com seu jeito sempre prosaico. – Você não é mais meu funcionário, Jack, é funcionário dele. Obrigado pelos bons serviços prestados.

Desmoralizado pela novidade, Jack disse:

– O Kott comprou o meu contrato?

– É isso mesmo, Jack.

E Jack desligou o telefone.

– O que ele disse? – perguntou Doreen, ao vê-lo de olhos arregalados.

– Sou do Arnie agora.

– O que ele vai fazer?

– Não sei – disse Jack. – Acho que é melhor eu ligar para ele e descobrir. Não me parece que ele vá me ligar. – *Ele está brincando comigo*, pensou; *esses joguinhos sádicos... deve estar se divertindo, talvez.*

– Não adianta nada ligar para ele – disse Doreen. – Ele nunca diz nada ao telefone. Vamos ter que ir até a casa dele. Quero ir junto, por favor, me deixe fazer isso.

– Ok – concordou Jack. E indo até o armário para pegar seu casaco, ele falou para ela: – Vamos lá.

14

Às duas da tarde, Otto Zitte colocou a cabeça para fora da porta lateral da casa dos Bohlen a fim de se certificar de que não havia ninguém olhando. Ele podia sair com segurança, Silvia Bohlen se deu conta, ao ver o que ele estava fazendo.

O que foi que eu fiz?, ela se perguntou enquanto estava parada no meio do quarto abotoando a blusa, meio desajeitada. *Como vou fazer para manter isso em segredo? Mesmo se a sra. Steiner não o vir, com certeza ele vai contar tudo para a June Henessy, e ela vai dar com a língua nos dentes para todo mundo que mora perto do canal William Butler Yeats. Ela adora uma fofoca. Eu sei que o Jack vai acabar descobrindo. E o Leo podia ter chegado em casa mais cedo...*

Mas agora era tarde demais. Estava feito e consumado. Otto estava juntando as malas, preparando-se para sair.

Eu queria estar morta, ela pensou.

– Tchau, Silvia – disse Otto apressado, enquanto se dirigia à porta da frente. – Vou te ligar.

Ela não respondeu nada, estava concentrada calçando seus sapatos.

– Você não vai me dar tchau? – perguntou ele, detendo-se na porta do quarto.

Disparando um olhar para ele, Silvia disse:

– Não. E saia daqui. Não volte nunca mais. Eu te odeio, de verdade.

Ele encolheu os ombros.

– Por quê?

– Porque – ia dizendo ela, com perfeita lógica – você é uma pessoa horrível. Eu nunca tive nada a ver com uma pessoa como você antes. Devo estar ficando louca, deve ser a solidão.

Otto parecia genuinamente magoado. Ruborizado, ele ficou por ali, à porta do quarto.

– Isso foi tanto ideia sua quanto minha – murmurou ele por fim, encarando-a.

– Vá embora – disse ela, dando-lhe as costas.

Finalmente, a porta da frente se abriu e fechou. Ele tinha ido embora.

Nunca, nunca mais, Silvia disse a si mesma. Ela foi até o armário de remédios no banheiro e pegou seu frasco de fenobarbital. Servindo-se precipitadamente um copo de água, ela separou 150 miligramas, tomando a porção de um só gole e arquejando.

Eu não devia ter sido tão mesquinha com ele, ela se deu conta num lampejo de consciência. Não era justo. Não foi culpa dele de fato, foi culpa minha. Se eu não sou boa pessoa, por que culpá-lo? Se não tivesse sido com ele, seria com algum outro, mais cedo ou mais tarde.

Será que ele vai voltar algum dia?, pensou ela. Ou será que eu o espantei para sempre? Ela já estava se sentindo solitária, infeliz e, mais uma vez, completamente desorientada, como se estivesse condenada a boiar num vácuo incorrigível para todo o sempre.

Na verdade, ele era muito legal, decidiu ela. Gentil e atencioso. Eu podia ter feito muito pior.

Indo até a cozinha, ela se sentou à mesa, pegou o telefone e discou o número de June Henessy.

Então, a voz de June soou em seu ouvido:

– Alô?

– Adivinhe só – disse Silvia.

– Conte.

– Só deixe eu acender um cigarro. – Silvia Bohlen acendeu um cigarro, pegou o cinzeiro, acomodou a cadeira para ficar mais confortável e aí, com uma infinidade de detalhes, além de um pequeno acréscimo essencial de ficção em pontos importantes, ela contou tudo à amiga.

Para sua surpresa, contar o ocorrido lhe pareceu tão prazeroso quanto a experiência em si.

Talvez até um pouquinho mais.

Cruzando o deserto de volta até sua base nas Montanhas Franklin Roosevelt, Otto Zitte ficou ruminando seu encontro amoroso com Silvia Bohlen e parabenizou a si próprio. Ele estava de bom humor, apesar da reação nada incomum de Silvia, cheia de remorso e acusação logo quando ele estava indo embora.

Essas coisas são esperadas, ele disse a si mesmo.

Isso já tinha acontecido antes. Verdade, era sempre algo que o chateava, mas era só um daqueles truquezinhos estranhos típicos da cabeça das mulheres: sempre chegava um ponto em que elas precisavam contornar a realidade e começar a disparar culpa por todos os lados, mirando em qualquer coisa ou qualquer um que estivesse ao alcance.

Ele não se importava muito, nada poderia lhe destituir a memória dos momentos felizes que os dois tinham passado juntos.

O que fazer agora? Voltar ao campo para almoçar, descansar um pouco, fazer a barba, tomar um banho e trocar de roupa... Ainda haveria tempo suficiente para sair mais uma vez em uma verdadeira viagem de vendas, desta vez com nada em mente além dos negócios, pura e simplesmente.

Já dava para vislumbrar os picos irregulares das montanhas mais à frente. Ele não demoraria a chegar.

Otto tinha a impressão de ver uma bruma de fumaça cinza bem feia subindo no meio das montanhas logo adiante.

Assustado, ele aumentou a velocidade do helicóptero. Não havia dúvidas, a fumaça vinha de seu próprio campo ou de algum lugar perto dali. *Eles me acharam!*, pensou, já soluçando. *Foi a ONU... eles me tiraram do jogo e estão esperando por mim.* Mas ele seguiu em frente mesmo assim, precisava ter certeza.

Abaixo estendiam-se as ruínas de seu campo. Ruínas enfumaçadas, com cascalho espalhado por toda parte. Ele ficou rondando por ali sem rumo, chorando com franqueza, as lágrimas escorrendo por suas bochechas. No entanto, não havia nem sinal da ONU, nada de veículos nem soldados militares.

Será que algum foguete que estava chegando explodiu?

Rapidamente, Otto estacionou o helicóptero. A pé, ele cruzou correndo o solo quente, rumo aos restos do que fora seu galpão de armazenamento.

Ao chegar na torre de comando do campo de aterrissagem, viu, pregado nela, um pedaço de papelão.

ARNIE KOTT NÃO GOSTA DO QUE VOCÊ REPRESENTA

Ele leu aquilo várias vezes, tentando entender. Arnie Kott – ele estava justamente se preparando para procurá-lo; Arnie fora o melhor cliente de Norb. O que isso significava? Será que ele tinha prestado algum serviço medíocre para Arnie? De que outra maneira ele o teria irritado? Não fazia sentido. O que ele fizera a Arnie Kott para merecer aquilo?

Por quê?, perguntou Otto. O que eu fiz para você? Por que você me destruiu?

Agora ele estava abrindo caminho até o galpão, esperando com todas as forças que alguma coisa do estoque pudesse ser salva, esperando encontrar algo em meio aos restos...

Não havia restos. O estoque fora levado. Não tinha lata, pote, embalagem ou saco à vista. Os escombros do prédio em si estavam lá, claro, mas só isso. Então eles – aqueles que jogaram a bomba – tinham chegado antes e pilhado o estoque.

Você me bombardeou, Arnie Kott, e ainda roubou minhas mercadorias, disse Otto enquanto andava em círculos, apertando e soltando os punhos e lançando olhares de raiva e exaltação para os céus.

Ainda assim, não conseguia entender por quê.

Tem que haver algum motivo, ele disse a si mesmo. E eu vou descobrir o que é. Não vou sossegar enquanto não descobrir, Arnie Kott, seu maldito. E quando eu descobrir, vou te pegar. Vou revidar o que você fez.

Ele assoou o nariz, deu uma fungada e foi se arrastando de volta para o helicóptero a passos lentos; acomodou-se lá dentro e ficou encarando aquela cena por um período longo, bem longo.

Por fim, abriu uma das malas. Dela, tirou sua pistola calibre .22 e ficou ali sentado, segurando-a em seu colo e pensando em Arnie Kott.

Para Arnie Kott, Heliogabalus disse:

– Senhor, desculpe-me pelo incômodo. Mas, se o senhor estiver preparado, vou lhe explicar o que deve fazer.

Em pleno deleite, Arnie parou o que fazia à mesa:

– Mande ver.

Com uma expressão triste e altiva, Helio disse:

– O senhor deve levar Manfred para o deserto e cruzar, a pé, até as montanhas Franklin Delano Roosevelt. Lá, sua peregrinação deve chegar ao fim quando levar o garoto até a Vil Nodosa, a pedra sagrada dos bleeks. Sua resposta estará lá, depois de apresentar o garoto à Vil Nodosa.

Erguendo o dedo na direção de seu bleek doméstico, Arnie disse com um tom astuto:

– E você tinha me dito que isso era uma fraude. – Todo o tempo ele sentira que havia alguma coisa na religião dos bleeks; Helio tentara enganá-lo.

– No santuário da rocha o senhor deve comungar. O espírito que dá vida à Vil Nodosa receberá suas psiques coletivas, e talvez, se ela for misericordiosa, lhe concederá o que está pedindo. – E Helio acrescentou: – Na prática, é da capacidade que existe dentro do garoto que o senhor deve depender. A rocha por si só é impotente. No entanto, o que acontece é o seguinte: o tempo é mais diluído no local onde fica a Vil Nodosa. Foi com base nesse fato que os bleeks triunfaram por séculos.

– Estou entendendo – disse Arnie –, uma espécie de fresta no tempo. E vocês conseguem chegar no futuro através disso. Bom, agora é o passado que me interessa e, francamente, isso tudo me parece meio suspeito. Mas vou tentar mesmo assim. Você me contou tanta história dessa rocha...

– O que eu disse antes é verdade – disse Helio. – Sozinha, a Vil Nodosa nada poderia fazer pelo senhor. – Ele não se encolheu, tampouco evitou o olhar de Arnie.

– Você acha que o Manfred vai cooperar?

– Eu contei para ele sobre a rocha e ele está empolgado com a ideia de vê-la. Eu disse que, nesse lugar, é possível fugir para trás, para o passado. Essa ideia o deixou encantado. No entanto... – Helio fez uma pausa. – O senhor precisa recompensar o garoto por seu esforço; pode oferecer a ele algo de valor inestimável... Senhor, o senhor pode banir o espectro da AM-WEB da vida dele para sempre. Prometa a ele que vai mandá-lo de volta para a Terra. Assim, independentemente do que acontecer, ele jamais verá o interior daquele prédio abominável. Se fizer isso por ele, o garoto orientará todos os poderes mentais que possui a seu favor.

– Tudo bem por mim – disse Arnie.

– E o senhor não falhará com ele.

– Ah, caramba, claro que não – prometeu Arnie. – Vou fazer todos os acertos com a ONU agora mesmo. É complicado, mas tenho advogados que podem lidar com coisas assim sem fazer a menor força.

– Que bom – disse Helio, acenando com a cabeça. – Seria abominável decepcioná-lo. Se, por um momento, o senhor pudesse experimentar essa ansiedade terrível que ele sente em relação a viver o futuro nesse lugar...

– Sim, parece horrível mesmo – concordou Arnie.

– Que lástima seria – disse Helio, encarando-o – se o senhor mesmo tivesse que suportar isso alguma vez na vida.

– Onde o Manfred está agora?

– Passeando pelas ruas de Lewistown – respondeu Helio –, apreciando a paisagem.

– Jesus, isso é seguro?

– Acho que sim – disse Helio. – Ele está muito empolgado com as pessoas e as lojas e a atividade toda. É tudo novo para ele.

– Com certeza você ajudou essa criança – disse Arnie.

A campainha da porta soou e Helio foi atender. Quando Arnie ergueu os olhos, lá estavam Jack Bohlen e Doreen Anderton, ambos com expressões inalteráveis e tensas.

– Ah, oi – disse Arnie, preocupado. – Entrem. Eu já ia mesmo te ligar, Jack. Olha, tenho um trabalho para você.

– Por que você comprou o meu contrato do sr. Yee? – perguntou Jack Bohlen.

– Porque eu preciso de você – disse Arnie. – Vou te dizer o porquê agora mesmo. Vou fazer uma peregrinação com o Manfred e quero alguém que fique sobrevoando, fazendo a nossa ronda para que a gente não se perca nem morra de sede. Precisamos atravessar o deserto até chegar nas Montanhas Franklin Roosevelt. Não é isso, Helio?

– Sim, Senhor – disse Helio.

– Quero começar isso o quanto antes – explicou Arnie. – Imagino que seja uma caminhada de uns cinco dias. Vamos levar um equipamento móvel de comunicação, assim podemos te notificar quando precisarmos de algo como comida ou água. À noite você pode estacionar o helicóptero e montar uma tenda para dormirmos. Certifique-se de levar suprimentos médicos a bordo caso eu ou o Manfred sejamos mordidos por algum animal do deserto. Ouvi dizer que tem cobras e ratos marcianos selvagens correndo à solta por lá. – Ele conferiu seu relógio. – Agora são três da tarde; gostaria de começar às quatro e fazer, talvez, umas cinco horas ainda hoje.

– Qual o objetivo dessa... peregrinação? – perguntou Doreen.

– Preciso comparecer para alguns negócios lá – disse Arnie. – Lá no meio desses bleeks do deserto. Negócios pessoais. Vocês virão juntos no helicóptero? Se forem, é melhor usar outra coisa, talvez botas e calças mais pesadas, porque sempre é possível que sejam obrigados a descer. Cinco dias é um período bem longo para ficar rondando assim. Certifiquem-se especialmente de levar água.

Doreen e Jack se entreolharam.

– Estou falando sério – disse Arnie. – Por isso não vamos parar e bagunçar os planos. Ok?

– Pelo que estou entendendo, eu não tenho escolha – Jack disse a Doreen. – Preciso fazer o que ele mandar.

– Isso é verdade, meu chapa – concordou Arnie. – Então comece a preparar o equipamento de que vamos precisar. Fogão portátil para cozinhar, luz e banheiro portáteis, comida e sabonete e toalhas, algum tipo de arma. Você sabe de tudo o que precisamos. Faz tempo que você vive às margens do deserto.

Jack assentiu devagar.

– Que negócios são esses? – perguntou Doreen. – E por que você tem que ir andando? Se precisa estar lá, por que não pode ir voando do jeito que costuma fazer?

– Eu apenas tenho que andar – disse Arnie, com certa irritação. – É assim que tem de ser, não foi ideia minha. – E virou-se para Helio. – A volta pode ser voando, né?

– Sim, Senhor – disse Helio. – O senhor pode voltar do jeito que preferir.

– Ainda bem que estou com a forma física tinindo – disse Arnie –, senão isso estaria completamente fora de questão. Espero que o Manfred consiga aguentar.

– Ele é bastante forte, Senhor – disse Helio.

– Você vai levar o garoto junto... – murmurou Jack.

– É isso mesmo – disse Arnie. – Alguma objeção?

Jack Bohlen não respondeu, mas parecia mais ameaçador do que nunca. De repente, ele irrompeu:

– Você não pode fazer o garoto andar por cinco dias atravessando o deserto. Isso vai matá-lo.

– Por que você não pode ir com um veículo de superfície? – perguntou Doreen. – Um daqueles tratorzinhos que o pessoal dos correios da ONU usa para entregar as correspondências. Ainda assim demoraria bastante, continuaria sendo uma peregrinação.

– Que tal isso? – Arnie disse para Helio.

Depois de refletir um pouco, o bleek respondeu:

– Suponho que esse tratorzinho de que os senhores estão falando possa funcionar.

– Ótimo – disse Arnie, decidindo ali mesmo. – Vou ligar para uns caras que eu conheço e pegar um desses tratorzinhos dos correios. Você me deu uma boa ideia, Doreen, obrigado. É claro que vocês dois ainda vão ter que ficar sobrevoando para garantir que o trator não quebre no caminho.

Tanto Jack quanto Doreen acenaram com a cabeça.

– Talvez, quando eu chegar lá, ao lugar para onde estou indo, vocês descubram o que estou aprontando – disse Arnie. *Na verdade, vocês vão ficar sabendo direitinho, isso sim*, ele pensou, *disso não há dúvidas.*

– Tudo isso é muito estranho – comentou Doreen, e ficou parada ao lado de Jack Bohlen, segurando em seu braço.

– Não me culpem – disse Arnie –, culpem o Helio. – E soltou uma risada.

– Isto é verdade – corroborou Helio –, foi ideia minha.

Mas a expressão dos dois permaneceu a mesma.

– Já falou com o seu pai hoje? – Arnie perguntou a Jack.

– Sim, rapidamente, por telefone.

– O pedido dele já foi solicitado, está tudo registrado? Sem impedimentos?

– Ele diz que foi devidamente processado – respondeu Jack. – Ele está se preparando para voltar para a Terra.

– Uma operação eficiente – disse Arnie. – Eu admiro isso. Aparece aqui em Marte, demarca o pedido dele, vai até a empresa fictícia, arquiva o registro e depois voa de volta. Nada mau.

– O que você está tramando, Arnie? – indagou Jack com uma voz sóbria.

Arnie encolheu os ombros.

– Tenho que fazer essa tal peregrinação sagrada junto com o Manfred. É só isso. – Entretanto, ele não tinha parado de sorrir, não conseguia evitar; ele não conseguia parar, nem sequer se dava ao trabalho de tentar.

Usar o tratorzinho dos correios da ONU abreviou a peregrinação sugerida de Lewistown até a Vil Nodosa de cinco dias para meras oito horas, ou pelo menos assim calculara Arnie. Agora, não resta mais nada a fazer senão ir, ele pensou, enquanto andava pela sala de casa.

Fora do prédio, na calçada, Helio estava sentado no tratorzinho junto com Manfred. Pela janela, Arnie conseguia vê-los ao longe. Pegou sua arma na gaveta da mesa, prendeu-a na parte interna do casaco, trancou a gaveta e se apressou pelo corredor.

Um momento depois ele apareceu na calçada e dirigiu-se até o tratorzinho.

– Lá vamos nós – disse ele a Manfred.

Helio desceu do tratorzinho e Arnie se instalou atrás do volante. Ele acelerou o pequeno motor a turbina, que fez um barulho como se fosse um zangão dentro de uma garrafa.

– Parece que está tudo certo – disse ele, caloroso. – Até mais, Helio. Se isso correr bem, você ganhará uma recompensa, lembre-se disso.

– Não espero recompensa – disse Helio. – Só estou cumprindo o meu dever para com o Senhor. Eu faria isso por qualquer um.

Soltando o freio de mão, Arnie adentrou o tráfego de fim de tarde do centro de Lewistown. Eles estavam a caminho. Acima, Jack Bohlen e Doreen voavam suavemente no helicóptero, sem dúvida; Arnie nem se deu ao trabalho de procurar por algum sinal deles, dando por certo que estavam lá. Ele acenou um tchau para Helio e, então, um imenso ônibus-trator preencheu todo o espaço que havia atrás do tratorzinho. A imagem de Helio sumiu de vista.

– Que tal isso, Manfred? – disse Arnie, enquanto conduzia o tratorzinho até os limites de Lewistown, rumo ao deserto. – Isso não é bacana? Chega a quase 80 por hora, não é qualquer mixaria.

O garoto não respondeu, mas seu corpo estremecia de excitação.

– Isso é louco – declarou Arnie, em resposta à sua própria pergunta.

Eles estavam quase saindo de Lewistown quando Arnie se deu conta de um carro emparelhado ao deles e que seguia na mesma velocidade. Dentro do carro, ele viu duas figuras, um homem e uma mulher. De início, pensou tratar-se de Jack e Doreen, até que descobriu que a mulher era sua ex-esposa, Anne Esterhazy, e o homem, o dr. Milton Glaub.

Que porcaria será que eles querem?, imaginou Arnie. Eles não percebem que estou ocupado, que não posso ser incomodado, seja lá com o que for?

– Kott – gritou o dr. Glaub –, encoste no meio-fio para que a gente possa conversar com você! É muito importante!

– Pro inferno – disse Arnie, acelerando o tratorzinho; com a mão esquerda, ele apalpou a arma em seu casaco. – Não tenho nada a dizer. O que vocês dois estão mancomunando? – Ele não gostava nem um pouco daquilo que estava vendo.

É bem a cara desses dois se juntarem, ele pensou. Eu devia ter esperado por isso. Sacando o equipamento de comunicação, ele fez uma chamada para seu administrador do Sindicato, Eddy Goggins:

– Aqui é o Arnie. Minha localização na bússola giroscópica é o ponto 8,45702, bem nos limites da cidade. Venha para cá logo. E seja rápido, eles estão me alcançando. – Na verdade, eles nunca tinham ficado para trás; era fácil atingir a velocidade do tratorzinho, e até mesmo ultrapassá-lo.

– Vou fazer isso, Arnie – disse Eddy Goggins. – Vou mandar alguns rapazes em dois tempos, não se preocupe.

Agora o carro tinha ganhado a dianteira e estava se aproximando do meio-fio. Relutante, Arnie foi diminuindo a velocidade do tratorzinho, como se fosse parar. O carro se colocou em uma posição de modo a evitar fugas, então Glaub saltou lá de dentro e foi na direção do tratorzinho feito um caranguejo, balançando os braços.

– Isso vai acabar com essa sua carreira de *bullying* e dominação – ele gritou para Arnie.

Je-sus, pensou Arnie. A essa altura do campeonato.

– O que você quer? – disse ele. – Seja ligeiro, tenho negócios a tratar.

– Deixe o Jack Bohlen em paz – arfou o dr. Glaub. – Eu o represento, e ele precisa de descanso e tranquilidade. Você vai ter que lidar comigo.

Do carro, surgiu Anne Esterhazy, que foi se aproximando do tratorzinho e enfrentou Arnie:

– Pelo que estou entendendo da situação... – começou ela.

– Você não entende nada – disse Arnie, com certo tom de maldade. – Deixem-me passar, ou vou ter que dar um jeito em vocês dois.

Sobrevoando, apareceu um helicóptero com o símbolo do Sindicato dos Funcionários das Águas, e começou a descer. Devem ser o Jack e a Doreen, Arnie supôs. Atrás dele vinha um segundo helicóptero a toda velocidade. Este, sem dúvida, trazia Eddy com os benfeitores. Ambos os helicópteros se preparavam para aterrissar por perto.

– Arnie – ia dizendo Anne Esterhazy –, eu sei que algo muito ruim vai te acontecer se você não desistir do que está fazendo.

– Comigo? – disse ele, entre espirituoso e incrédulo.

– Estou sentindo isso. Por favor, Arnie. O que quer que você esteja tramando, pense duas vezes. Tem muita bondade no mundo, você precisa mesmo dessa sua vingança?

– Volte para Nova Israel e cuide daquela porcaria da sua loja. – Ele acelerou o motor do tratorzinho com tudo.

– Esse garoto... – disse Anne. – É o Manfred Steiner, não é? Deixe o Milton levá-lo de volta para o Acampamento B-G. É melhor para todo mundo, é melhor para ele e para você também.

Um dos helicópteros aterrissou. Dele saltaram três ou quatro funcionários do Sindicato dos Funcionários das Águas. Eles subiram a rua correndo e o dr. Glaub, ao vê-los, se agarrou pesarosamente na roupa de Anne.

– Estou vendo esses homens. – E ela continuou imperturbável. – Por favor, Arnie. Você e eu já trabalhamos juntos tantas vezes, em tantas coisas que valiam a pena... Pelo meu bem, pelo bem do Sam... Se você continuar com isso, e eu te conheço, nunca mais vou estar do seu lado de novo, de jeito nenhum. Você consegue sentir isso? Isso que você está fazendo é tão importante assim, a ponto de perder tanta coisa?

Arnie não disse nada.

Bufando, Eddy Goggins apareceu ao lado do tratorzinho. Os homens do sindicato se apressaram na direção de Anne Esterhazy e do dr. Glaub. Agora o outro helicóptero tinha pousado, e dele saiu Jack Bohlen.

– Pergunte a ele – disse Arnie. – Ele está vindo por vontade própria. Ele é adulto, sabe o que está fazendo. Pergunte se ele não está vindo voluntariamente nesta peregrinação.

Quando Glaub e Anne Esterhazy se viraram na direção de Jack, Arnie Kott deu ré com o tratorzinho. Ele engatou a marcha e disparou pela lateral do carro estacionado. Teve início um tumulto enquanto Glaub tentava voltar para o carro; dois benfeitores o agarraram e eles começaram a lutar. Arnie seguiu em frente com o tratorzinho, e o carro e as pessoas ficaram para trás.

– Lá vamos nós – ele disse para Manfred.

À frente, a rua se tornou um limite vago que separava a cidade do deserto, em direção às colinas mais além. O tratorzinho seguiu rolando em velocidade máxima, e Arnie sorriu. Ao lado dele, o rosto do garoto brilhava de excitação.

Ninguém pode me impedir, Arnie disse para si mesmo.

O barulho da algazarra foi sumindo de seus ouvidos. Agora, ele só ouvia o zumbido da turbina diminuta do tratorzinho. Ele tornou a se acomodar.

Vil Nodosa, prepare-se, ele pensou. Então lhe veio à mente o amuleto mágico de Jack Bohlen, a feiticeira das águas que Helio disse que o Jack tinha com ele, e Arnie franziu as sobrancelhas. Mas foi uma cara feia momentânea. Ele nem ao menos reduziu a velocidade.

Ao lado dele, Manfred exultava, todo empolgado:

– Nhaca nhaca!

– O que significa isso, nhaca nhaca? – perguntou Arnie.

Não houve nenhuma resposta, e os dois quicavam no carrinho dos correios da ONU rumo às Montanhas Franklin Roosevelt logo em frente.

Talvez eu descubra o que isso significa quando a gente chegar lá, Arnie pensou. Eu gostaria de saber. Por algum motivo, os sons que o garoto emitia, aquelas palavras ininteligíveis, deixavam-no nervoso, mais do que qualquer outra coisa. De repente, ele desejou que Helio tivesse vindo junto.

– Nhaca nhaca! – gritava Manfred, enquanto eles seguiam acelerando.

15

A projeção escura e assimétrica de arenito e vidro vulcânico que era a Vil Nodosa apontava imensa e esquálida adiante, na claridade do alvorecer. Eles tinham passado a noite no deserto, em uma barraca, com o helicóptero estacionado logo ao lado. Jack Bohlen e Doreen Anderton não trocaram nenhuma palavra com eles; ao raiar do dia, o helicóptero alçou voo para rondá-los no céu. Arnie e o garoto Manfred Steiner tinham tomado um bom café da manhã, para então guardar tudo e continuar a viagem.

Agora a viagem, aquela peregrinação até a rocha sagrada dos bleeks, terminara.

Ao ver a Vil Nodosa assim tão de perto, Arnie pensou: este é o lugar que vai curar todos nós de qualquer coisa que nos aflija. Manfred pegou o volante do tratorzinho enquanto consultava o mapa desenhado por Heliogabalus. Nele estava traçada a trilha de todo o percurso até a rocha. Lá havia, como lhe dissera Helio, uma câmara oca na face norte da rocha, onde geralmente se podia encontrar um pastor bleek. A menos, Arnie pensou, que ele tenha ido para algum lugar tirar um cochilo depois de encher a cara. Ele conhecia os pastores bleek. Eram velhos bebuns, em sua maioria. Até mesmo os próprios bleeks nutriam certo desdém por eles.

Na base da primeira colina, em meio às sombras, ele estacionou o tratorzinho e desligou o motor.

– Daqui nós seguimos a pé – ele disse a Manfred. – Vamos carregar o máximo de equipamento que conseguirmos, água e comida, é óbvio, o aparelho de comunicação e, se precisarmos cozinhar, podemos voltar até o fogareiro. Supostamente, são só mais alguns quilômetros.

O garoto saltou do tratorzinho. Ele e Arnie descarregaram os equipamentos e logo estavam marchando por uma trilha inclinada e rochosa, entrando na região das Montanhas Franklin Roosevelt.

Espreitando em volta com certa apreensão, Manfred se encolheu e sentiu um estremecimento. Talvez o garoto esteja vivenciando a AM-WEB mais uma vez, conjecturou Arnie. O cânion Henry Wallace estava a pouco mais de 100 quilômetros dali. O garoto pode muito bem ter absorvido emanações da estrutura por vir, já que eles estavam tão perto agora. Na verdade, ele próprio quase conseguia senti-las também.

Ou será que era a tal rocha dos bleek que ele estava sentindo?

Arnie não gostava nada de avistá-la. Por que fazer um santuário desse negócio?, ele se perguntou. É perverso... esse lugar árido. Mas talvez, muito tempo atrás, esta região tenha sido fértil. Evidências de acampamentos de bleeks podiam ser identificadas ao longo do caminho. Talvez os marcianos tenham se originado aqui. As terras certamente tinham um aspecto antigo e desgastado. Era como se um milhão dessas criaturas pretas e acinzentadas tivessem controlado tudo isso com o passar das eras. E agora, o que era aquilo? Os últimos resquícios de uma raça que estava sendo dizimada. Uma relíquia para aqueles que não ficariam mais por muito tempo.

Ofegante por causa do esforço envolvido em subir a montanha com uma carga pesada, Arnie estancou. Manfred seguiu escalando penosamente a ladeira íngreme diante de si, sempre disparando para o entorno seus olhares acometidos de ansiedade.

– Não se preocupe – disse Arnie, de maneira encorajadora. – Não há nada a temer aqui.

Será que o talento do garoto já estava se misturando ao da rocha? E será que a rocha em si também não estava ficando apreensiva?, imaginou ele. Será que ela era capaz disso?

A trilha ficou mais plana e larga. E tudo continuava nas sombras. Frio e umidade pairavam sobre tudo, como se eles estivessem pisando em uma grande tumba. A vegetação que crescia delgada e tóxica na superfície das rochas tinha um aspecto meio morto, como se algo a tivesse envenenado no processo de crescimento. Mais à frente tinha um pássaro morto na trilha, um cadáver apodrecido que talvez estivesse ali há semanas, não dava para saber. Ele tinha uma aparência mumificada.

Eu, com certeza, não gosto deste lugar, Arnie pensou.

Parando diante do pássaro, Manfred se inclinou e disse:

– Nhaca.

– É isso mesmo – murmurou Arnie. – Venha, vamos continuar.

De repente, eles chegaram à base da rocha.

O vento sacudia as folhagens das plantas, os arbustos pareciam ter sido depenados, restavam apenas elementos básicos: nus e desfalcados, feito ossos enfiados no solo. O vento vinha de uma fenda na Vil Nodosa e tinha um cheiro, pensou ele, como se algum tipo de animal vivesse lá dentro. Talvez fosse o próprio pastor; ele viu, sem muita surpresa, uma garrafa de vinho vazia jogada em um canto com outros fragmentos de lixo presos nas folhagens cortantes dos arredores.

– Tem alguém aqui? – chamou Arnie.

Depois de um longo momento, um homem velho, um bleek tão acinzentado que parecia estar envolvido por teias, foi saindo da câmara que havia na rocha. O vento parecia assoprá-lo junto, de modo a fazê-lo se arrastar meio de lado, escorando-se em um dos cantos da cavidade e, então, agitando-se para a frente mais uma vez. Seus olhos estavam vermelhos.

– Seu velho bêbado – disse Arnie em voz baixa. Então, de um pedaço de papel que Helio lhe dera, ele cumprimentou o velho homem no dialeto bleek.

O pastor balbuciou uma resposta meio mecânica e desdentada.

– Tome. – E Arnie lhe esticou um pacote de cigarros; o pastor, sempre balbuciando, aproximou-se furtivo, pegou o pacote com suas garras e o acomodou debaixo das vestes de cor cinza, repletas de teias. – Você gosta disso, né? Imaginei que fosse gostar mesmo – disse Arnie.

Lendo o pedaço de papel, ele contou, em bleek, qual o propósito de sua viagem e o que gostaria que o pastor fizesse. Ele queria que o ancião o deixasse em paz com Manfred por mais ou menos uma hora naquela câmara, para que eles conseguissem invocar o espírito da rocha.

Ainda balbuciando, o pastor se afastou, entretido com a bainha de suas vestes, depois se virou e foi embora se arrastando. Ele desapareceu por uma trilha lateral sem tornar a olhar para Arnie e Manfred.

Arnie virou o papel e leu as instruções que Helio escrevera:

(1) Entre na câmara.

Pegando Manfred pelo braço, ele o conduziu passo a passo até entrar na fenda escura da rocha. Acendendo a lanterna, ele foi guiando o garoto até que a câmara ficou mais larga. Ainda tinha um cheiro ruim, pensou ele, como se tivesse ficado fechada por séculos. Igual a uma caixa velha cheia de trapos arruinados, um cheiro mais de vegetal do que de animal.

E agora? Mais uma vez ele consultou o papel de Helio.

(2) Faça uma fogueira.

Um círculo irregular de pedregulhos cercava uma cova enegrecida onde havia pedaços de madeira e outras coisas com a aparência de ossos... Parecia que o velho bebum preparava suas refeições ali.

Entre suas coisas, Arnie trazia gravetos. Então ele os pegou, colocando a bagagem no chão da caverna e fuçando nas correias dela com os dedos rígidos.

– Não vá se perder, menino – ele disse a Manfred; fico pensando se algum dia a gente vai conseguir sair daqui, ele se perguntou.

Ambos se sentiram melhor, no entanto, quando o fogo foi aceso. A caverna ficou mais quente, mas não seca; o cheiro de mofo persistia e até parecia ter ficado mais forte, como se o fogo o estivesse atraindo, onde quer que aquilo estivesse.

A próxima instrução o deixou um pouco confuso; ela não parecia se encaixar com o resto, mas, mesmo assim, ele a seguiu.

(3) Sintonizar o rádio portátil em 574 kHz.

Arnie tirou o pequeno transistor portátil de origem japonesa e o sintonizou. Em 574 kHz, nada além de sons de estática se faziam ouvir. Apesar disso, ele parecia obter uma resposta da rocha em volta deles; ela parecia estar mudando e ficando mais alerta, como se o barulho do rádio a tivesse despertado para a presença deles. A próxima instrução era igualmente irritante.

(4) Tomar Nembutal (o garoto não toma).

Usando seu cantil, Arnie engoliu o comprimido de Nembutal, questionando-se se o propósito daquilo não era borrar seus sentidos e torná-lo crédulo. Ou era só para abafar a ansiedade?

Restava apenas uma última instrução.

(5) Jogar o pacote anexo no fogo.

Helio tinha colocado na bagagem de Arnie um pequeno papel, uma página amassada do *New York Times* com algum tipo de mato lá dentro. Ajoelhando-se perto do fogo, Arnie desembalou cuidadosamente o pacote e jogou aqueles fiapos escuros e secos nas chamas. Um cheiro asqueroso subiu e as chamas se apagaram. A fumaça se espalhou, preenchendo a câmara; ele ouviu Manfred tossindo. *Caramba*, pensou Arnie, *isso vai acabar nos matando se a gente seguir em frente.*

A fumaça desapareceu quase de uma vez. Agora, a caverna parecia escura e vazia, e muito maior do que antes, como se a rocha em volta deles tivesse recuado. De um só golpe, Arnie sentiu que eles iam cair. Ele não parecia mais estar precisamente de pé. Ele percebeu que o senso de equilíbrio se fora. Nada a ser usado como apoio.

– Manfred – disse ele –, agora preste atenção. É por minha causa que você não precisa mais se preocupar com aquela história da AM-WEB, como o Helio explicou. Entendido? Ok. Agora volte no tempo umas três semanas. Você consegue fazer isso? Dê o seu melhor, tente o máximo que puder.

Naquela escuridão, o garoto o espreitou, os olhos arregalados de medo.

– De volta para antes de eu conhecer Jack Bohlen – disse Arnie –, antes de tê-lo encontrado no meio do deserto no dia em que aqueles bleeks estavam morrendo de sede. Você entendeu? – E foi andando na direção do garoto...

Ele caiu de cara no chão.

É o Nembutal, pensou ele. *É melhor eu me levantar logo, antes que desmaie de vez.* Ele se debateu tentando levantar, procurando algo em que se segurar. A luz fulgurou, atingindo-o de modo lancinante. Ele colocou as mãos... e então estava na água. Uma água morna se derramava sobre ele, sobre seu rosto; ele ficou atabalhoado, engasgou-se e viu ao redor de si uma onda de vapor; debaixo de seus pés dava para sentir um piso familiar.

Ele estava em sua sauna a vapor.

Vozes de homens conversando. A voz de Eddy, que dizia: “Certo, Arnie”. Depois a silhueta de outras formas em volta dele, outros homens tomando banho.

Dentro de si, lá embaixo, perto da virilha, a úlcera duodenal que tinha começou a queimar e ele se deu conta de que estava terrivelmente esfomeado. Então saiu do chuveiro com as pernas fracas e bambas, andando hesitante pelo piso quente e molhado, procurando o atendente para pegar sua grande toalha de banho felpuda.

Já estive aqui antes, pensou ele. Já fiz tudo isso, já disse o que vou dizer; isto é sinistro. Como chamam isso mesmo? É uma expressão francesa...

É melhor eu tomar o café da manhã. O estômago dele roncou e a dor na úlcera aumentou ainda mais.

– Ei, Tom – ele chamou o atendente –, preciso que você me seque e me vista para eu poder ir comer. Minha úlcera está me matando. – Aquilo nunca tinha doído tanto assim antes.

– Certo, Arnie – disse o atendente, aproximando-se dele e segurando uma grande toalha branca e macia.

Depois de ser vestido pelo assistente, com as calças e camiseta de flanela cinza, botas de couro macio e um quepe de marinheiro, o benfeitor Arnie Kott saiu da sauna a vapor e cruzou o corredor da Sede do Sindicato até a sala de jantar, onde Heliogabalus o esperava com o café da manhã.

Enfim ele estava sentado diante de uma pilha de panquecas com bacon, o legítimo café lá da Terra, um copo de suco de laranjas vindas de Nova Israel e o *The New York Times* da semana anterior, edição de domingo.

Ele estremeceu de consternação ao alcançar o copo com suco de laranja fresco, gelado e bem doce; o copo era escorregadio e suave ao toque, e quase o iludiu no meio do caminho... Ele pensou: *Preciso ser cuidadoso, reduzir o ritmo e pegar leve. É isso mesmo, estou de volta para onde estava várias semanas antes. Manfred e a pedra dos bleeks fizeram isso juntos. Uau,* pensou ele, sua mente era uma algazarra de expectativas. *Isso é demais!* Ele bebeu o suco de laranja, degustando cada gole até esvaziar o copo.

Eu consegui o que queria, ele disse para si próprio.

Agora preciso tomar cuidado, pensou, tenho certeza de que não quero mudar algumas coisas. Quero garantir que meus negócios no mercado negro não sejam arruinados por fazer o movimento natural e interferir de modo a evitar que o velho Norb Steiner tire a própria vida. Quer dizer, é triste para ele, mas não pretendo deixar esse ramo; então, isso continua do jeito que está. Do jeito que vai ser, ele se corrigiu.

Tenho, principalmente, duas coisas a fazer. Primeiro, vou cuidar de obter a escritura legal para aportar na região das Montanhas Franklin Roosevelt, que abrange tudo em volta do cânion Henry Wallace, e essa escritura precederá à do velho Bohlen em várias semanas. Então, que vá pro inferno esse especulador gagá vindo direto da Terra. Quando ele chegar de fato, daqui a várias semanas, vai descobrir que o território foi comprado. Fazer essa longa viagem até aqui e voltar por nada. Talvez ele tenha um ataque cardíaco. Arnie deu uma gargalhada ao pensar nisso. Que pena.

E a outra coisa. O próprio Jack Bohlen.

Vou dar um trato nele, Arnie pensou, um cara que ainda nem conheci e que não me conhece, embora eu o conheça.

O que eu significo para Jack Bohlen agora faz parte do destino.

– Bom dia, sr. Kott.

Irritado por ter os pensamentos interrompidos, ele olhou para cima e viu que uma jovem tinha entrado na sala e estava, toda esperançosa, de pé ao lado de sua mesa. Ele não a reconheceu. Uma moça da equipe de secretárias que chegou para tomar o ditado da manhã, ele se deu conta.

– Pode me chamar de Arnie – murmurou ele. – Todo mundo tem que me chamar assim. Como você não sabia disso? Você é nova por aqui?

Essa moça, pensou ele, não era tão bonita assim, e retomou a leitura do jornal. Mas, por outro lado, tinha uma figura robusta, exuberante. O vestido preto de seda que ela usava: não tem grande coisa por baixo, ele pensou, enquanto a observava pelo canto do jornal. Não é casada, não tem nenhuma aliança no dedo.

– Venha até aqui – disse ele. – Você está assustada porque eu sou o grande e famoso Arnie Kott, responsável por todo este lugar?

A moça se aproximou num movimento meio furtivo e luxuriante que o surpreendeu. Ela parecia se arrastar de lado até a mesa. E com uma voz rouca, insinuante, disse:

– Não, Arnie, não estou com medo de você.

Seu olhar brusco não parecia carregar inocência. Pelo contrário, seu conhecimento implícito o pegou de sobressalto. Para ele, parecia que ela tinha consciência de cada fantasia e impulso dentro dele, especialmente aqueles que se aplicavam a ela.

– Faz tempo que você trabalha aqui? – perguntou ele.

– Não, Arnie – E então se aproximou, ficando apoiada na quina da mesa de modo que uma das pernas (ele mal podia acreditar naquilo) aos poucos entrasse em contato com a dele.

Metodicamente, a perna dela foi se serpenteando contra a perna dele de um jeito simples, reflexivo e rítmico, que o fez se retrair e dizer, em um tom um pouco débil:

– Opa.

– Qual o problema, Arnie? – perguntou a moça, e sorriu.

Era um sorriso que não se parecia com nada que ele tivesse visto antes na vida, frio e cheio de intimação; profundamente destituído de qualquer caráter cálido, como se uma máquina o tivesse carimbado ali, construído a partir de padrões de lábios, dentes, língua... Mesmo assim, aquele sorriso o inundava com sensualidade. Derramava um calor saturado e encharcado que o deixava rígido em sua cadeira, incapaz de desviar o olhar. Era principalmente a língua, pensou ele. Ela vibrava. A extremidade, notou ele, tinha um aspecto pontudo, como se fosse cortante. Uma língua capaz de machucar, que tinha prazer em fender algo vivo, atormentá-lo e fazê-lo clamar por piedade. Era desta parte que ela mais gostava: ouvir as súplicas. Também os dentes, brancos e afiados... eram feitos para dilacerar.

Ele sentiu um calafrio.

– Estou te incomodando, Arnie? – murmurou a moça.

Passo a passo, ela deslizara pela mesa de maneira que, agora – ele não conseguia entender como isso acontecera –, estava com quase todo o corpo contra o dele. Meu Deus, pensou ele, ela é... isso é impossível.

– Olha – disse ele, engolindo em seco e percebendo a aridez de sua garganta; ele mal conseguia resmungar –, vá saindo daqui e me deixe ler o jornal. – Pegando o periódico, ele o posicionou entre os dois. – Vá embora – mandou ele, rabugento.

Aquela forma recuou um pouco.

– Qual o problema, Arnie? – ronronou a voz como se fossem rodas de metal se esfregando, um som automático emanando dela, igual a uma gravação, pensou ele.

Ele não disse nada. Apenas agarrou seu jornal e ficou lendo.

Quando olhou de novo em volta, a moça tinha ido embora. Ele estava sozinho.

Eu não me lembro disso, ele pensou, tremendo por dentro, bem no fundo do estômago. Que tipo de criatura era aquela? Não estou entendendo... O que foi que acabou de acontecer?

Ele começou, automaticamente, a ler uma matéria no jornal sobre uma nave que tinha se perdido no espaço profundo, um cargueiro japonês que transportava bicicletas. Ele achou engraçado, muito embora as trezentas pessoas a bordo tivessem morrido. Era engraçada demais a simples ideia de milhares de bicicletas japonesas, pequenas e leves, flutuando como detritos, rondando o sol para sempre... Não que elas não fossem necessárias em Marte, com sua quase total falta de fontes de energia... Uma pessoa podia pedalar sem custos por centenas de quilômetros com a gravidade fraca daquele planeta.

Continuando a leitura, ele deparou com uma matéria sobre uma recepção na Casa Branca para os... ele deu uma conferida. As palavras pareciam estar fugindo, ele mal conseguia lê-las. Será que é algum tipo de erro de impressão? O que aquilo estava dizendo? Ele aproximou o jornal um pouco...

Nhaca nhaca, o texto dizia. O artigo ficou sem sentido, não tinha nada além dessas palavras nhaca-nhaca, uma seguida da outra. Minha nossa! Ele encarou aquilo com asco, o estômago dele reagindo. Agora, sua úlcera duodenal estava doendo mais do que nunca. Ele ficara tenso e irritado, a pior combinação possível para um paciente com úlcera, especialmente na hora da refeição. *Caramba, essas nhaca-nhaca escritas,* ele pensou. *Isso é o que aquele menino diz! Com certeza, erraram na hora de escrever o artigo do jornal.*

Batendo o olho, ele viu que quase todos os artigos tinham mergulhado em *nonsense,* ficado borrados depois de uma linha ou algo assim. Sua irritação foi aumentando e ele atirou o jornal longe. *Que inferno, que porcaria será isso,* ele se perguntou.

Isso é aquele papo de esquizofrenia, ele se deu conta. Uma linguagem particular. Eu não gosto nem um pouco disso aparecendo aqui. Tudo bem se ele quiser falar assim consigo mesmo, mas isso não tem lugar aqui! Ele não tem o direito de enfiar essas coisas no meu mundo. Até que Arnie pensou: Claro, foi ele quem me trouxe de volta aqui, então, talvez ele ache que isso lhe dá esse direito. Talvez o garoto encare isso como seu próprio mundo.

Esse pensamento não agradou Arnie, ele gostaria que aquilo nunca tivesse lhe ocorrido.

Levantando-se de sua mesa, ele foi até a janela e olhou para a rua de Lewistown, lá embaixo, ao longe. Pessoas correndo por todos os lados. Como elas eram rápidas. E os carros também. Por que tão rápido assim? Havia uma qualidade cinética desagradável naqueles movimentos, uma brusquidão; eles pareciam estar batendo uns nos outros ou prestes a fazer isso. Objetos colidindo feito bolas de bilhar, pesadas e perigosas... Os prédios, notou ele, pareciam estar repletos de quinas pontudas. Contudo, quando tentava identificar as mudanças – e eram mudanças, quanto a isso não restavam dúvidas –, ele não conseguia. Aquela era a cena familiar que ele via todo dia. No entanto...

Eles estavam se deslocando muito rápido? Era isso? Não, era algo mais profundo do que isso. Havia uma certa *hostilidade* onipresente, por toda parte. As coisas não se colidiam simplesmente – elas se chocavam umas contra as outras, como se o fizessem deliberadamente.

Então ele viu outra coisa, algo que o fez arquejar. As pessoas na rua lá embaixo, correndo para lá e para cá, quase não tinham rosto, eram apenas fragmentos ou resquícios de rostos... como se nunca tivessem sido formadas.

Argh, isso nunca vai dar certo, Arnie disse para si mesmo. Agora ele estava sentindo um profundo e intenso medo. O que está acontecendo? O que eles estão me passando?

Abalado, Arnie voltou para sua mesa e sentou-se novamente. Pegando a xícara de café, ele deu um gole, tentando esquecer aquela cena lá embaixo, tentando retomar sua rotina matinal.

O café estava com um gosto amargo, acre e estranho, e ele colocou a xícara na mesa de uma vez. Imagino que essa criança pense o tempo todo que está sendo envenenada, pensou Arnie, em pleno desespero. Será que é isso? Preciso passar a vida inteira comendo essa comida de gosto horrível por causa dos delírios dele? Meu Deus, pensou ele, isso é terrível.

A melhor coisa para mim, decidiu, *é fazer minhas obrigações aqui o mais rápido possível e voltar logo para o presente.*

Destrancando a última gaveta de sua mesa, Arnie tirou a maquininha de codificação movida a pilhas e a colocou para funcionar. Nela, pôs-se a dizer:

– Scott, tenho um assunto de extrema importância para te transmitir aqui. Insisto que você tome providências quanto a isso agora mesmo. O que quero fazer é comprar terras nas Montanhas Franklin Roosevelt porque a ONU vai criar uma área habitacional gigantesca lá, mais especificamente em torno do cânion Henry Wallace. Então você tem que transferir recursos suficientes do Sindicato, obviamente em meu nome, para garantir que eu consiga a propriedade de tudo aquilo, porque daqui a cerca de duas semanas os especuladores da...

Ele interrompeu a fala, pois a máquina de codificação soltara um gemido, parando de funcionar. Ele deu um tapinha nela, o que fez as engrenagens se mexerem lentamente, e aí, mais uma vez, elas ficaram em silêncio.

Pensei que isso estivesse arrumado, pensou Arnie, irritado. Aquele Jack Bohlen não tinha resolvido isso? Então lembrou-se de que estava no passado, antes de ter contratado Jack Bohlen; é claro que não ia funcionar.

Preciso ditar a mensagem para aquela criatura-secretária, ele se deu conta. E começou a apertar o botão em sua mesa para chamá-la, mas voltou atrás. Como posso deixar aquela coisa entrar aqui de novo?, ele se perguntou. Mas não havia alternativa. Ele apertou o botão.

A porta se abriu e ela entrou.

– Eu sabia que você ia me querer, Arnie – disse ela, apressando-se na direção dele, toda empertigada e urgente.

– Olha – falou ele, com certo tom de autoridade –, não fique muito perto de mim, não suporto quando as pessoas ficam muito perto.

Mas, à medida que falava, ele reconhecia seus medos pelo que eram de fato. Era um temor básico do esquizofrênico de que as pessoas pudessem ficar muito próximas de si e invadir seu espaço. Medo de proximidade, chamava-se aquilo. Devia-se ao fato de um esquizofrênico perceber hostilidade em todos ao seu redor. *É isso que estou fazendo*, pensou Arnie. Ainda assim, mesmo sabendo disso, ele não conseguia suportar a aproximação da moça; então ficou abruptamente de pé e saiu andando, indo novamente até a janela.

– Como quiser, Arnie – disse a moça, com um tom insaciável.

E, apesar de ter dito isso, ela continuou se arrastando na direção dele até quase tocá-lo, como antes. Ele se percebeu ouvindo os sons da respiração dela, sentindo o cheiro dela, aquele odor corporal azedo, e a respiração dela, que era espessa e desagradável... ele se sentia como se estivesse engasgando, incapaz de deixar o ar entrar em seus pulmões.

– Vou ditar para você agora – disse ele, afastando-se dela e mantendo alguma distância entre os dois. – Esta mensagem é para

Scott Temple, e deve ser enviada em código para que eles não possam ler. *Eles*, pensou Arnie; bom, esse sempre fora seu maior medo, não dava para colocar a culpa no garoto. – Estou com um assunto terrivelmente importante aqui – ele ia ditando. – Tome providências quanto a isso imediatamente; isso significa muito, é uma informação privilegiada. A ONU vai comprar um enorme pedaço de terra nas Montanhas Franklin Roosevelt...

E seguiu ditando. Mesmo enquanto falava, um medo o assaltava, um medo obsessivo que crescia a cada momento. Imagine se ela só estiver escrevendo aquelas palavras nhaca-nhaca? Preciso conferir, ele pensou. Preciso me aproximar dela para ver. Mas acabou desistindo disso, da proximidade.

– Olha, senhorita – disse ele, interrompendo a si próprio –, dê-me esse seu bloco, quero ver o que você está escrevendo.

– Arnie – argumentou ela com a voz áspera e arrastada –, você não consegue entender nada só de olhar.

– C-como? – perguntou ele, apavorado.

– Está taquigrafado – e ela sorriu para ele friamente, o que lhe pareceu de uma malevolência palpável.

– Ok – disse ele, desistindo e retomando seu ditado até o fim; em seguida, pediu a ela que codificasse a mensagem e a enviasse logo para Scott.

– Depois disso, o que mais? – disse ela.

– O que você quer dizer?

– Você sabe, Arnie – respondeu ela, e o tom de sua voz fez com que ele se retraísse com receio e o mais puro asco físico.

– Mais nada depois disso – afirmou ele. – Apenas saia. E não volte. – Seguindo-a, ele bateu a porta assim que ela saiu.

Acho que vou ter que contatar o Scott diretamente, decidiu ele; não posso confiar nela. Sentando-se à mesa, ele pegou o telefone e discou.

Então a ligação estava chamando. Mas em vão: não houve resposta. Por quê?, imaginou ele. Será que ele fugiu de mim? Será que está contra mim? Trabalhando para eles? Não posso confiar nele, não posso confiar em ninguém. Em seguida, de súbito, uma voz respondeu:

– Alô. Scott Temple falando. – E Arnie se deu conta de que apenas alguns segundos e toques tinham se passado; todos aqueles pensamentos de traição e ruína tinham percorrido sua mente num instante.

– Aqui é o Arnie.

– Oi, Arnie. E aí? Consigo notar pelo seu tom de voz que alguma coisa está pegando. Manda ver.

Minha noção de tempo está prejudicada, Arnie se deu conta. Achei que o telefone tinha ficado chamando por uma meia hora, mas não foi nada disso.

– Arnie – Scott ia dizendo –, fale comigo. Arnie, você está aí?

É a confusão da esquizofrenia, Arnie percebeu. É basicamente uma ruptura na noção do tempo. Agora estou pegando isso por causa daquele menino.

– Pelamordedeus – disse Scott, tomado de raiva.

Com certa dificuldade, Arnie interrompeu sua linha de pensamento e disse:

– Hum, Scott. Ouça. Tenho uma dica interna. Precisamos agir nisso agora mesmo, entendido? – Em detalhes, ele contou a Scott sobre a ONU e as Montanhas Franklin Roosevelt. – Então, como você pode ver – ele ia arrematando –, vale a pena para nós comprar tudo o que pudermos e é isso. Concorda?

– Você tem certeza dessa dica? – disse Scott.

– Sim, eu tenho! Eu tenho!

– Como assim? Sinceramente, Arnie, eu gosto de você, mas sei que você arruma esses esquemas malucos e sempre acaba escapando pela tangente. Eu odiaria ficar preso com essa merda de terreno nas Montanhas Franklin Roosevelt.

– Eu dou a minha palavra, pode acreditar – disse Arnie.

– Não posso.

Ele não conseguia acreditar no que estava ouvindo.

– A gente trabalha junto há anos, e sempre foi na base da confiança verbal – ele engasgou. – O que está acontecendo, Scott?

– Isso é o que eu estou te perguntando – disse Scott, com toda a calma. – Como um homem com a sua experiência profissional pode morder essa isca fajuta que você chama de dica? A dica é que as terras dessas montanhas não valem nada, e você sabe disso. Eu sei que você sabe. Todo mundo sabe. Então, o que você está aprontando?

– Você não *confia* em mim?

– Por que eu deveria *confiar*? *Prove* que você tem, mesmo, informações privilegiadas nessa história, e não essa sua baboseira de costume.

Com alguma dificuldade, Arnie disse:

– Porra, cara, se eu pudesse provar isso, você não teria que confiar em mim, não envolveria nada de confiança. Tudo bem. Vou entrar nessa sozinho, e quando você descobrir o que perdeu, culpe a si mesmo, e não a mim – e bateu o telefone, tremendo de raiva e desespero.

Agora essa! Ele não conseguia acreditar naquilo. Scott Temple, a única pessoa no mundo com quem ele podia fazer negócio por telefone. As demais eram totalmente descartáveis, muito sacanas...

É um mal-entendido, ele disse para si mesmo. Mas baseado numa desconfiança profunda, essencial e traiçoeira. Uma desconfiança esquizofrênica.

Um colapso da capacidade de se comunicar, ele se deu conta.

Ficando de pé, ele disse em voz alta:

– Acho que preciso ir até Pax Grove sozinho e encontrar o pessoal da empresa fictícia, registrar minha solicitação. – Então ele se lembrou: primeiro teria que fincar sua solicitação na terra, ir até o próprio local, nas Montanhas Franklin Roosevelt. E todo seu ser se contorceu, revoltado com isso. Naquele lugar horrível, onde o prédio seria erguido um dia.

Bom, não havia saída. Primeiro ele precisaria fazer uma estaca em alguma das oficinas do Sindicato, depois pegar um helicóptero e ir até o cânion Henry Wallace.

Ao pensar nessas coisas, parecia ser uma série de ações agonizantemente difíceis de cumprir. Como ele conseguiria fazer tudo isso? Primeiro, teria que encontrar algum metalúrgico do sindicato capaz de gravar seu nome na estaca, o que poderia levar dias. Quem ele conhecia nas oficinas de Lewistown que faria isso? E se ele não conhecesse o cara, como confiaria nele?

Por fim, como se estivesse nadando contra uma corrente intolerável, ele conseguiu tirar o receptor do gancho e fazer uma chamada para a oficina.

Estou tão cansado que mal consigo me mexer, ele se deu conta. Por quê? O que eu fiz hoje até então? Ele sentia o corpo esmagado de cansaço. *Se eu ao menos conseguisse descansar um pouco,* ele pensou. *Se eu ao menos pudesse dormir.*

Já era fim de tarde quando Arnie conseguiu arranjar a estaca de metal com seu nome gravado em uma oficina do sindicato e acertar para que um helicóptero do Sindicato dos Funcionários das Águas o levasse até as Montanhas Franklin Roosevelt.

– Oi, Arnie – o piloto o cumprimentou; era um jovem de aspecto agradável da equipe de pilotos do sindicato.

– Oi, meu rapaz – murmurou Arnie, enquanto o piloto o ajudava a se acomodar na poltrona confortável de couro especial, feita especificamente para ele na oficina de estofamentos e têxteis da colônia; quando o piloto se sentou na frente dele, Arnie continuou: – Agora vamos logo porque estou atrasado. Preciso chegar até lá e depois ir à empresa fictícia em Pax Grove.

E sei que não vamos conseguir fazer isso, ele pensou. Simplesmente *não há tempo suficiente.*

16

O helicóptero do Sindicato dos Funcionários das Águas que levava o benfeitor Arnie Kott mal atingira os ares quando o alto-falante interferiu.

"Anúncio de emergência. Há um pequeno grupo de bleeks em pleno deserto, no ponto 4,65003 da bússola giroscópica, e eles estão morrendo por falta de abrigo e água. Veículos aéreos a norte de Lewistown são instruídos a deslocar seus voos até esse ponto o mais rápido possível para prestar assistência. A lei das Nações Unidas exige que todos os veículos aéreos comerciais e privados respondam a esta solicitação."

O anúncio era repetido por aquela voz firme de locutor, vinda do transmissor da ONU que pairava em algum ponto acima deles num satélite artificial.

Sentindo o helicóptero alterar sua rota, Arnie disse:

– Ah, por favor, meu rapaz.

Era a gota d'água. Eles nunca chegariam até as Montanhas Franklin Roosevelt, sem falar em Pax Grove e na empresa fictícia.

– Eu preciso responder, senhor. É a lei – disse o piloto.

Então eles estavam acima do deserto, avançando a uma velocidade considerável até o ponto que o locutor da ONU passara. Esses pretos, pensou Arnie. Precisamos largar tudo o que estamos fazendo só para salvar essa gente, esses babacas... E o pior de tudo é que agora vou conhecer Jack Bohlen. Não tenho como evitar isso. Tinha me esquecido: agora é tarde demais.

Apalpando o bolso de seu casaco, ele descobriu que a arma ainda estava lá. Isso o alegrou um pouco; ele manteve a mão ali enquanto o helicóptero ia baixando para aterrissar. Espero que a gente consiga chegar antes dele, pensou. Mas, para seu desalento, ele viu que o helicóptero da Companhia Yee aterrissara na frente, e Jack Bohlen já estava ocupado dando água aos cinco bleeks. *Caramba*, pensou ele.

– Você precisa de mim? – o piloto de Arnie gritou, ainda sentado em sua poltrona. – Se não, vou continuar.

Jack Bohlen gritou em resposta:

– Eu não tenho muita água para eles. – E secou o rosto com um lenço, suando sob o sol quente.

– Tudo bem – disse o piloto, desligando suas hélices.

Para seu piloto, Arnie disse:

– Diga para ele vir até aqui.

Pulando para fora com um galão de água de uns vinte litros, o piloto seguiu a passos largos na direção de Jack que, depois de um momento, parou de dar assistência aos bleeks e foi até Arnie Kott.

– Você queria falar comigo? – perguntou Jack, parado e olhando para Arnie.

– Sim – respondeu Arnie, – eu vou te matar. – E sacou sua pistola, apontando-a para Jack Bohlen.

Os bleeks, que estavam enchendo seus ovos de paka com água, pararam. Um jovem, escuro e magro, seminu sob o avermelhado sol marciano, alcançou sua aljava de flechas envenenadas atrás de si, sacou uma delas, acomodando-a em seu arco e, num só movimento, disparou a flecha. Arnie Kott nada viu, apenas sentiu uma dor aguda e olhou para baixo para notar a flecha projetando-se para fora em seu peito, ligeiramente abaixo do esterno.

Eles leem a mente das pessoas, pensou Arnie. As intenções. Ele tentou tirar a flecha, mas ela não se movia. Então ele se deu conta de que já estava morrendo. Ela estava envenenada, e ele sentia aquilo entrando em seus membros, interrompendo sua circulação e subindo para se apoderar de seu cérebro e de sua mente.

Jack Bohlen, de pé diante dele, disse:

– Por que você queria me matar? Você nem sabe quem eu sou.

– Claro que sei – Arnie conseguiu grunhir. – Você vai consertar meu codificador, tirar Doreen de mim e seu pai vai roubar tudo o que eu tenho, tudo o que importa para mim, as Montanhas Franklin Roosevelt e o que mais está por vir. – Até que ele fechou os olhos e descansou.

– Você deve estar louco – falou Jack Bohlen.

– Nah – disse Arnie. – Eu sei o futuro.

– Deixe-me levá-lo a um médico – pediu Jack Bohlen, saltando para dentro do helicóptero e empurrando para o lado o jovem piloto atordoado, a fim de avaliar a flecha protuberante. – Eles podem te dar um antídoto se atenderem a tempo. – Jack deu partida no motor; as hélices do helicóptero começaram a girar lentamente, ganhando velocidade.

– Leve-me até o cânion Henry Wallace – sussurrou Arnie. – Assim poderei colocar minha estaca de solicitação.

Jack Bohlen o encarou.

– Você é Arnie Kott, não é? – Tirando o piloto do caminho, ele se acomodou nos comandos e, num só golpe, o helicóptero começou a ganhar os ares. – Vou te levar até Lewistown, é mais perto e eles te conhecem por lá.

Sem dizer nada, Arnie se recostou, com os olhos ainda fechados. Tudo dera errado. Ele não tinha colocado sua estaca nem feito nada a Jack Bohlen. E agora tudo se acabara.

Esses bleeks, pensou Arnie, enquanto sentia Bohlen tirá-lo do helicóptero. Estavam em Lewistown. Ele via, com seus olhos obscurecidos pela dor, os prédios e as pessoas. É tudo culpa desses bleeks, desde o princípio. Se não fosse por eles, eu nunca teria conhecido Jack Bohlen. Eu os culpo por essa história toda.

Por que ele ainda não estava morto?, Arnie se perguntou, enquanto Bohlen o carregava do heliponto no telhado do hospital até a rampa de descida para o atendimento de emergência. Muito tempo se passou; o veneno, com certeza, já o percorrera por inteiro. Ainda assim, ele continuava sentindo, pensando, entendendo... Talvez eu não possa morrer aqui no passado, ele pensou; talvez eu tenha que me demorar, incapaz de morrer e de voltar para o meu próprio tempo.

Como aquele jovem bleek conseguiu reagir tão rápido? Normalmente, eles não usam suas flechas contra os terráqueos, é um crime capital. Significa o fim deles.

Talvez eles estivessem me esperando, pensou. Eles conspiraram para salvar Bohlen porque ele lhes deu comida e água. Arnie pensou: *Aposto que foram eles que deram a feiticeira da água para Jack. Claro. E ao darem-na para ele, já sabiam de tudo. Sabiam de tudo o que estava por acontecer, mesmo lá atrás, no princípio de tudo.*

Estou desamparado nesta porcaria de passado esquizofrênico terrível do Manfred Steiner. Deixem-me voltar para o meu próprio mundo, para o meu próprio tempo. Eu só quero sair daqui. Não quero fincar minha estaca nem fazer mal a ninguém. Só quero voltar para a Vil Nodosa, na caverna, junto com aquela porcaria de moleque. Onde eu estava. Por favor, pensou Arnie. Manfred!

Eles – alguém – o estavam empurrando por um corredor escuro em um carrinho de algum tipo. Vozes. Portas se abrindo, metal reluzente: materiais cirúrgicos. Ele viu rostos com máscaras, sentiu que o colocavam sobre uma mesa... Ajude-me, Manfred, ele gritou nas profundezas de si. Eles vão me matar! Você tem que me levar de volta. Faça isso agora ou esqueça, porque...

Uma máscara de vazio e de completa escuridão apareceu diante dele e foi baixando. Não, clamou Arnie. Isso ainda não acabou. Não pode ser o meu fim. Manfred, pelo amor de Deus, antes que isso vá mais longe e seja tarde demais, tarde demais.

Eu preciso ver a realidade clara e normal mais uma vez, onde não exista toda essa esquizofrenia de assassinato e alienação e luxúria bestial e morte.

Ajude-me a me livrar da morte, para voltar de novo ao tempo a que pertenço

Ajude-me, Manfred

Ajude-me

Uma voz disse:

– Levante-se, Senhor, seu tempo se esgotou.

Ele abriu os olhos.

– Mais cigarros, Senhor. – O pastor bleek, velho e imundo, com suas vestes acinzentadas que pareciam teia de aranha, inclinou-se sobre ele, dando-lhe tapinhas e choramingando uma ladainha sem parar em sua orelha. – Se o Senhor quer ficar mais, precisa pagar. – Ele ficou fuçando no casaco de Arnie, procurando por algo.

Sentando-se, Arnie procurou por Manfred. O garoto desaparecera.

– Saia de perto de mim – disse Arnie, ficando de pé; colocou as mãos no peito e não sentiu nada ali, nenhuma flecha.

Foi cambaleando até a entrada da caverna e se espremeu pela fenda, encontrando aquele sol marciano frio do meio das manhãs.

– Manfred! – gritou ele.

Nenhum sinal do garoto. *Bom,* pensou ele, *de todo modo, estou de volta ao mundo real. Isto é o que importa.*

E o desejo de se vingar de Jack Bohlen tinha desaparecido. Ele também perdera o desejo de comprar as terras onde o novo empreendimento seria erguido naquelas montanhas. E ele pode ficar com Doreen Anderton, não dou a mínima, Arnie disse para si próprio enquanto começava a subir a trilha por onde eles tinham chegado. Mas vou manter minha palavra com Manfred. Vou mandá-lo para a Terra na primeira oportunidade que aparecer, e talvez essa mudança venha a curá-lo, ou talvez agora haja psiquiatras melhores lá na Terra. Enfim, ele não vai acabar naquela história da AM-WEB.

Conforme ia descendo a trilha, ainda procurando por Manfred, Arnie viu um helicóptero voando baixo e rondando acima de si. Talvez eles tenham visto para onde o garoto foi, ele pensou. Os dois, Jack e Doreen, devem ter ficado o tempo todo assistindo a tudo. Fazendo uma pausa, ele acenou com os braços para o helicóptero, indicando que queria que ele pousasse.

O helicóptero foi descendo cuidadosamente até parar na trilha diante dele, naquele espaço amplo que antecedia a entrada da Vil Nodosa. A porta deslizou para o lado e um homem saiu lá de dentro.

– Estou procurando aquele menino – Arnie começou a dizer.

Então ele viu que não era Jack Bohlen. Um bonitão de cabelos escuros, com olhos selvagens e emotivos, caminhava na direção dele às pressas, ao mesmo tempo que agitava nas mãos algo que brilhava sob a luz do sol.

– Você é Arnie Kott – o homem o chamou com uma voz estridente.

– Sim, e daí? – disse Arnie.

– Você destruiu o meu campo – o homem gritou para ele e, erguendo a arma, disparou um tiro.

A primeira bala não acertou Arnie. Quem é você e por que está atirando em mim?, pensou Arnie Kott, enquanto procurava sua própria arma guardada no casaco. Ele a encontrou, pegou-a e atirou de volta no homem que saía correndo. Então ele se deu conta de quem era; aquele operadorzinho de nada do mercado negro que estava tentando se meter nas minhas coisas. Aquele em quem demos uma lição, Arnie disse para si mesmo.

O homem que corria se esquivou, caiu, rolou pelo chão e atirou ainda caído. O tiro de Arnie também não o havia acertado. O segundo tiro passou assoviando tão perto desta vez que, por um momento, Arnie pensou ter sido atingido. Ele colocou a mão instintivamente no peito. Não, ele percebeu, você não me pegou, seu filho da puta. Levantando a pistola, Arnie mirou e preparou-se para atirar mais uma vez naquela figura.

Então o mundo explodiu em volta dele. O sol caiu do céu, mergulhando na escuridão – e Arnie foi junto com ele.

Depois de um longo momento, aquela figura esticada no chão se mexeu. O homem de olhos selvagens se pôs de pé cuidadosamente e ficou ali estudando Arnie, para então avançar na direção dele. Enquanto andava, ele ia segurando sua pistola com as duas mãos e mirando.

Um barulho vindo de cima fez com que o homem desviasse o olhar. Uma sombra se impunha sobre ele, e agora um segundo helicóptero desceu e estacionou entre ele e Arnie. O helicóptero impediu que um visse o outro, e Arnie Kott não conseguia mais enxergar aquele operadorzinho miserável do mercado negro. Do veículo saltou Jack Bohlen, que foi correndo até Arnie e se abaixou.

– Pegue aquele cara – sussurrou Arnie.

– Não posso – disse Jack, e apontou para o alto. O operador do mercado negro tinha decolado; o helicóptero dele se ergueu sobre a Vil Nodosa, sacudiu um pouco e depois guinou para a frente, desviando do pico e desaparecendo. – Esqueça esse cara. Você foi gravemente atingido. Pense em você.

– Não se preocupe com isso, Jack – cochichou Arnie –, ouça-me. – Ele agarrou a camisa de Jack e puxou-o para se aproximar de seu ouvido. – Vou te contar um segredo. Uma coisa que descobri. Isto é mais um daqueles mundos esquizofrênicos. Toda essa esquizofrenia de ódio e luxúria e morte já me aconteceu antes e não conseguiu me matar. Da primeira vez, foi uma daquelas flechas envenenadas no peito. Agora isso. Não estou preocupado. – E ele fechou os olhos, esforçando-se para continuar consciente. – Apenas dê um jeito de encontrar aquele menino, ele está em algum lugar por aqui. Pergunte a ele, que ele vai te contar.

– Você está enganado, Arnie – disse Jack, inclinando-se a seu lado.

– Enganado como? – Ele mal conseguia ver Bohlen agora; a cena tinha se afundado no crepúsculo, e a silhueta de Jack estava turva e meio fantasmagórica.

Você não consegue me enganar, pensou Arnie. Eu sei que ainda estou na mente de Manfred. Logo, logo vou acordar e não terei levado um tiro. Estarei bem de novo, e vou encontrar o rumo de volta ao meu próprio mundo, onde coisas assim não acontecem. Não é isso? Ele tentava falar, mas não conseguia.

Aparecendo ao lado de Jack, Doreen disse:

– Ele vai morrer, não vai?

Jack não respondeu nada. Ele estava tentando colocar Arnie Kott sobre os ombros para arrastá-lo até o helicóptero.

É só mais um daqueles mundos nhaca-nhaca, Arnie pensou, enquanto sentia Jack levantá-lo. Com certeza, isso me ensinou uma lição também. Não vou fazer uma loucura dessas de novo. Ele tentava explicar isso conforme Jack o levava até o helicóptero. Você acabou de fazer isso, era o que ele queria dizer. Levou-me até o hospital em Lewistown para tirar aquela flecha. Você não se lembra?

– Não há chances de salvá-lo – Jack disse a Doreen, acomodando Arnie dentro do helicóptero; ele tentava recuperar o fôlego enquanto assumia os controles.

Claro que há, Arnie pensou com indignação. *Qual o seu problema? Por que você não está tentando? É bom você tentar, seu babaca*. Mais uma vez ele tentou falar, dizer isso a Jack, mas não conseguia; ele não conseguia dizer nada.

O helicóptero começou a se erguer do chão, dando duro com o peso daquelas três pessoas.

Durante o voo de volta a Lewistown, Arnie Kott morreu.

Jack Bohlen fez Doreen assumir os controles e ficou sentado ao lado do homem morto, pensando que Arnie morrera acreditando ainda estar perdido nos fluxos obscuros da mente do garoto Steiner. Talvez tenha sido melhor assim, pensou Jack. Talvez isso facilitasse as coisas para ele, no final das contas.

A compreensão de que Arnie Kott estava morto tomou-o de tristeza, para sua incredulidade. Aquilo não parecia certo, ele disse a si mesmo, ainda sentado junto ao homem morto. É muito duro, o Arnie não merecia isso pelo que tinha feito – ele fez coisas ruins, mas nem tanto assim.

– O que ele estava dizendo para você? – perguntou Doreen, que parecia bastante calma, sem se deixar abalar pela morte de Arnie; ela pilotava o helicóptero com prática e destreza.

– Ele estava imaginando que não era real – disse Jack –, que estava cambaleando em uma fantasia esquizofrênica.

– Pobre Arnie – disse ela.

– Você sabe quem era aquele homem que atirou nele?

– Algum inimigo que ele deve ter feito ao longo do caminho, em algum momento.

Os dois ficaram em silêncio por um tempo.

– A gente devia procurar o Manfred – disse Doreen.

– Sim – concordou Jack.

Mas eu sei onde o garoto está agora, ele pensou. Ele se encontrou com uns bleeks lá nas montanhas e está com eles; é óbvio e certo, isso acabaria acontecendo mais cedo ou mais tarde, de todo modo. Jack não estava preocupado com Manfred – não se importava com ele. Talvez, pela primeira vez na vida, o garoto estivesse em uma situação na qual se adequava. Junto com os bleeks selvagens, ele devia ter conseguido discernir um estilo de vida que fosse realmente o dele, e não um reflexo pálido e atormentado da vida das pessoas em volta, seres que eram intrinsecamente diferentes dele, com os quais ele jamais se pareceria, independentemente do esforço que fizesse.

– Será que o Arnie tinha razão? – disse Doreen.

Por um momento, ele não entendeu o que ela falou. Então, quando percebeu o que ela queria dizer, balançou a cabeça:

– Não.

– Então, por que ele estava tão certo disso?

– Não sei – respondeu Jack; mas tinha algo a ver com Manfred, como Arnie dissera um pouco antes de morrer.

– De várias maneiras, o Arnie era esperto – disse Doreen. – Se ele pensou isso, deve ter sido por alguma boa razão.

– Ele era esperto – concordou Jack –, mas sempre acreditava no que queria acreditar. – E fazia o que bem entendia, ele se deu conta; e então, por fim, acabou cavando a própria sepultura, foi edificando-a ao longo de seu percurso de vida.

– O que será de nós agora? – perguntou Doreen. – Sem ele? É difícil para mim imaginar a vida sem o Arnie... Entende o que estou dizendo? Acho que você entende. Queria que a gente tivesse entendido o que ia acontecer desde o princípio, quando vimos aquele helicóptero pousando. Se ao menos a gente tivesse descido até lá alguns minutos antes... – E interrompeu a fala. – De nada adianta dizer isso agora.

– Não adianta nada mesmo – disse Jack, brevemente.

– Sabe o que eu acho que vai acontecer com a gente agora? – conjecturou Doreen. – Vamos começar a nos afastar um do outro, eu e você. Talvez não de imediato, talvez não em alguns meses ou, possivelmente, até em alguns anos. Porém, mais cedo ou mais tarde, isso vai acontecer, sem ele.

Ele não disse nada, nem tentou discutir. Talvez fosse aquilo mesmo. Ele estava cansado de se esforçar para ver além do que havia diante deles.

– Você ainda me ama? – perguntou Doreen. – Depois de tudo que nos aconteceu? – Ela se virou para ele a fim de ver-lhe o rosto ao responder.

– Sim, obviamente que sim – disse ele.

– Eu também – disse ela com uma voz baixa e abatida –, mas não acho que isso seja suficiente. Você tem sua mulher e seu filho... isso é muita coisa, no longo prazo. De todo jeito, valeu a pena. Pelo menos, para mim. Nunca vou me arrepender. Não somos responsáveis pela morte do Arnie. Não devemos nos sentir culpados. Ele mesmo procurou isso com as coisas que estava aprontando, bem no fim. E nunca saberemos ao certo o que era. Mas sei que era algo voltado para nos fazer mal.

Ele concordou com a cabeça.

Silenciosamente, eles continuaram o caminho de volta para Lewistown, levando junto o corpo de Arnie Kott. Carregando Arnie de volta para sua colônia, onde ele era – e provavelmente continuaria sendo para sempre – o benfeitor supremo de seu Sindicato dos Funcionários das Águas, Seção do Quarto Planeta.

Subindo pela trilha marcada pelo mal nas rochas áridas das Montanhas Franklin Roosevelt, Manfred Steiner se deteve ao ver diante de si um grupo de seis homens escuros e umbrosos. Eles levavam consigo ovos de paka cheios de água, aljavas de flechas envenenadas e cada mulher tinha seu peso de costura. Todos fumavam cigarros enquanto se arrastavam, em fila única, pela trilha.

Ao ver o menino, eles pararam.

Um deles, um jovem esquelético, disse, educadamente:

– As chuvas que emanam da sua maravilhosa presença nos revigoram e nos restauram, Senhor.

Manfred não entendeu aquelas palavras, mas captou os pensamentos deles: cautelosos e amigáveis, sem indicações de ódio. Ele sentiu que, dentro daquela gente, não havia o desejo de lhe fazer mal, e isso era agradável. Ele esqueceu o medo que sentia deles e dedicou sua atenção às peles de animais que cada um usava. Que tipo de animal era aquele?, ele ficou imaginando.

Os bleeks também ficaram curiosos em relação a Manfred. Foram avançando até cercá-lo por todos os lados.

– Tem naves-monstro – um deles pensou na direção do garoto – aterrissando nestas montanhas, sem ninguém a bordo. Elas despertaram admiração e especulação, pois parecem ser prodigiosas. Elas já começaram a se reunir no terreno para trabalhar em mudanças. Você veio de uma delas, por acaso?

– Não – respondeu Manfred dentro de sua mente, de maneira que eles pudessem ouvir e entender.

Os bleeks apontaram e ele viu, na direção do centro da cadeia de montanhas, uma frota de foguetes auxiliares da ONU pairando no ar. Eles tinham chegado da Terra, ele se deu conta. Estavam aqui para dar início aos trabalhos; a construção dos conjuntos habitacionais tinha começado. A AM-WEB e outras estruturas iguais a ela logo iriam aparecer na superfície do quarto planeta.

– Estamos deixando as montanhas por causa disso – um dos bleeks mais velhos pensou para Manfred. – Não há outra maneira de vivermos aqui, agora que isso começou a acontecer. Por meio de nossa rocha, vimos isso há muito tempo, mas agora eles realmente chegaram.

Dentro de si, Manfred perguntou:

– Posso ir com vocês?

Supresos, os bleeks se recolheram para discutir o pedido. Eles não sabiam o que fazer com ele nem o que ele queria. Jamais tinham deparado com isso em um imigrante antes.

– Estamos indo para o deserto – o jovem lhe disse, por fim. – É incerto se conseguiremos sobreviver lá. Só podemos tentar. Você tem certeza de que quer isso para si?

– Sim – respondeu Manfred.

– Então venha conosco – decidiu o bleek.

Eles retomaram a trilha. Estavam cansados, mas quase de imediato entraram num bom ritmo. A princípio, Manfred pensou que ficaria para trás, mas os bleeks paravam por causa dele, que conseguia, então, acompanhá-los.

O deserto se espraiava adiante, para eles e para ele. Mas nenhum deles carregava qualquer arrependimento. Para eles, era impossível voltar atrás, de todo modo, porque não tinham como viver sob novas condições.

Eu não vou ter que viver em um AM-WEB, Manfred pensou, enquanto continuava com os bleeks. Através dessas sombras escuras conseguirei escapar.

Ele se sentia muito bem, melhor do que jamais se sentira antes na vida, até onde se lembrava.

Uma das mulheres bleek timidamente lhe ofereceu um cigarro dos que estava levando. Agradecendo-a, ele aceitou. Eles seguiram em frente.

E, à medida que se deslocavam, Manfred Steiner sentia algo estranho acontecendo dentro de si. Ele estava mudando.

No cair do dia, enquanto preparava o jantar para si mesma, o filho e o sogro, Silvia Bohlen viu uma figura a pé, uma figura que caminhava à beira do canal. Um homem, ela pensou. Assustada, foi até a porta da frente, abriu-a e espiou do lado de fora para ver quem era. Meu Deus, não era aquele tal vendedor de alimentos saudáveis, o Otto... sei lá qual o nome completo dele...

– Sou eu, Silvia – disse Jack Bohlen.

Correndo todo empolgado para fora de casa até o colo de seu pai, David gritou:

– Ei, por que você não trouxe seu helicóptero? Você veio com o ônibus-trator? Aposto que sim. O que aconteceu com o seu helicóptero, pai? Ele quebrou e te deixou enroscado no meio do deserto?

– Não tem mais helicóptero – disse Jack; ele parecia cansado.

– Eu ouvi no rádio – disse Silvia.

– Sobre Arnie Kott? – Ele assentiu. – Sim, é verdade. – Entrando em casa, Jack tirou o casaco e Silvia o pendurou no armário para ele.

– Isso te afeta muito, não é? – perguntou ela.

– Sem trabalho. O Arnie comprou o meu contrato – disse Jack, e olhou em volta. – Cadê o Leo?

– Tirando uma soneca. Ele ficou fora a maior parte do dia, trabalhando. Estou contente que você tenha voltado para casa antes de ele ir embora. Ele está voltando para a Terra amanhã, pelo que disse. Você sabia que a ONU já começou a assumir a área lá nas Montanhas Franklin Roosevelt? Ouvi isso no rádio também.

– Eu não sabia – disse Jack, indo até a cozinha e se acomodando à mesa. – Que tal um chá gelado?

Enquanto lhe preparava um chá gelado, ela disse:

– Acho que eu não deveria te perguntar quão séria é essa história de trabalho.

– Eu consigo me virar com quase qualquer equipamento de conserto. O sr. Yee me aceitaria de volta, na verdade. Tenho certeza de que ele não queria abrir mão do meu contrato, para começo de conversa.

– Então, por que você está tão abatido? – perguntou ela, e então se lembrou de Arnie.

– São mais de dois quilômetros de onde desci do ônibus-trator até aqui – disse ele. – Só estou cansado.

– Não esperava que você fosse chegar em casa. – Ela se sentia inquieta, tinha dificuldade em voltar a preparar o jantar. – Vamos comer fígado, bacon, cenoura ralada com manteiga sintética e uma salada. O Leo disse que queria algum tipo de bolo de sobremesa. Eu e David vamos preparar mais tarde como presente para ele, porque, afinal de contas, ele está indo embora, e talvez a gente nunca mais o veja. Precisamos encarar isso.

– Que bom que vocês vão fazer bolo – murmurou Jack.

– Queria que você me contasse qual é o problema – explodiu Silvia. – Nunca te vi assim. Você não está só cansado, deve ser a morte desse homem.

Então, ele disse:

– Eu estava pensando em algo que Arnie disse antes de morrer. Eu estava lá com ele. Arnie disse que não estava em um mundo real, e sim na fantasia de um esquizofrênico, e isso ficou martelando na minha cabeça. Nunca me ocorreu antes o quanto o nosso mundo é igual ao do Manfred, achei que eram coisas totalmente distintas. Agora percebo que é mais uma questão de nível.

– Você não quer me contar sobre a morte do sr. Kott, não é? Deu no rádio que ele foi morto em um acidente de helicóptero nos terrenos acidentados das Montanhas Franklin Roosevelt.

– Não foi acidente. O Arnie foi assassinado por um sujeito que tinha premeditado isso, sem dúvida por ter sido maltratado e por nutrir um rancor legítimo por ele. A polícia está procurando o assassino agora, naturalmente. Arnie morreu achando que se tratava de um ódio desarrazoado e psicótico dirigido contra si, mas, na verdade, deve ter sido um ódio bastante racional, sem nenhum elemento psicótico nessa conta.

Tomada por uma culpa esmagadora, Silvia pensou: *o mesmo tipo de ódio que você sentiria por mim se soubesse a coisa horrível em que me enfiei hoje.*

– Jack... – disse ela meio desajeitada, sem saber direito como falar aquilo, mas sentindo que precisava perguntar. – Você acha que nosso casamento acabou?

Ele a encarou por um período bastante longo.

– Por que você está dizendo isso?

– Só quero te ouvir dizer que não acabou.

– Não acabou – disse ele, ainda a encarando; ela se sentia exposta, como se ele pudesse ler sua mente, como se, de alguma maneira, ele soubesse exatamente o que ela fizera. – Tem algum motivo para achar que acabou? Por que você acha que vim para casa? Se não tivéssemos um casamento, pensa que eu teria aparecido aqui hoje depois... – E ficou em silêncio. – Queria o meu chá gelado – murmurou ele.

– Depois do quê? – perguntou ela.

– Depois da morte do Arnie – completou ele.

– Aonde mais você iria?

– Uma pessoa sempre encontra dois lugares entre os quais escolher. A casa e o resto do mundo, com todas as outras pessoas que há nele.

– Como ela é? – disse Silvia.

– Quem?

– Essa moça. Você quase disse isso agora mesmo.

Ele ficou sem responder por um período tão longo que ela chegou a pensar que ele não fosse fazê-lo. Até que Jack disse:

– Ela é ruiva. Eu quase fiquei com ela. Mas não fiz isso. Não é o suficiente para você?

– Há uma escolha para mim também – disse Silvia.

– Eu não sabia disso. Não me dei conta – disse ele, inexpressivo, e encolheu os ombros. – Mas é bom saber, traz para a realidade. Você não está falando teoricamente agora, está? Você está falando sobre a realidade concreta.

– É isso mesmo – disse Silvia.

David entrou correndo na cozinha:

– O vovô Leo está acordado – gritou o menino. – Eu contei para ele que você está em casa, pai, e ele ficou muito contente, quer saber como estão as coisas para você.

– Estão ótimas – disse Jack.

– Jack, eu gostaria que a gente não desistisse – Silvia disse a ele –, se você quiser continuar.

– Claro – disse ele –, você sabe que quero, eu voltei. – E sorriu para ela de modo tão desamparado que quase lhe partiu o coração. – Andei um bom pedaço, primeiro naquela porcaria de ônibus-trator horrível que eu odeio, depois a pé.

– Não vão existir mais... outras escolhas, né, Jack? Tem que ser desse jeito, de verdade – disse Silvia.

– Não mais – respondeu ele, acenando enfaticamente com a cabeça.

Então, ela foi até a mesa e, inclinando-se, deu-lhe um beijo na testa.

– Obrigado – disse ele, pegando-a pelo pulso. – Isso me faz bem. – Silvia conseguia sentir o cansaço dele, era algo que a alcançava.

– Você precisa de uma boa refeição – disse ela. – Nunca te vi tão... arrasado. – Ocorreu-lhe, então, que ele podia ter passado por um novo surto da doença mental do passado, aquela esquizofrenia; isso explicaria muito bem as coisas, mas ela não queria pressioná-lo com esse assunto e, em vez disso, emendou: – Vamos dormir cedo hoje, ok?

Ele acenou concordando de maneira um pouco vaga, bebericando seu chá gelado.

– Você está satisfeito agora? – perguntou ela. – De ter voltado para cá? – *Ou será que já mudou de ideia?*, pensou ela.

– Estou satisfeito – disse ele, e seu tom era forte e firme, estava na cara que ele realmente queria dizer aquilo.

– E você vai poder ver o vovô Leo antes de ele ir embora... – ela ia dizendo.

Até que um grito fez com que ela desse um pulo, virando-se para encarar Jack.

Ele estava de pé.

– É no vizinho. Na casa dos Steiner. – Ele passou por ela e os dois foram correndo para fora.

Na porta da frente da casa dos Steiner, uma das meninas os encontrou:

– Meu irmão...

Ela e Jack deixaram a criança para trás e entraram na casa. Silvia não entendia o que estava vendo, mas Jack parecia que sim. Ele segurou a mão dela, impedindo-a de seguir em frente.

A sala estava cheia de bleeks. E no meio deles, ela viu parte de uma criatura viva, um homem velho, só da altura do peito para cima. O restante dele se tornara um emaranhado de bombas, mangueiras e mostradores, todo um maquinário que ficava dando seus cliques, incessantemente ativo. Ela percebeu num instante que aquilo mantinha o homem velho vivo. A parte dele que faltava tinha sido substituída por aquele aparato. *Meu Deus,* pensou ela. *Quem ou o que era aquilo que estava sentado lá com um sorriso em sua cara murcha?* Agora a coisa estava falando com eles.

– Jack Bohlen – a coisa foi pigarreando, e sua voz saía de um alto-falante mecânico, no meio daquelas máquinas, e não de sua boca –, vim até aqui para dizer adeus à minha mãe. – E fez uma pausa, ao que Silvia ouviu o aparato acelerando, como se estivesse trabalhando muito. – Agora posso lhe agradecer – disse o velho homem.

Em pé, ao lado da esposa e segurando sua mão, Jack indagou:

– Mas por quê? Eu não fiz nada por você.

– Sim, eu acho que sim. – A coisa sentada acenou com a cabeça para os bleeks, que a empurraram, e também suas engrenagens, para perto de Jack e a endireitaram, a fim de que encarasse o técnico diretamente. – Na minha opinião... – e ficou em silêncio para então retomar, agora num tom mais alto –, você tentou se comunicar comigo, muitos anos atrás. Eu lhe agradeço por isso.

– Não foi há muito tempo – disse Jack. – Você se esqueceu? Você voltou para nós, foi hoje mesmo. Este é o seu passado distante, quando você ainda era um menino.

E Silvia perguntou a seu marido:

– *Quem é esse?*

– O Manfred.

Levando as mãos até o rosto, ela cobriu os olhos, porque não conseguia mais olhar para aquilo um instante sequer.

– Você fugiu da AM-WEB? – Jack perguntou.

– Sssssim – sibilou a coisa, sentindo um tremor alegre. – Estou com meus amigos. – E apontou para os bleeks que o rodeavam.

– Jack, me tire daqui... por favor, não consigo suportar isso – pediu Silvia agarrando-se a ele, que, por sua vez, levou-a para fora da casa dos Steiner, reconquistando a escuridão da noite.

Tanto Leo quanto David se encontraram com eles, agitados e assustados.

– Diga, meu filho – disse Leo –, o que aconteceu? Por que aquela mulher estava gritando?

– Acabou. Está tudo bem – respondeu Jack e, voltando-se para Silvia, emendou: – Ela deve ter corrido para fora. Ela não entendeu o que era, a princípio.

Sentindo um calafrio, Silvia disse:

– Eu também não entendo, e nem quero. Não tente me explicar. – Ela tomou o rumo do fogão mais uma vez, abaixando o fogo e conferindo as panelas para descobrir o que tinha queimado.

– Não se preocupe – disse Jack, fazedo-lhe um afago.

Ela tentou sorrir.

– Isso, provavelmente, não vai acontecer de novo – prosseguiu Jack. – Mas mesmo que aconteça...

– Obrigada – disse ela. – Quando vi aquilo, de início pensei que era o pai dele, o Norbert Steiner, e isso me deixou muito assustada.

– Vamos precisar pegar uma lanterna e sair em busca de Erna Steiner – avisou Jack. – Queremos nos certificar de que ela está bem.

– Sim – disse Silvia. – Vão você e o Leo fazer isso enquanto eu termino aqui. Preciso cuidar do jantar, senão vai desandar.

Os dois homens, munidos de uma lanterna, deixaram a casa. David ficou com a mãe, ajudando-a a pôr a mesa. *Onde será que você vai estar?*, imaginou ela, enquanto observava o próprio filho. *Quando você for velho assim, todo mutilado desse jeito e substituído por uma máquina... Será que você também vai ser assim?*

Estamos melhor sem poder enxergar o futuro, ela pensou. *Graças a Deus não conseguimos vê-lo.*

– Eu queria ter ido também – reclamou David. – Por que você não pode me contar o que foi que fez a sra. Steiner gritar daquele jeito?

– Quem sabe um dia – disse Silvia.

Mas não agora, ela disse a si mesma. *Ainda é cedo demais, para qualquer um de nós.*

O jantar ficara pronto e, automaticamente, ela foi até a varanda para chamar Jack e Leo, sabendo que, mesmo fazendo isso, eles não voltariam. Estavam muito ocupados, tinham muito o que fazer. Mas chamou-os do mesmo jeito, porque era sua função.

Na escuridão da noite marciana, seu marido e seu sogro procuravam por Erna Steiner. A luz que eles emitiam se acendia aqui e ali, e dava para ouvir suas vozes em um tom eficiente, competente e paciente.

O TEMPO EM MARTE

TÍTULO ORIGINAL:
Martian Time-Slip

COPIDESQUE:
Opus Editorial

REVISÃO:
Isadora Helena Prospero
Renato Ritto
Isabela Talarico

CAPA E PROJETO GRÁFICO:
Giovanna Cianelli

ILUSTRAÇÃO DE CAPA:
Rafael Coutinho

MONTAGEM DE CAPA:
Pedro Fracchetta

DIAGRAMAÇÃO:
Desenho Editorial

DIREÇÃO EXECUTIVA:
Betty Fromer

DIREÇÃO EDITORIAL:
Adriano Fromer Piazzi

DIREÇÃO DE CONTEÚDO:
Luciana Fracchetta

EDITORIAL:
Daniel Lameira
Andréa Bergamaschi
Renato Ritto

COMUNICAÇÃO:
Nathália Bergocce
Alexandre Nuns

COMERCIAL:
Giovani das Graças
Lidiana Pessoa
Roberta Saraiva
Gustavo Mendonça

FINANCEIRO:
Roberta Martins
Sandro Hannes

EDITORA ALEPH
Rua Tabapuã, 81 - cj. 134
04533-010 – São Paulo – SP – Brasil
Tel.: [55 11] 3743-3202
www.editoraaleph.com.br

DADOS INTERNACIONAIS DE CATALOGAÇÃO NA PUBLICAÇÃO (CIP) DE ACORDO COM ISBD
VAGNER RODOLFO DA SILVA - CRB-8/9410

D547t Dick, Philip K.
O tempo em Marte / Philip K. Dick; traduzido por Daniel Lühmann. - São Paulo : Editora Aleph, 2020. 320 p.; 14cm x 21cm.
Tradução de: Martian Time-Slip

ISBN: 978-85-7657-474-3

1. Literatura americana. 2. Ficção científica. I. Título.
CDD 813.0876
CDU 821.111(73)-3
2019-2354

ÍNDICES PARA CATÁLOGO SISTEMÁTICO:
1. Literatura americana: ficção científica 813.0876
2. Literatura americana: ficção científica 821.111(73)-3

TIPOGRAFIA:
Versailles [texto]
MacBeth Old Style [entretítulos]

PAPEL:
Pólen Soft 80g/m² [miolo]
Cartão Supremo 250g/m² [capa]

IMPRESSÃO:
Rettec Artes Gráficas [janeiro de 2020]